KB070699

마지막 선물

마지막 선물

세상을 떠난 엄마가 남긴
열아홉 해의 생일선물과 삶의 의미

제너비브 킹스턴 지음 ∣ 박선영 옮김

Did I Ever Tell You?
Genevieve Kingston

웅진 지식하우스

크리스티나, 피터, 제이미에게
그리고 우리 가족을 도와준 모든 이들에게

들어가며

엄마가 진행과 전이 속도가 빠른 악질적인 유방암에 걸렸다는 사실을 알게 된 건 내가 세 살 때였다. 엄마는 매일 머리를 질끈 묶고 식탁 앞에 앉아 어려운 말투성이인 종이 더미에 둘러싸여 몇 시간씩 시간을 보냈다. 나는 엄마가 전통 의학, 대체 의학, 영적 치료에 이르기까지, 시도해 볼 수 있는 모든 방법을 조사하는 모습을 주방 문 앞에 서서 지켜보았다.

엄마는 그 후 4년간 일반의, 전문의, 동종 요법사, 치유사들을 만났다. 한 외과 전문의는 엄마의 몸에서 암 덩어리를 잘라냈다. 엄마는 엄격한 식단을 고수했고, 매일 한 주먹씩 약을 삼켰다. 엄마의 몸은 항암제와 당근주스로 절여졌다. 엄마는 살아남을 방법을 끊임없이 찾고 있었다.

내가 일곱 살이 되었을 무렵 식탁 위의 물건들이 달라지기 시작했다. 형광펜 표시가 빼곡한 책들 대신 선물 포장지와 리본이 그 자리를 차지했다. 짧게 민 머리에서 다시 솜털 같은 머리털이 자라는 동안 엄마는 식탁에 앉아 바쁘게 손을 움직였다. 큰 가위로 포장지를 잘라냈고, 잘라낸 포장지를 이리저리 접었다. 그리고 다시 가위로 리본을 잘라 쓱쓱 매듭을 묶었다. 그렇게 자르고, 접고, 자르고, 묶었다. 그다음엔 상자 두 개를 조립했다. 하나는 제이미 오빠에게, 다른 하나는 내게 줄 선물 상자였다.

상자 안에는 엄마가 앞으로 함께하지 못할 오빠와 나의 졸업식, 운전면허증을 따는 날, 서른 살이 되기 전까지 매해 돌아올 생일과 같은, 중요한 이벤트나 기념일을 위한 선물과 편지를 넣었다. 아빠는 가득 채워진 상자들을 우리 방에 옮겨두었다.

나는 상자를 열 때마다 엄마가 수년 전 상상했을 지금을 엄마와 공유하는 듯했다. 어렴풋이 기억나는 냄새나 자주 듣던 노래의 첫 소절처럼, 엄마에 대한 작은 기억들이 다시 떠올랐다.

엄마가 죽고 그 분홍색 판지 상자는 내 방 한쪽에 내내 놓여 있었다. 나는 가끔 상자를 열어 깔끔하게 포장된 선물들을 손가락으로 훑어보곤 했다. 각각의 선물은 끝이 돌돌 말린 얇은 천으로 된 리본이 묶여 있었고, 그 사이에 카드가 한 장씩 꽂혀 있었다. 포장 겉면에는 엄마의 단정한 손 글씨로 적절한 때가 되기 전에는 열어보지 말라는 경고문이 적혀 있었다. 그 당시에 상자는 내가 들기에 아주 무거웠다.

지난 20년간 상자는 늘 나와 함께했다. 대륙을 가로질러

주와 주를, 아파트와 아파트를 옮겨 다니는 동안에도 이삿짐 트럭이 떠나고 나면 나는 제일 먼저 상자를 보관해 둘 장소부터 찾았다. 상자는 주로 가구 사이의 좁은 공간이나 옷장 깊숙한 곳에 놓였다. 나는 본능적으로 상자를 보호했고, 어딘가에 잘 숨겨두었다. 상자는 매년 조금씩 가벼워졌다.

이제 상자에는 세 개의 물건만 남아 있다.

차례

들어가며 7

1부 엄마의 상자

엄마가 떠났다 15

흐릿하고 불확실한 희망 27

평화는 어쩌면 눈속임으로 지켜진다 40

부서지는 믿음 58

이뤄지지 않을 소원 68

마지막 크리스마스 78

삶을 이어지게 하는 것 87

속절없는 내일들 94

좁아지고 작아진 우리의 세계 105

어떤 죽음은 느리고 지루하다 117

보이저호와 시간 여행 124

2부 칠흑 같은 어둠 속으로 가라앉다

홀로 맞이하는 변화 129

소중한 건 언제나 나를 떠난다 138

다른 방식으로 함께하기 154

조각나고 흩어진 마음 172

친숙함과 낯섦 사이에서 184

떠난 자리에 찾아드는 것   194

새로운 날들을 위한 기도   206

삶을 놓치다   222

흉터   238

희망의 제스처   251

퍼즐 조각   256

3부 빛을 향해 나아가다

아빠의 자살   269

현실은 간혹 연극보다 더 연극 같은 법   284

구멍을 메우는 법   291

슬픔의 연대   301

선택되지 않은 삶의 환영   305

페이드 아웃   318

새로운 시작과 만남   328

처음부터 정해진 것은 없었다   337

삶이라는 선물   346

나가며   361

감사의 말   365

1부
엄마의 상자

엄마가 떠났다

내가 오랫동안 두려워했던 그 일은 수요일 밤에 일어났다. 오빠는 〈워크래프트〉를 하고 있었고, 나는 게임을 하는 오빠를 구경했다. 나는 오빠가 컴퓨터 게임을 할 때 옆에서 보는 걸 좋아했는데, 그나마 그때가 오빠가 내 존재를 가장 잘 참아주는 때였기 때문이다. 고개 숙여 게임에 집중한 뒷모습을 보고 있어도, 눈에서 나오는 레이저빔을 신기하게 쳐다보고 있어도, 오빠한테서 나는 특유의 친숙한 냄새를 맡고 있어도 오빠는 나를 성가셔 하지 않았다. 화면 속에서 조잡하게 생긴 디지털 양들도 큰 칼을 든 오크 무리와 싸우는 오빠의 모습을 지켜보고 있었다.

오빠가 양을 클릭하자 '바-램-유-' 하고 웃긴 소리가 났다. 몇 번 더 클릭하자 양이 폭발해 버렸고 그 순간 아빠가 방에 들어왔다. 아빠는 우리에게 위층으로 올라오라고 말했다.

"금방 갈게요." 오빠는 또 다른 오크에게 계속 무기를 휘둘렀다.

"어서." 아빠가 부드럽게 오빠의 팔을 잡고 채근했다. 아빠의 말엔 여전히 영국식 억양이 묻어났지만 20년 넘게 캘리포니아에 살며 약간은 희미해졌다.

"잠시만요." 오빠는 어깨를 살짝 틀어 팔을 빼내며 게임을 저장했다. 우리는 아빠를 따라 회색 카펫이 깔린 계단을 올라 엄마가 있는 방으로 향했다. 수없이 되풀이해 상상한 순간인데도 눈앞에 펼쳐진 장면이 무엇을 의미하는지 곧바로 이해하지 못했다.

엄마는 방에 설치된 병원 침대에 지난 몇 달간 누워 있던 모습 그대로였다. 세차게 내리는 비가 창문을 두들기는 소리만이 방을 채웠다. 나는 천천히 엄마에게 손을 뻗었다. 무슨 말을 해야 할지 알 수 없었다. 차갑지는 않지만 온기는 느껴지지 않는 엄마의 몸. 엄마는 이제 흔적만 남아 있는 것 같았다. 그저 가만 서 있는 나와 달리 오빠는 침대 옆에서 무릎을 꿇은 채 손을 뻗어 뭔가를 찾는 사람처럼 엄마의 손, 엄마의 뺨, 엄마의 몸을 여기저기 만지고 있었다. 그리고 엄마의 한쪽 눈꺼풀을 살며시 들어올렸다.

"엄마를 살아 있는 사람처럼 보이게 하고 싶은 거야?" 내가 물었다.

오빠는 고개를 저으며 엄마 배에 뺨을 대고 흐느껴 울었다. 나는 울지 않았다. 지난 몇 년간 너무 많이 울어서 눈물이 말라버린 것 같았다. 한편으론 홀가분한 기분마저 들었다. 나는 두려움을 느끼는 데 너무 지쳐 있었다.

아빠는 수액 장치와 다른 의료 기기들을 치울 수 있게 엄마의 시신을 양팔에 안고 아빠 방으로, 예전에는 엄마와 함께 썼던 방으로 옮겼다. 이제 가족 중 여자들이 엄마의 시신을 씻기고 옷을 입힐 차례였다. 엄마는 할머니가 돌아가셨을 때도 이런 의식을 치러드렸다며, 엄마도 나중에 부탁한다는 말을 내게 미리 남겼었다. 엄마의 언니인 앙투아네트 이모와 엄마의 사촌 샌디 이모, 엄마의 친구 소본푸 아주머니까지, 모두 내게 들어오라며 방 안에서 손짓했다. 열한 살의 내가 그 틈에 끼어 있자니 새삼 내가 여자임이 실감났다.

우리는 엄마의 옷을 벗겼다. 뒤쪽에 긴 트임이 있는 커다란 티셔츠였다. 그 무렵 엄마는 그런 옷만 입었는데, 앉지 않고도 입고 벗기가 수월했기 때문이다. 나체로 침대에 누워 있는 엄마를 보니, 엄마를 본다기보다 엄마가 겪은 일들의 기록을 보는 것 같았다. 엄마의 왼쪽 가슴엔 가로로 긴 수술 흉터가 울퉁불퉁 남아 있었고, 젖꼭지가 있어야 할 자리엔 아무것도 남아 있지 않았다. 등 쪽에는 허리 수술 때 생긴 흉터가 척추를 따라 길게 이어져 있었다. 가슴 한쪽에는 약물 주입용 플라스틱 포트 때문에 피부가 볼록 솟아 있었고, 얼굴과 몸은 스테로이드 부작용으로 퉁퉁 부어 있었다. 마지막 항암 치료 이후 머리카락은 계속 짧은 상태였고, 뇌로 전이된 암을 수술할 때 머리뼈에 헤일로 장치를 박아 고정하느라 이마에도 옅은 상처가 남아 있었다. 엄마의 모습은 마치 어딘가로 길을 안내하는 지도 같았다. 도착지가 어딘지는 모르겠지만.

누군가 그릇에 물을 담아 왔고 우리는 물에 천을 적셔 엄마의 몸을 닦아내기 시작했다. 엄마의 몸은 1분 1초가 지날 때마다 점점 더 온기를 잃어갔다. 엄마 옆에 누워 감싸안아주고 싶은 마음이 굴뚝같았다. 어떻게든 그 순간을 늘려보고 싶었지만 시간은 꼭 손가락 사이를 빠져나가는 물처럼 순식간에 흘러가 버렸다.

나는 엄마 가슴에 있는 점의 모양과 위치를 잊지 않으려 애썼다. 배와 가슴 언저리에는 두 번의 임신으로 생긴 튼살 자국이 남아 있었다. 손톱에 있는 세로줄도 보았고, 손바닥의 손금들을 보면서는 손금 읽는 법을 알면 좋았겠다고도 생각했다. 어쩌면 그 손금 하나하나가 다른 운명을 알려주고 있을지도 몰랐다. CD플레이어의 알람 시계가 초록 불빛을 반짝이며 시간을 알려주었다. 수요일 밤 10시. 원래라면 우리 가족이 〈스타 트렉Star Trek〉을 보고 있을 시간이었다.

〈스타 트렉〉오리지널 시리즈가 처음 방영했을 때, 엄마는 깡마르고 짙은 갈색 머리를 한 10대 소녀였다. 엄마도 분명 그 시절엔 여느 소녀들처럼 젊은 윌리엄 섀트너가 연기한 커크 선장을 짝사랑했을 것이다. 80년대 후반에 다음 시리즈인 〈스타 트렉: 더 넥스트 제너레이션〉이 나왔고 우리 가족은 그 시리즈의 열렬한 팬이 되었다. 내 기억으로, 우리 가족은 내가 아주 어릴 때부터 수요일 10시가 되면 낡은 인조 가죽 소파로 옹기종기 모여 앉았다. 거실에 놓인 뚱뚱한 브라운관TV에서는 로열 셰익스피어 극단 출신의 패트릭 스튜어트가 멋진 중저음의 목소리로 "우주, 최후의 개척지"라고 말하는 내레이션이 울려퍼졌다.

그 내레이션은 앞으로 한 시간 동안 우리 가족이 서로를 둘러싸고 앉아 아무 탈 없이 함께 있을 수 있다는 신호였다. 내가 제일 좋아한 캐릭터는 엔터프라이즈 우주선의 심리상담사인 디애나 트로이였는데, 언젠가는 짙은 금발의 내 생머리가 디애나처럼 풍성한 흑발의 웨이브 머리가 되길 꿈꾸었다.

이 시리즈는 내게 새로운 시간 개념도 열어주었다. 〈스타 트렉〉 안에서는 과거와 미래를 오가고 공간을 넘나들었다. 엔터프라이즈호가 폭발하면 누군가 과거로 돌아가서 문제를 바로잡을 수 있었다. 나는 수천 번도 넘게 엄마가 아프기 전으로 이동해서 엄마를 병들게 한 것들을 뽑아 없애버리는 상상을 했다.

〈더 넥스트 제너레이션〉의 마지막 에피소드가 끝나고,

엄마와 나는 수요일 밤마다 다음 시리즈인 〈스타 트렉: 보이저〉를 시청했다. 보이저호의 함장인 캐서린 제인웨이를 향한 나의 동경은 디애나 트로이에게 느꼈던 감정을 훨씬 넘어섰다. 제인웨이는 보이저호의 대원들과 머나먼 은하 사분면에서 길을 잃고 고향에서 수천 광년 떨어진 곳에 고립된다. 귀환을 꿈꾸며 지구를 그리워하는 제인웨이처럼 나 역시 아주 오랫동안 그리움에 시달렸다. 단순히 어떤 장소나 사람이 아니라 엄마가 죽지 않고 우리와 함께하는 세상을 그리워했다. 게다가 캐서린 제인웨이도 나처럼 짙은 금발의 생머리였다.

수요일 밤마다 엄마와 나는, 델타 사분면에 갇힌 USS 보이저호의 대원들이 70년이 걸려야 지구로 돌아올 수 있는 여정을 헤쳐 나가며 또 다른 장애물을 물리치는 모습을 지켜보았다. 처음에는 엄마와 소파에 나란히 앉아서, 나중에는 병원 침대에 누워 있는 엄마 옆에서, 그리고 더 나중에는 더 이상 깨어 있지 못하는 엄마의 손을 잡고 시청했다. 엄마는 뒷부분의 에피소드를 석 달이나 보지 못했다.

그래서 나는 2001년 2월 7일 수요일 밤 10시에 엄마의 시신을 닦으며 〈스타 트렉〉을 틀어놓고 싶었다. 하지만 방에 있는 사람들의 얼굴을 보니 왜 지금 TV를 켜고 싶은지를 설명할 자신이 없었다. 오프닝 크레딧에 나오는 신성新星과 워프 엔진의 불빛을 보며 왜 엄마 옆에 한 번 더 앉아 있고 싶은지. 왜 하필이면 그 순간 여전히 어떤 것들은 변하지 않았다는 걸 알고 싶은지. 시간을 이해하는 또 다른 방법이 왜 내게 간절한지. 지난 몇 년간 우리가 제인웨이 함장과 보이저호가 평생이 걸릴지 모를 긴 여정을 함께해 왔기 때문이라는 이유를 설명할 수가 없었다.

열흘 뒤, 나는 열두 살이 되었다.

이른 아침 눈을 뜨자 사방이 고요했다. 지난 열흘처럼 그날 아침도 꿈을 꾼 건 아닐까 생각했다. 방문을 열고 회색 카펫이 깔린 복도를 지나 옆방에 가면, 엄마가 침대에 그대로 누워 있을 것 같았다. 정맥 주사액이 방울방울 떨어지고, 기계들이 윙윙거리며 돌아가고, 잠든 엄마의 나지막한 숨소리가 방 안을 떠다니는 장면이 생생했다. 그날 아침도 지난 열흘의 아침처럼 이런 의심이 사라질 때까지 침대에 누워 있었다. 하지만 꿈이 아니었다. 내가 살아 있는 동안 내내 현실일 것이고, 내가 죽은 후에도 내내 이어질 현실이었다.

엄마가 만든 잠옷을 입은 채로 침대 밖으로 다리를 내밀어 까딱까딱 흔들었다. 엄마는 여름마다 잠옷 세 벌을 만들어주었다. 긴 소매 두 벌과 짧은 소매 한 벌. 두 벌은 면으로, 한 벌은 플란넬로 만들었다. 그리고 매년 한 치수씩 크기를 늘려주었는데, 앞주머니를 교묘하게 덧대면 패턴이 감쪽같이 어우러졌다. 하지만 지난 2년간은 눈이 나빠져서 바느질은 물론, 앉아 있기가 힘들어 재봉틀도 쓸 수 없었다. 입고 있던 잠옷이 꽉 껴서 겨드랑이를 자꾸 파고들었다.

엄마와 나는 생일이 같았다. 여느 해 같았으면 복도를 뛰어가 엄마의 침대로 뛰어들었을 것이다. 그러면 아빠는 우리에게 핫초코나 꽃다발을 건네며 "축하해요, 오늘의 생일 아가씨들" 하고 말했을 테고, 엄마는 매년 그랬던 것처럼 나를 꼭 안아주며 "내 최고의 생일 선물"이라고 말해주었을 텐데. 하지만 나는 내 방에 그대로 머물렀다. 방문을 열고 나가 텅 빈 방을 보는 순간을 최대한 늦추고 싶었다.

판지 상자는 몇 달 동안 내 방 한쪽에 가만히 놓여 있었지만 나는 상자의 존재를 애써 무시했다. 상자는 내가 절대 오지 않기를 바랐던 미래였다. 나는 천천히 몸을 일으켜 상자 옆에 무릎을 꿇고 앉아 상자의 걸쇠를 하나씩 천천히 풀었다. 뚜껑을 열자 검정 스프링으로 제본된 빨간 배 그림이 그려진 스케치북이 가장 먼저 눈에 들어왔다. 스케치북을 꺼내 첫 페이지를 펼쳤다. 숨이 가빠졌다.

사랑하는 딸 그웨니에게

이건 네 인생의 중요한 순간을 기념하고 축하하는 편지와 유품들의 기록이란다. 혹시라도 편지와 유품에 무슨 일이 생길 경우를 대비해 기록을 남겨두었어. 이걸 쓸 때 사용했던 펜도 함께 넣었어. 네가 마음에 들어 했으면 좋겠구나.

사랑하는 엄마가

표지에 초록색과 금색으로 된 만년필이 꽂혀 있었다. 잉크를 채워서 쓰는 종류였다. 만년필을 빼내 손에 들어보니 제법 묵직했다. 눈물 때문에 글자들이 흐릿해졌다. 벌써 몇 년도 전에 엄마가 보여준 적 있는 스케치북이었지만 엄마의 상자처럼 쓰임을 알고 싶지 않은 또 하나의 물건이라 마음 한구석으로 밀어둔 채 지냈다. 만년필의 굵기를 손가락으로 재보고, 갈비뼈에 대고 눌러보았다. 펜이 써 내려갔을 다른 글들도 어서 읽어보고 싶었다.

스케치북 아래로 상자의 턱밑까지 내용물이 꽉 차 있었다. 다양한 모양과 크기의 상자들이 입체 퍼즐처럼 빈틈없이 맞물려 있었다. 돔 형태의 뚜껑 안쪽에 붙어 있는 모눈종이에 전체 내용물의 목록이 적혀 있었다. 나는 손가락으로 목록을 훑어 내려갔다. 목록은 생일에 이어 졸업식, 결혼, 그리고 출산까지 이어졌고, 각 항목 옆에는 '있음'을 의미하는 체크 마크가 표시되어 있었다.

상자의 윗부분을 뒤져 '그웨니의 열두 번째 생일'이라고 적힌 포장물을 찾아냈다. 조개 무늬의 종이상자에 얇은 분홍색 리본이 묶여 있었다. 엄마가 내 열두 번째 생일을 위해 무얼 골랐을지 궁금해서 뱃속이 찌릿찌릿했다. 곧바로 리본을 풀고 상자를 열었다.

상자 안에는 조그만 자수정이 박힌 꽃 모양 반지가 들어 있었다. 자수정은 엄마와 나의 탄생석이었다. 카드 뒷면에 '사랑하는 딸, 생일 축하해! 8페이지'라고 적혀 있었다. 스케치북을 넘겨 8페이지를 찾아보니 반지의 사진과 함께 엄마의 짧은 메모가 있었다.

사랑하는 그웨니에게

이건 엄마의 두 번째 탄생석 반지란다. 첫 번째는 엄마가 어렸을 때 탄생석 반지가 너무 갖고 싶어서 리즈 할머니를 졸라 갖게 된 선물이었어. 할머니랑 동네 보석상에 가서 같이 골랐는데, 얼마나 마음에 쏙 들던지. 그런데 어느 날 수영장에서 반지를 잘 보관하려고 수건에 감싸두었는데, 나중에 보니 반지가 사라졌지 뭐겠니. 얼마나 속이 상하던지. 이건 할머니와 엄마가 샌프란시스코에 갔을 때 코스트플러스 마켓에서 그 반지를 대신해 사게 된 반지야. 네 마음에도 들었으면 좋겠다.

사랑을 담아, 엄마가

반지는 내 오른손 둘째 손가락에 잘 맞았다. 엄마가 그 반지를 처음 꼈을 날을 상상했다. 반지를 잃어버리고 속상해하는 소녀와 새 반지를 받고 기뻐하는 소녀의 모습을 마

For Gwenny's
12th

음에 담아두고 싶었다. 그 순간과 그날 아침 사이에는 30년이 넘는 시간의 벽이 놓여 있었다. 나는 엄마가 서른일곱 살이 되던 날 아침에 태어났으니 엄마가 살아 있었다면 그날 마흔아홉 살이 되었을 것이다. 노트를 펼쳐 무릎에 올려두고 엄마의 펜 자국이 남긴 흔적을 따라가 보았다. 엄마의 글은 보이저호의 워프 엔진처럼 시공간을 뛰어넘어 우리 사이의 간격을 이어주었다. 나는 편지를 읽고 또 읽었다.

흐릿하고 불확실한 희망

엄마가 아프다는 사실을 알게 된 날의 기억은 없다. 내 기억은 엄마가 병원에 다녀오고 가슴에 난 혹이 내게 모유 수유를 하다가 유관이 막혀서 생긴 게 아니라는 걸 안 어느 날부터 시작된다. 당시 우리가 살았던, 파란색과 흰색으로 된 집은 기억이 나지 않고, 낡은 나무 정글짐과 위쪽에 오리 그림이 있는 침실 벽지만 흐릿하게 떠오른다. 그 집에는 검은색과 흰색이 섞인, 무리 본능이 강하고 오드 아이를 가진 (양쪽 홍채 색깔이 다른 눈—옮긴이) 작은 강아지 한 마리도 살았을 것이다. 하지만 내가 기억하는 티피는 성견이 된 후의 모습뿐이다. 흰 무늬가 있는 콧등에 흙을 잔뜩 묻히고, 아빠의 스프링클러에서 뜯어낸 고무 튜브를 문 채 꼬리를 흔들어 대던 티피. 엄마가 암 진단을 받은 날처럼, 티피의 어린 강아지 시절도 내 기억에서 아주 오래전에 지워졌다.

내가 확실하게 기억하는 집은 보라색 등나무가 드리워

진 옅은 회색의 이층집이다. 넓은 현관 앞에는 고리버들 가구가 놓여 있고, 현관문 옆에는 황동 우편함이 달려 있었다. 왼쪽으로 몇 집 더 가면, 1960년 영화인 〈폴리아나Pollyanna〉를 촬영한 큰 저택이 있었다. 우리 할머니도 그 영화에 엑스트라로 출연했다. 우리가 그 동네로 이사했을 때, 리즈 할머니는 우리 집에서 한 블록 반 떨어진 집에서 여전히 살고 계셨다. 바다거북처럼, 엄마는 엄마가 자란 곳으로 돌아와 가정을 꾸렸다. 새로 이사한 집은 그전 집보다 훨씬 커서 방네 개, 차고 두 개에 뒷마당엔 수영장도 있었다. 엄마가 받은 유산 덕분이었다. 우리는 엄마가 암 진단을 받은 직후인, 내가 세 살이 되던 해 7월 4일에 그 집으로 이사했다.

엄마는 방 네 개를 전부 수채화 느낌의 하늘색으로 칠했다. 아빠는 공주님 시기를 보내고 있던 나를 위해 얇은 망사로 된 캐노피 모기장을 침대에 달아주었다. 그 모기장 덕분에 진짜로 디즈니 만화에 나오는 재스민 공주가 된 기분이었다. 호랑이가 없는 것만 빼면 말이다.

제이미 오빠와 나는 화장실과 벽 하나를 같이 썼다. 오빠 방에는 근사한 레고 컬렉션과 〈던전 앤 드래곤〉 게임의 미니어처 진열대가 있었다. 오빠는 엄마의 건강 걱정으로 그늘이 드리워진 집 분위기에 영향을 받지 않고 혼자서도 몇 시간이고 재미있게 보냈다. 상상이라고는 대충 내 침대를 해적선이라고 한다든가, 흙으로 마법의 묘약을 만드는 정도가 전부였던 나는 오빠의 상상 속 세계가 부러웠다. 나는 오빠의 난해한 멀티버스 세계에 조건부로만 접근할 수 있었다. 오빠가 그림을 그리거나 책을 읽을 때 내가 아무 말도 하지 않고 옆에서 보기만 하는 건 오빠도 상관하지 않았다. 나는 오빠의 관심을 공기처럼 갈망했다. 오빠가 마지못해 건네는 말 한마디나 눈길 한 번이면 몇 시간이고 행복한 시간을 보낼 수 있었다. 오빠는 나를 '그웨니'라고 불렀는데, 오빠가 가장 좋아하는 영화 〈카멜롯〉에 나오는 귀네비어 여왕의 이름을 딴 것이었다. 출생증명서상 내 이름은 '제너비브'이지만 사람들은 오빠가 지어준 이름으로 더 많이 불렀다.

우리 집 앞에는 목련과 단풍나무, 은행나무가 늘어선 넓은 가로수길이 있었다. 길 한쪽 끝은 산타로사 시내로 통하는 큰길로 이어졌고, 다른 쪽 끝은 지역 공동묘지로 이어졌다. 부모님은 매년 7월 4일(미국 독립기념일-옮긴이)에 집 앞에서 동네 사람들과 파티를 열었다. 영국 국적인 아빠도 그날을 좋아했지만, 성조기 옆에는 항상 유니언 잭도 달아두기를 고집했다.

폭죽 사용이 허용되던 때라 동네 사람들은 길가에 앉아 폭죽을 터트리며 작은 불꽃놀이를 즐겼고, 그러면 온종일 길에서 성냥의 머리 부분에서 나는 냄새처럼 코끝을 찌르는 강한 화약 냄새가 났다. 조너선 삼촌은(우리는 Q 삼촌이라고 불렀다) 그날만 되면 집에서 만든 폭죽을 들고 날이 한창 밝을 때 우리 집에 왔다. 폭죽 막대기처럼 비쩍 마른 삼촌은 작년에 썼던 폭죽의 외피를 모아두었다가 피콜로 피트Piccolo Petes(폭죽 브랜드-옮긴이)의 폭약을 여러 개 감싸 폭죽을 만들었는데, 이 폭죽은 어느 순간 대포 터지듯 펑펑 터졌다. 삼촌은 어릴 때부터 폭죽을 가지고 노는 걸 좋아했다고 했다. 듣기로는 10대 때, 바로 그 거리에서 체리 밤(체리 모양처럼 생긴 작고 둥근 폭죽-옮긴이)으로 우편함들을 날려버렸다는 이야기도 있었다.

폭죽 소리에 놀란 티피가 긴장한 모습으로 평소답지 않게 가만히 엎드려 있는 모습이 눈에 선하게 그려진다. 해 질 무렵이면 어른들은 우리가 가느다란 막대 폭죽인 스파클라 폭죽을 가지고 노는 것을 허락해 주었다. 제이미 오빠와 사촌들은 폭죽을 손에 들고 빙글빙글 돌리며 온 거리를 뛰어다녔다. 폭죽으로 공중에 자기 이름을 쓰면, 스치듯 사라지는 불빛이 컴컴해진 밤하늘을 잠시나마 밝혀주었다. 리즈 할머니는 우리 집까지 200걸음 정도를 걸어와서 접이식 의자에 앉아 타탄 담요로 무릎을 덮고, 은발 섞인 머리 위로 커다란 안경을(할머니는 그 안경을 "내 눈들"이라고 불렀다) 찔러 넣은 채 그 모습을 구경했다. 앙투아네트 이모도 항상 근처에 앉아 있었다.

아빠는 카키색 반바지에 목이 긴 흰 양말을 신고 바비큐에 불을 붙였다. 신문지에선 굴뚝같은 연기가 피어오르고, 곧 숯덩이가 될 닭 다리들은 줄지어 차례를 기다렸다. 엄마는 바비큐가 됐든 폭죽이 됐든 위험한 상황을 대비해서 한쪽에 물 호스를 준비해 두었다. 엄마는 티피처럼 긴장한 채 경계를 늦추지 않으며 식구들의 즐거운 시간을 방해하지 않으면서도 늘 사고를 대비했다.

엄마는 유방암 치료를 위한 첫 단계로 종양이 있는 오른쪽 가슴 전체를 절제하는 수술을 받았고, 그 뒤 빈 곳을 메꾸는 수술을 받았다. 엄마의 젖꼭지가 있던 자리에 분홍색의 긴 흉터가 남았다. 나는 앙다문 입술처럼 생긴 그 흉터가 엄마에게 위협이 되는 것들을 영원히 막아주기를 바랐다. 처음에 엄마는 그냥 몸이 아프다고만 말했다. 수술은 잘 끝났지만 의사는 엄마의 나이와(겨우 마흔 살이었다) 암의 공격성 때문에 재발할 가능성이 있다고 설명해 주었다. 의사는 엄마에게 방사선 치료와 화학 요법을 권했다.

엄마가 퇴원하고 나는 잠시도 엄마 곁을 떠나지 않았다. 내가 안 보는 사이에 사라질까 봐 엄마를 방마다 따라다녔고, 화장실까지 쫓아갔다. 그 몇 주 동안 우리 집의 긴 타원형 식탁이 종이 더미에 파묻혔다. 엄마는 매일 몇 시간씩 식탁에 앉아 신문 기사에 형광펜을 칠하고, 두꺼운 책들을 읽어 내려갔다.

"그건 엄마가 살면서 내린 가장 어려운 결정이었어." 엄마는 몇 년 뒤, 오빠와 나에게 남기는 영상에서 카메라를 응시하며 그렇게 말했다. "암과 싸울 방법을 결정하는 건 너무 힘든 문제였단다. 엄마는 6주 동안 책을 찾아보고, 자료들을 읽고, 의사 선생님을 만나고, 기도했어. 수술은 받기로 했지만 그 이후의 치료는 전통적인 방식을 따르지 않기로 했지. 그 치료법들은 독성이 너무 강해서 엄마가 버텨내지 못할 것 같았거든. 그 생각이 옳았는지 틀렸는진 모르겠지만, 그때 엄마의 직감으로는 그게 맞다고 생각했어."

대신 엄마는 곤잘레스 프로토콜Gonzalez Protocol이라는 사설 대체 치료 프로그램을 찾아냈다.

곤잘레스 박사는 엄마의 병을 낮게 할 수 있다고 장담했지만 다른 외부의 임상적 개입이 전혀 없어야만 한다는 조건이 붙었다. 일반적인 검사를 받아도 안 되고, 다른 치료를 병행해서도 안 된다고 말이다. 다른 병원에 가더라도 자신이 정해둔 범위 안에서만 검사나 치료를 받도록 했다. 엄마는 그 프로그램에 참여하는 동안 엄격한 채식 식단을 따르며 매일 100알에 가까운 약을 삼켰고, 하루에 두 번씩 커피 관장을 했다. 제너럴 일렉트릭 챔피언 주스기도 샀다. 주방 조리대를 다 차지할 정도로 커다란 베이지색 기계였다. 엄마는 주스기에 당근을 한 봉지씩 넣고 간 다음, 거기서 나오는 거품 가득한 걸쭉한 주황색 액체를 몇 잔씩 들이켰다.

"당근엔 항암 성분이 많대." 엄마가 말했다.

나는 그게 무슨 뜻인지 물었다.

"암을 예방해 준다는 말이야. 당근에 있는 카로틴이라는 성분 덕분이지. 카로틴에는 어두운 곳에서 눈이 잘 보이게 해주는 효과도 있어."

나도 맛없어 보이는 그 주황색 액체를 몇 모금 마셔보았다. 나무껍질 같은 맛이 났다. 밤에는 밖에 나가 시력을 테스트해 보았지만 별다른 차이가 없는 것 같았다. 나는 그 말도 어른들이 채소를 먹게 하려고 꾸며낸 말이 아닐까 생각했다. 엄마는 당근 주스를 계속 마셨고, 나중에는 엄마의 손과 얼굴이 주황색으로 변할 정도였다.

그때는 90년대였고, 우리 부모님은 동종 요법과 자연 치유법의 열렬한 신봉자였다. 두 분은 영양 첨가제를 사용한 식품 분야의 초기 선구자라 할 수 있는, 작은 음료 회사를 운영했다. '미시즈 위글스 로켓 주스Mrs. Wiggles Rocket Juice'라는 회사로, 슬로건은 '당신의 사명을 위한 영양'이었다. 부모님은 회사에 있는 커다란 창고 안에서 은행나무 추출물과 스피룰리나 스무디를 섞은 것 같은 주스를 병에 담아 상표를 붙이고 포장했다. 제이미 오빠와 나는 Q 삼촌의 딸들인 제시, 토리와 어울려 그 창고를 자주 드나들었다. 우리 넷은 창고에 있는 대형 냉장고에 들어가서 누가 더 오래 버티는지

시합을 벌이며 이가 덜덜 떨리고 손이 파래질 때까지 버티곤 했다. 한쪽 옆에는 두툼한 판지 상자가 산처럼 쌓여 있는 큼지막한 방도 있었다. 우리는 상자 꼭대기까지 오르거나 상자를 다시 배치해 비밀 요새를 만들며 놀았다. 주스 공장의 공기는 열대우림처럼 축축하고 달콤했으며 살아 있는 냄새가 났다. 아빠의 사무실에 가면 벽에 걸린 긴 보드에 그때까지 생산된 모든 로켓 주스의 상표가 붙어 있었는데, 각각의 상표에는 작은 로켓 우주선 그림이 어딘가에 숨겨져 있었다. 나는 사무실에 갈 때마다 눈을 부릅뜨고 상표 안에 있는 로켓 우주선을 찾곤 했다.

우리 집 주방에 있는 것들은 전부 유기농이었다. 우리 가족은 친구들의 집처럼 세이프웨이에서 쇼핑하지 않았다. 오빠와 나는 끌려가듯, 엄마를 따라 좁은 통로로 이어진 커뮤니티 마켓에 갔다. 커뮤니티 마켓은 지역의 독립 건강 식품점으로 렌틸콩 같은 농산물을 도매로 팔고, 밀랍 양초와 비타민 가루 냄새가 나는 곳이었다. 그리고 가벼운 병이 날 때면 동종 요법 의사를 찾아갔다. 거기서는 비소와 아편을 희석해 압축한 흰색 알약을 갈색 유리병에 담아 팔았는데, 우리는 그 약을 혀 밑에 넣고 녹여 먹었다. 우리 집에서는 아무도 술을 마시거나 담배를 피우거나 가공식품을 먹지 않았다. 우리 가족은 모두 운동했고, 치실을 썼다. 우리는 말 그대로 건강한 가족의 표본이었다. 한 사람이 아주 많이 아팠던 것만 빼면 그랬다.

눈을 감으면 아직도 엄마가 식탁에 앉아 레몬그라스 차가 담긴 뜨거운 머그잔을 옆에 두고 무언가를 열심히 읽고 있을 것만 같다. 엄마는 주근깨 가득한 양팔에 몸을 기대고 임상 시험 결과지를 읽거나 잡지 기사를 스크랩했다. 할 수만 있다면 식탁에 앉아 있던 엄마를 꼭 안아주고 싶다. 그리고 귀에 대고 내가 지금 알고 있는 사실을 속삭여주고 싶다. 곤잘레스 박사, 그 사람은 엄마가 찾고 있는 답을 가지고 있지 않다고. 엄마의 그 모든 노력과 직감과 지성에도 불구하고, 엄마가 믿고 있는 그 사람은 믿을 만한 사람이 아니라고.

하지만 희망은 오랜 시간 엄마를 버티게 해줬을 것이다. 그것이 어떤 희망이든. 네 살의 어느 여름날, 키우던 앵무새인 데이비의 다리에 혹이 생겨 동물병원에 갔다.

"수술을 받아야 한대." 차 안에서 아빠가 말했다.

엄마는 "데이비 부리에 조그만 산소마스크를 씌울까?"라며 장난스럽게 웃었다.

나는 데이비가 환자복을 입고 조그만 수술대에 누워 마취제를 맞고, 그 옆에서 마스크를 쓴 사람들이 조그만 메스와 핀셋을 들고 왔다 갔다 하는 모습을 상상했다. 병원에서 데이비의 다리에 난 혹은 떼어냈지만 빈 뼛속에서 이미 암이 자라고 있다고 했다.

데이비는 항상 내 방에서 잠을 잤지만 수술 이후로는 엄마가 데이비를 엄마 방으로 옮겨두었다. 아침이 되면 케이지를 덮어둔 목욕 수건을 걷어주어야 하는데, 내가 그걸 자꾸 잊어버려서 데이비를 계속 어둠 속에 남겨두었기 때문이다. 갑자기 데이비에게 내가 해줄 수 없는 일들이 생겼다. 약을 챙겨주는 일이라든가 연민을 갖는 일이 그랬다. 데이비의 뼈를 생각하면 마음이 아파야 하는 건 알겠는데, 뼈는 눈에 보이지 않았기 때문에 아무런 감정이 들지 않았다. 엄마가 그랬듯이, 내 눈에는 데이비도 아파 보이지 않았다. 데이비의 깃털은 여전히 밝게 빛났고, 깨 같은 데이비의 눈은 전과 똑같이 호기심으로 가득해 보였다. 데이비는 여전히 내 머리 위에 똥을 싸고 나를 비웃기라도 하듯 높은 휘파람 소리를 휙 내며 날아갔다.

암이 눈에 보이지 않는 거라면 내겐 누구라도 걸릴 수 있다는 말과 같았다. 나는 암이라는 것이, 머릿니처럼 살금살금 기어서 이 사람 저 사람으로 옮겨 다니는 모습을 그려봤다. 유치원에서 머릿니에 관한 이야기를 한창 많이 들을 때였다.

"아니야." 엄마가 말했다. "데이비나 엄마한테서 암이 옮을 수는 없어. 암은 그냥 그 사람 몸속에 문제가 생긴 거야."

어느 날 아침, 엄마가 뭔가를 들고 내 방으로 왔다. 엄마는 공주 모기장을 걷어 침대 끝에 앉았다.

"그웬니. 어젯밤에 데이비가 아주 불안해 보였어. 케이지 안에서 이리저리 계속 날아다녔거든. 데이비를 꺼내 심장 가까이에 대고 안고 있었더니 조금 진정이 되는 것 같아서 엄마, 아빠는 그렇게 몇 시간 동안 있었어. 그러다 어느 순간 데이비의 심장 소리가 느껴지지 않더구나. 그렇게 데이비가 하늘나라로 간 걸 알았단다."

나는 엄마 손에 있는 뭉치를 보며 앞으로 일어날 일을 예감했다. 온몸이 뻣뻣해지는 기분이었다. 엄마 손에 있는 것을 보고 싶지 않아 눈을 반만 떴다. 그렇게 하면 진실도 반만 볼 수 있을 것 같았다. 엄마가 천을 펼치자 그 안에 누워 있는 데이비가 보였다. 데이비는 여전히 노란 초록빛을 내뿜고 있었다.

"만져보렴." 엄마가 손을 내밀었다.

나는 손가락을 천천히 뻗어 데이비의 부드러운 깃털을 쓰다듬었다.

데이비는 오래전에 죽은 것처럼 보였다. 반짝이던 눈은 파충류 피부처럼 생긴 눈꺼풀로 덮여 있었다. 나는 꼭 처음 보는 것처럼 데이비의 주름진 다리와 구부러진 발톱을 들여다보았다. 데이비가 더 작고, 낯설게 느껴졌다. 마치 6천만 년 동안 진화한 생명체가 내 방 내 침대에서, 천 조각에 싸여 엄마 손 위에서 잠든 듯했다. 엄마는 손바닥에 데이비를 올려둔 채로 내가 마음껏 슬퍼할 수 있게 얼마간 그대로 앉아 있어주었다.

우리는 앞마당에 데이비를 묻었다. 회양 나무 아래 무덤을 만들고, 나무로 만든 작은 십자가도 꽂아주었다. 나는 뒷마당에서 월계수 잔가지를 꺾어와 데이비를 묻기 전에 흙에 뿌려주었다. 데이비가 좋아한 수수 이파리와 오징어 뼈도 옆에 놓아두었다. 나는 울었고, 가족들은 데이비에게 몇마디 말을 남겼다. 나는 내내 나를 향해 있는 엄마의 눈길을 느낄 수 있었다.

엄마는 그동안 데이비가 털갈이를 할 때마다 케이지 바닥에 떨어진 깃털을 모아 투명한 플라스틱 케이스에 넣어두었다. 엄마가 먹는 수많은 알약을 보관할 때 쓰는 것과 같은, 여러 칸막이로 구분되어 있는 케이스였다. 안에는 끝이 뾰족하게 잘린 기다란 날개깃과 레몬 버터 색의 노랗고 보송보송한 가슴 깃털이 들어 있었다. 가장 작은 칸에는 엄마가 제일 아끼는, 작은 푸른 반점이 있는 데이비의 머리 깃털이 있었다. 엄마는 언젠가 미술 작품에 그것들을 쓰게 될지도 모른다고 했다.

엄마는 물건을 잘 간직했다. 우리 집 서랍과 찬장에는 산책하며 주워 온 조개껍데기와 돌멩이, 오래된 편지와 생일 카드, 신발 상자에 담긴 사진들이 가득했다. 엄마는 포장지나 플라스틱 요구르트병 같은 것들도 잘 보관했다가 필요할 때 다시 썼다. 나는 엄마의 병이 깊어지는 동안 엄마가 물건을 아끼고 잘 보관하는 습관에서 새로운 의미를 찾아내어 그 뒤로는 엄마가 책갈피에 말려둔 나뭇잎이나 꽃잎, 깔끔하게 돌돌 말아 보관한 리본 조각, 바느질함에 넣어둔 주인 잃은 단추를 발견할 때마다 그것들을 행운의 징표로 여겼다. 나에게는 그 하나하나가 엄마가 아직 희망의 끈을 놓지 않았다는 믿음 같아 보였다.

평화는 어쩌면 눈속임으로 지켜진다

엄마와 아빠는 1981년 샌프란시스코의 한 파티에서 만나 2년 뒤 같은 도시에서 결혼식을 올렸다. 아빠는 공인회계사였고, 엄마는 경영대학원을 막 졸업한 참이었다. 아빠는 영국을 떠나온 지 몇 년이 지났지만 여전히 "졸리 굿jolly good!(아주 좋군!)"이나 "블러디 헬bloody hell!(빌어먹을!)", "크라이키crikey!(저런!)" 같은 말을 썼다. 아빠는 제임스 딘과 휴로리를 합쳐 놓은 듯한 미남이었고, 푸른 눈동자와 옅은 붉은색 금발 머리를 내게 그대로 물려주었다. 아빠에겐 주머니에 항상 손수건을 가지고 다니다가 잃어버리기 쉬운 물건을 감싸서 묶어 다니는 습관이 있었는데, 엄마는 그런 아빠를 '피터 킹스턴' 대신 '피터 팬 씨'라고 부르곤 했다.

아빠는 무엇이든 게임으로 만들 수 있었다. 교회나 은행 앞의 아주 작은 경사진 잔디밭도 우리에겐 '요크 공작 놀이'를 할 수 있는 기회였다. '위대한 요크 공작'이라는 영국 동요의 가사에 맞춰 행진하듯 언덕을 오르락내리락하는 놀이였다. 지름길로 다니는 걸 좋아하는 아빠는 언제나 새로운 길을 만들었다. 우리의 첫 번째 집 건너편에는 초등학교가 있었는데, 밤이 되면 운동장 정문에 자물쇠를 채워두었다. 아빠는 정문에 걸린 자물쇠 체인을 절단기로 끊고 아빠가 준비한 자물쇠를 채워서 우리가 원할 때 언제든 문을 열어주었다. 학교는 주기적으로 체인을 교체했지만 그때마다 아빠는 다시 새 자물쇠를 샀다. 몇 년간 바로 뒷집에 사는 트래비스라는 친구와 친하게 지낼 때는 우리 집 뒤쪽 울타리에 직사각형 구멍을 내서 그곳에 경첩과 쇠 빗장을 달고, 트래비스네 집 울타리에도 사각형 구멍을 내서 두 문을 연결하는 통로를 만들어주었다. 통로가 지나는 이웃집 뒷담 사이의 작은 공간에는 담쟁이덩굴이 무성하고 독거미가 많아서, 아빠가 이따금 큰 칼로 덩굴을 잘라내 길을 터주곤 했다. 주말 아침이면 종종 동네 빵집에서 머핀과 크루아상을 한 봉지 사서 동네 한쪽 끝에 있는 공동묘지 어딘가에, 주로 참나무 아래나 대리석 벤치 아래에 숨겨두었다. 그러고는 제이미 오빠와 나를 공동묘지 정문 앞에 데리고 가서 안쪽을 가리키며 말했다. "아침밥 숨바꼭질이다!"

아빠는 우리를 훈육하는 문제에 있어서는 모두 엄마에게 맡겼다. 엄마는 우리가 무탈한 하루를 보낼 수 있도록 끊임없이 규칙을 만들었다. 예를 들면 엄마는 작은 메뉴판을 출력해서 다음 날 아침과 점심 도시락으로 뭘 먹을지 우리가 선택하게 했는데, 만약 내가 시리얼과 참치와 떡 옆에 체크 표시를 한다면, 그건 내가 그 메뉴를 선택했으니 다 먹겠다는 일종의 약속, 즉 서로 간의 합의를 따른다는 의미였다. 엄마는 엄마가 통제할 수 있는 범위 안에서 모든 것이 안정되고, 최대한 예측이 가능하게 만들었다. 엄마는 혼자서도 능숙하게 해냈지만 가끔 너무 억울하다 싶으면 아빠에게 악역을 떠넘기기도 했다.

"자, 아빠 오시기 전까지 양치하고 잠옷 입자. 아빠가 집에 왔는데 너희들이 잘 준비가 되어 있지 않으면 기분이 안 좋으실 거야."

때로는 이런 말에 속아 넘어가는 척했지만 아빠는 우리가 몇 시에 자든 크게 신경 쓰지 않는 사람이라는 걸 우리는 알았다. 아빠는, 우리 삶에 질서를 가져오기 위한 엄마만의 캠페인에서 일종의 인간 소품 같은 존재였다.

부모님은 어느 시점부터 각방을 썼다. 악몽을 꾼 어느 날엔 부모님 방의 침대에 기어 올라갔더니 엄마만 있고 아빠는 없어서 엄마 옆자리가 온통 내 차지였다. 아빠는 계단 꼭대기에 있는 가장 큰 방이나 손님방의 옆방에서 나오곤 했다. 엄마 아빠의 변화는 내게 그런 의미가 전부였다. 아빠와 엄마가 한방에서 자지 않는 것과 아래층에서 종종 들려오던 다툼 소리를 연관시킬 생각조차 하지 못했다.

부모님은 우리가 있는 2층에서는 한 번도 싸운 적이 없었지만 두 사람이 다투는 소리가 주방과 계단을 타고 위층까지 들릴 수 있다는 사실은 모르는 것 같았다. 나는 가끔 계단에 웅크리고 앉아, 혹은 소파에 깔린 담요 밑에 누워서 커졌다 작아졌다 하는 두 사람의 목소리에 귀를 쫑긋 세웠다. 그때 부모님이 했던 말은 하나도 남아 있지 않지만 싸움의 패턴은 기억난다. 하나의 주제가 다른 주제로 이어지고 나중에는 모든 것이 흐려져 분노만 남게 되는 식이었다. 나에 비해 오빠는 한 번도 부모님이 싸우는 소리를 들으러 나온 적이 없었다. 오빠는 귀를 닫고 책에 파묻혀 있는 게, 혹은 그림을 그리거나 잠을 자는 게 더 좋은 듯했다. 우리 집에서 오빠는 항상 조용한 아이였다.

"제이미는 내향적이고, 너는 외향적이라 그래." 엄마는 '내'와 '외'를 힘주어 발음하며 설명했다. "그래서 오빠는 네가 원할 때마다 너와 놀아줄 수가 없는 거야."

오빠에 비하면 나는 항상 정신없고, 시끄럽고, 모든 면에서 관심을 요하는 아이였다. 우리 집에 오는 손님들은 바닥에 펼쳐진 『아이를 바꾸려 하지 말고 긍정으로 교감하라 *Raising Your Spirited Child*』와 같은 책들에 발부리가 걸려 넘어지기 일쑤였다. 나는 손님들의 자동차 키를 숨겼고, 어떤 때는 손님들이 식탁에 앉아 이야기하는 동안 실뭉치를 가져와서 손님들의 다리를 의자 다리에 묶어놓기도 했다. 나는 손님들이 우리 집을 떠나는 걸 견딜 수가 없었다. 그들은 다시 오겠다고 했지만 그런 말들은 믿지 않았다.

"요정이 너를 잘못 두고 갔나 보다." 내가 바닥에 드러누워 울고불고 떼를 쓰면 엄마는 이런 말을 했다. "엄마가 안 볼 때 요정들이 인간 아기와 요정 아기를 바꿔치기한 것 같구나. 넌 감정 표현이 더 자유로운 이탈리아의 대가족 집으로 갔어야 했는데, 우릴 만났네."

우리 가족은 양쪽 집안 모두 영국인이라 감정 표현을 절제하는 것이 오랜 세월 동안 몸에 배어 있었다. 특히 분노나 실망감 같은 불쾌한 감정들은 극복하고 다스려야 하는 감정이었다. 감정이라는 건 그 감정을 느끼는 당사자가 알아서 책임져야 할 문제였고, 불편한 감정을 느끼는 사람은 자기 방에 가서 충분히 마음을 가라앉힌 다음에 나와야 했다. 내가 느끼기에 울거나 논쟁을 벌이는 건 해가 지고 났을 때, 모두가 자는 시간이 되어서야 할 수 있는 것이었고, 그전까지는 몇 시간이고 참아야 하는 것 같았다.

부모님의 목소리가 너무 커진다 싶을 때엔 나는 숨어 있던 곳에서 나와 두 사람의 전장 한가운데로 걸어 들어갔다. 그리고 두 사람 사이에 서서 소리를 지르거나, 크게 울거나, 물건을 넘어뜨렸다. 부모님의 관심을 서로가 아닌 나에게 돌리기 위해 내가 생각해 낼 수 있는 모든 방법을 동원했다. 차라리 엄마 아빠가 내게 화를 내는 편이 나았다. 어쨌든 나는 용서를 받을 테니까.

　일요일이면 우리 가족은 팬케이크를 먹으러 한 블록 반 거리에 있는 리즈 할머니 집까지 걸어갔다. 할머니 집으로 가는 길에는 은행나무가 늘어서 있었는데, 조그만 바람에도 부채 모양의 수많은 초록 잎이 파르르 몸을 흔들었다.

　우리 엄마의 엄마인 리즈 할머니는 70대 초반의 나이로 키가 크고 말랐지만 강단 있는 사람이었다. 짙은 갈색 머리카락 사이로 흰머리가 드문드문 보였고, 손목 안쪽에는 평화의 비둘기 문신이 있었다. 아빠처럼 영국인인 할머니는 2차 세계대전 중에 미국인인 할아버지를 만나 결혼했을 때가 겨우 열여덟 살이었는데, 여전히 영국인 특유의 또박또박 끊듯이 말하는 말투를 썼다. 두 분은 10년 동안 네 명의 자녀를 낳았고, 그중 막내가 우리 엄마였다. 언젠가 엄마는, 자신이 부모님의 결혼생활을 지키려고 태어났지만 실패한 것 같다고 말했다. 할머니와 할아버지는 엄마가 어렸을 때 이혼하셨고, 정치인이었던 할아버지는 워싱턴 D.C.에서 재혼해 세 명의 딸을 더 낳았다. 할아버지와 엄마는 가까운 사이였던 적이 없었다. 할아버지는 내가 세 살 때 돌아가셔서 나에겐 할아버지에 대한 기억이 없다.

　리즈 할머니의 집에는 아무도 사용하지 않는 빨간 현관

문과 담쟁이덩굴로 휘감긴 거대한 야자수 한 그루가 있었
다. 복도 벽장에는 팝업북이 가득 꽂혀 있었는데, 책장을 넘
기면 알록달록한 공룡들과 바다생물, 갈라파고스의 새들이
튀어나왔다. 오빠와 나는 팝업북을 양쪽에서 붙들고는 서로
먼저 부비새의 파란 발을 춤추게 만드는 종이를 당기거나
목도리도마뱀의 목도리를 펼치는 바퀴를 돌리겠다고 법석
을 떨었다.

리즈 할머니의 팬케이크는 반죽에 무지방 요구르트를(할
머니의 발음대로라면 '야-거트'를) 넣어서 다른 팬케이크들과
는 맛이 달랐다. 먼저 버터 한 조각을 프라이팬에 넣고, 온도
가 적당한지 보기 위해 팬케이크 반죽을 한 숟갈 떠 넣었다.
한쪽 면이 다 익으면 뒤집어서 반으로 갈라 안이 익었는지
확인했다. 할머니가 프라이팬에 다음 반죽을 넣는 동안에
오빠와 나는 요구르트 때문에 새콤한 맛이 나는 뜨거운 테
스트용 팬케이크를 가운데 두고 나눠 먹었다.

할머니는 예술가였고, 지역전문대학에서 미술도 가르쳤
다. 할머니의 두 번째 남편인 빌 콘트 할아버지는(Q 삼촌의
아빠다) 작은 하이파이(실제 소리와 최대한 가깝게 음을 재생하
는 음향 장치-옮긴이) 가게를 운영하는 사진작가였다. 빌 할
아버지가 돌아가시고 나서 할머니는 세 번째 결혼을 하셨는
데, 세 번째 할아버지는 안락의자 너머로 잠깐 본 희끗희끗
한 머리의 뒷모습만 기억에 남아 있다. 내가 어렸을 때 할머

니는 자주 동판화를 만들고 계셨다. 철판을 산에 담가 부식시킨 다음에 날카로운 도구로 표면에 디자인을 새기고 철판에 잉크를 발라 인쇄하면 이미지가 종이에 옮겨졌다. 한번 만들어진 판은 계속 재사용할 수 있었다.

어려서부터 그림에 소질이 있었던 오빠는 나와 달리 종이에 선을 긋는 법을 본능적으로 아는 것 같았다. 오빠의 그림에서는 개가 개처럼, 집이 집처럼 보였다. 할머니는 오빠가 그림을 그리는 동안 내가 작업실 벽에 걸린 낡은 서랍의 작은 보관함 안에 있는 여러 가지 아름다운 물건들을 만져볼 수 있게 해주었다. 반들반들한 바다 유리 조각, 가공하지 않은 준보석, 완벽한 나선형의 우윳빛 고둥껍데기, 그리고 색이 바랜 작은 은색 열쇠까지. 나는 이렇게 작은 열쇠라면 요정의 집 문을 여는 데 써야 할 것 같다고 생각했다. 할머니는 여러 물건들을 관찰하고 그림을 그리는 용도로 보관하셨지만, 나는 그 물건들이 박물관에 전시해도 좋을 만큼 멋지다고 생각했다.

"네 할머니는, 엄마였을 때보다 할머니일 때가 훨씬 좋으시단다." 엄마는 아쉬운 듯, 이 말을 여러 번 했다. "엄마는 할머니와 이런 시간을 가져본 적이 없었어." 워킹맘이었던 할머니는 다섯 아이들에게 골고루 관심을 나눠줄 여유가 없었다. 엄마의 어린 시절은 리즈 할머니의 소박한 보헤미안 세계와 할아버지의 부유한 보수주의 세계로 정확히 나뉘었다. 두 세계 모두 따뜻한 보살핌이나 친밀감은 부족한 곳이었다. 마치 시간이 할머니의 사랑을 단단하면서도 부드럽게 만든 듯, 오빠와 나는 엄마가 받지 못한 애정 어린 관심을 할머니에게서 듬뿍 받았다.

내 다섯 번째 생일 파티가 끝나고 동네의 은행잎들이 노랗게 물들어 길에 수북이 쌓여갈 때쯤 엄마는 틈만 나면 할머니를 찾아갔다. 몇 주 동안 엄마는 긴 머리를 휘날리며 오트밀이 담긴 도자기 그릇을 손에 들고 문밖을 나서거나 들어서거나, 거의 둘 중 하나였다. "엄마가 정신이 없네." 엄마는 계속 이 말만 했다. 우리의 일요일 아침 루틴은 중단되었다. 엄마 말로는 할머니도 암에 걸리셔서 더 이상 팬케이크를 만드실 수 없다고 했다. 할머니는 가슴이나 뼈가 아니라 폐에 암이 생겼다.

12월 초의 어느 날 아침, 엄마가 오빠와 나를 불러 앉혔다.

"할머니가 많이 아프셨던 거 알지?"

우리는 고개를 끄덕였다.

"오늘 아침에 할머니 정신이 계속 흐려지고 있다는 연락을 받았어. 그 말을 듣고 곧바로 달려갔는데, 할머니는 엄마가 도착하자마자 숨을 거두고 돌아가셨어."

엄마는 간단명료하게 말했지만 마지막 말을 전할 땐 목소리가 갈라져 나왔다. 오빠와 나는 아무 말도 하지 않았다. 나는 틀림없이 울었겠지만, 다른 것들은 묘연하고 엄마가 우리에게 아주, 아주 중요한 말을 하고 있었다는 느낌만 기억난다. 할머니도 엄마처럼 암에 걸렸고, 살아남지 못했다는.

잠시 후 엄마가 물었다. "할머니 보고 싶어?"

할머니 집까지 걸어가는 길에 본 은행나무는 잎이 다 떨어지고 앙상한 가지만 남아 있었다. 은행나무 가지들이 마치 할머니의 동판 그림에서 본 것처럼 부연 하늘을 조각조각 갈라놓았다. 비가 내린 직후라 공기 중에서 깨끗한 흙냄새가 났다. 나는 큰 단추가 달린 보라색 코트를 입고 엄마 손을 잡고 걸었다. 엄마가 한 걸음 걸을 때마다 나는 세 걸음씩 종종걸음으로 따라갔다. 제이미 오빠와 아빠는 우리를 뒤따랐다.

우리는 아무도 사용하지 않는 빨간 현관문과 담쟁이가 칭칭 감긴 키 큰 야자수를 지나 할머니 집 뒤편으로 돌아갔다. 주방은 조용했고 가스레인지는 차가웠다. 거실은 언제나처럼 할머니가 좋아한 갈색과 짙은 주황색의 가을 느낌을 풍겼지만 여느 12월이었다면 할머니가 구슬과 반짝이 실로 이미 장식해 두었을 영양 조각상은 한쪽 벽에 덩그러니 서 있을 뿐이었다.

할머니의 침실이 가까워지자 발걸음이 자연스레 느려졌다. 갑자기 겁이 났다. 죽은 사람을 보는 건 처음이었다. 문틈으로 사람들이 이것저것을 정돈하느라 분주하게 오가는 모습이 보였다. 좀 더 가까이 가니 침대 모서리와 그 반대편에 원피스 옷자락이 보였다. 나는 그 옷을 알았다. 길고 색깔이 화려한, 만지면 부드러운 감촉이 느껴지는 원피스였다. 친숙한 원피스를 보니 방에 들어갈 용기가 생겼다.

처음에는 일부러 눈을 게슴츠레 떴다. 여전히 할머니를 똑바로 볼 자신이 없었다. 엄마와 앙투아네트 이모가 할머니의 시신에 화장할 때 입는 옷을 이미 입혀둔 상태였다. 실눈 사이로 할머니가 손을 허리 옆에 가지런히 두고 누워 있는 모습이 보였다. 할머니의 가슴께에 놓인 긴 은구슬 목걸이가 익숙했다. 할머니는 미동도 없이 가만히 누워 있었다. 나는 마음을 다잡고 할머니에게 다가가 가만히 얼굴을 바라보았다. 할머니의 입가 주름에서 어떤 평화로운 기운이 느껴졌다. 어쩐지 미소를 짓고 있는 것 같았다.

나는 침대 발치에 서서 엄마가 할머니에게 다가가는 모습을 지켜보았다. 엄마는 조용히 손을 뻗어 할머니의 삶을 있게 한 심장 부근에 가만히 올려두었다. 그 모습이 내 마음에 잉크처럼 스며들어 동판화처럼 새겨졌다.

나는 나중에 할머니의 병상을 지켰던 삼촌과 숙모에게서 할머니가 돌아가시기 전 몇 주 동안 신과 거래를 시도하신 이야기를 전해 들었다.

"저를 데려가세요." 이 말은 할머니의 기도문이었다. "저를 데려가시고, 제 딸은 살려주세요."

엄마는 리즈 할머니의 다섯 자녀 중 넷째였다. 큰삼촌 빌은 엄마보다 열 살 더 많았고, 그다음은 앙투아네트 이모, 그다음이 워드 삼촌이었다. 워드 삼촌은 요가 원리를 바탕으로 한 수련과 강연을 목적으로 설립된 '마운트 마돈나 센터'에서 살았다. 엄마도 워드 삼촌처럼 영적인 호기심이 많아서, 우리 집 책장에는 불교, 융 심리학, 철학, 뉴에이지 사상에 관한 책들이 꽤 꽂혀 있었다.

내가 여섯 살 때, 워드 삼촌은 마운트 마돈나에 강연을 하러 온 부르키나파소 출신의 부부를 엄마에게 소개해 주었다. 소본푸 소메와 말리도마 소메 부부는 오클랜드에 거주하면서 영적 스승이자 연설가, 작가로 일했다. 두 사람은 자신들이 자란 다가라Dagara 부족의 전통에서 영감을 얻어 새로운 워크숍 모델을 시작했다. 1년 동안 진행되는 그 워크숍 프로그램에 참여하는 사람들의 모임을 '빌리지Village'라고 불렀고, 엄마도 그 모임에 참여했다.

50명 남짓한 사람들이 매달 메릿 칼리지의 대형 회의실에 모였다. 회의실의 통창 유리 너머로 주변 언덕과 바다가 훤히 내다보였다. 엄마는 혼자 몇 시간을 운전해서 오클랜드까지 가기도 하고, 아빠가 엄마와 우리를 차로 데려다주기도 했다. 그곳에 처음 갔을 때 얼굴이 둥글고, 광대뼈가 넓고, 앞니 두 개가 벌어진 친근한 인상의 키 큰 여자가 제일 먼저 반겨주었는데, 그분이 소본푸 소메였다. 소본푸 아주머니는 화려한 무늬의 긴 드레스를 입고, 드레스와 비슷한 패턴의 긴 천을 땋은 머리 위로 두르고 있었다. 아주머니의 웃음소리는 일종의 즐거운 비명에 가까웠다. 아주머니는 어른들과 내가 아무 차이가 없다는 듯, 어른들을 대할 때와 똑같은 방식으로 나를 대했다.

소본푸 아주머니는 자신이 태어난 마을에서는 의례를 아주 중요하게 생각한다고 했다. 그곳에는 사적인 의례와 공적인 의례가 있고, 축하를 위한 의례와 슬픔을 위한 의례가 있었다. 매일 하는 의례, 달마다 하는 의례, 연 단위의 의례도 있었다. 의례는 살면서 겪는 크고 작은 사건들을 처리하는 방식이자 다른 사람들의 삶을 증명하는 방식이었다. 소본푸 아주머니와 말리도마 아저씨는 서구 사회의 많은 문제가 우리 삶에서 그런 의례들이 사라졌기 때문이라고 생각했다. 의례가 없으면 의미를 찾기가 힘들어진다는 것이다. 그런 의미에서 '빌리지'는 의례를 담기 위한 공간이자 경험을 공유하기 위해 만든 임시 공동체의 역할을 했다.

소본푸 아주머니는 의례를 행하려면 성스러운 공간을 지정해서 제단을 짓기만 하면 된다고 했다. 그런 공간을 만들기 위해서는 관련된 사람들이 공동의 목적에 부합하는 의미를 정해야 했다. 나뭇잎이나 돌멩이, 재 같은 것들로 물리적 공간을 지정할 수도 있었다. 제단을 짓는 데는 의미 있는 물건이 필요했다. 예를 들어 사진, 양초, 구슬을 꿰어놓은 줄, 물 한 사발도 의미 있는 물건이 될 수 있었다. 소본푸 아주머니에 따르면, 세상 만물에는 다섯 가지 기본 원소인 물, 불, 흙, 자연, 광물이 있고, 의례에 따라 원소들 중 한두 가지를 색깔이나 물건으로 나타낼 수 있었다. 소메 부부는 모든 사람은 태어난 해에 따라 결정되는 한 가지 기본 원소와 연결되어 있다고 믿었다. 엄마의 원소는 꿈, 비전, 힘을 의미하는 불이었고, 제이미 오빠의 원소는 집, 균형감, 안정을 의미하는 흙이었다. 아빠와 나의 원소는 이야기와 기억을 의미하는 광물이었다.

대부분 몇 시간씩 이어지는 회의에 제이미 오빠와 내가 몸을 배배 꼬며 가만히 있기를 힘들어할 때면 아빠가 우리를 근처에 있는 언덕으로 데려가주었다. 언덕을 오르며 본 하늘은 거의 항상 흐렸고, 바람이 세게 부는 날엔 머리 위로 구름이 쏜살같이 흘러갔다.

첫 모임이 끝난 후 엄마에게 빌리지에 있는 사람들은 전부 엄마처럼 암에 걸린 거냐고 물어보았다. 엄마는 아니라고 했다. 사람들은 각자 다른 이유로 그곳에 왔다. 엄마는 제이라는 아저씨와 특히 친하게 지냈는데, 할리 데이비슨을 몰고 항상 박하사탕과 담배 냄새를 풍기던 그 아저씨는 헤로인 중독에서 회복하는 중이었다. 제이 아저씨는 가끔 우리 집 소파에서 자고 갔다. 그런 날은 아침에 아래층으로 내려가면 소파 밖으로 길게 삐져나온 잠든 아저씨의 형체가 보였다. 처음에는 아저씨의 큰 체격과 굵은 목소리 때문에 경계심이 들었지만 아저씨가 나를 무릎에 앉히고 굵은 팔로 안전하게 붙들어 주니 꼭 놀이기구에 고정되어 앉아 있는 기분이 들어 안심이 되었다.

빌리지 회원들은 달마다 하는 정기 모임 중간중간에 회원의 집에서 돌아가며 소규모 모임을 했다. 우리 집에서 모임을 할 때는 항상 샐비어 잎을 태워서 이제는 그 냄새만 맡으면 자동으로 빌리지가 떠오른다. 소본푸 아주머니를 보는 것은 항상 반가웠다. 아주머니는 내가 근처에서 맴돌고 있으면 항상 어른들 사이에 내 자리를 만들어주었다. 그래 봐야 나는 몇 분밖에 버티지 못했지만 아주머니는 나를 항상 반겨주었고, 아이들을 의례에서 제외하면 안 된다고 했다. 소본푸 아주머니는 엄마가 주방 옆 벽난로 앞에 제단을 만드는 것을 도와주었다. 두 사람은 긴 접이식 나무 탁자를 설치한 뒤, 불을 상징하는 붉은 천을 덮어두었다. 탁자 위에는 할아버지와 할머니, 증조할아버지와 증조할머니의 사진과 함께 다섯 원소를 상징하는 물건들을 올려두었다. 엄마는 나중에 오빠와 내가 우리 방에 그 제단과 비슷하지만 좀 더 작은 제단을 만드는 것을 도와주었다.

소본푸 아주머니는 그 사진들이 내 모든 조상들의 정령을 상징한다고 했다. 그들은 영혼의 거대한 총체에 합류했기 때문에 비록 내가 직접 만난 적이 없다 하더라도 그들에게서 지혜를 얻을 수 있다고 했다. 나는 사진 속 얼굴들을 뚫어지게 쳐다보며 하나하나 눈을 맞추었다. 리즈 할머니의 사진을 가장 오랫동안 쳐다보면서는 할머니가 지금 어디에 있는지, 할머니가 있는 곳은 어떤 곳인지 말해주면 좋겠다고 생각했다. 사진들을 보니 '이 사람들은 죽는 게 어떤 건지 알겠구나' 하는 생각이 들었다. 시간이 흐르면서 사진은 내가 이해하는 신에 가장 가까운 존재, 일종의 조상신이자 내 과거의 신들이 되었다.

빌리지의 프로그램은 모든 의례 중 가장 중요한 '입문 의례'를 끝으로 마무리가 되었다. 입문 의례는 세 단계로 이루어졌다. 첫 번째 여정 단계에서는 입문하지 않은 공동체의 구성원들이 안전함과 안락함을 주는 집과 가족의 곁을 떠나 미지의 세계로 모험을 떠나야 했다. 두 번째 시련 단계에서는 그들의 용기와 헌신을 시험하는 육체적 시련이나 정신적 고통을 겪어야 했다. 마지막 귀환 단계에서는 시험을 통과한 사람들이 변화된 모습으로 공동체로 돌아와 사람들의 환영을 받았다.

"우리 엄마는 뭘 해야 해요?" 소본푸 아주머니에게 물었다. 나는 엄마가 커다란 바위를 등에 지고 들어 올리는 모습을 상상했다.

"입문하는 방법은 사람마다 다르단다." 아주머니는 말했다. "엄마는 자신만의 입문 과정을 통과하고 있어. 네 엄마가 갖고 있는 병이 엄마의 시련인 셈이지. 너희 가족 모두가 그 과정을 겪고 있단다."

엄마는 병 때문에 몇 시간 동안 목까지 땅속에 묻히는 입문 과정을 하지 않아도 됐다.

그로부터 몇 년이 지나서 엄마가 준 노트를 넘겨보다가 조개껍데기, 도자기 구슬, 열쇠 같은 물건들이 찍힌 사진을 발견했다. 그 사진을 보니 리즈 할머니가 작업실 벽장에 보관하던 작은 보물들이 생각났다. 나는 엄마가 준 판지 상자를 꺼내 선물들을 뒤지다가 제일 아래쪽에서 아무 표시가 없는, 달가닥거리는 상자 하나를 발견했다. 노트의 사진 아래에는 짧은 글이 적혀 있었다.

엄마의 소중한 친구 제이 아저씨는 빌리지에서 입문 의례를 하는 내내 이 보물들을 작은 주머니에 넣어 목에 걸고 있었어. 아저씨는 그 의례에 참석하지 못한 엄마를 대신해서 입문 과정을 남들보다 두 배 더 길게 겪어야 했단다. 한 번을 자신을 위해, 다른 한 번은 나를 위해. 제이 아저씨가 땅에 묻혀 있던 네 시간 동안 이 물건들도 함께 묻혀 있었어.
이것들을 너와 제이미와 제단을 위해 남겨둘게. 이 물건들은 강한 기운과 강한 정신과 사랑을 담고 있으니 잘 간직해 주렴. 사랑한다, 우리 딸.

엄마가

죄책감이 밀려들었다. 내 방에서 제단을 없앤 게 벌써 몇 년 전이었다. 집에 놀러온 친구들에게 제단을 설명하기가 난감했다. 10대에 접어든 이후 제단을 점점 사용하지 않게 되었고, 소본푸 아주머니와 제이 아저씨, 빌리지에 관한 기억들도 점점 희미해졌다. 빌리지 모임은 기하학 시험과 짝사랑과 친구들로 가득했던 그때의 내 삶과 너무 동떨어져 있어서 마치 꿈처럼 느껴졌다.

이상하게도 그 상자에는 아무 표시가 없어서 엄마는 내가 그걸 언제 열어보기를 의도한 건지 알 수 없었다. 하지만 그 작은 유품들을 손에 올려 이리저리 굴려보다가 문득 그 물건들이 빌리지에 관한 기억이 꿈이 아닌 진짜였다는 것을 알려주는 것 같아 고마운 마음이 들었다. 엄마가 죽기 전 내 삶의 많은 부분이 마치 동화처럼, 상상 속 이야기처럼 느껴지곤 했는데 구슬은 보란듯이 내 손바닥 위에 놓여 있었다.

'그 시절은 꿈이 아니었어. 이 구슬처럼 진짜였어.'

부서지는 믿음

여섯 살 겨울이었다. 갑자기 왜 내 침대를 창가 쪽으로 옮기려고 했는지는 모르겠다. 창밖을 내다보고 싶어서? 아니면 침대와 벽 사이에 책과 양말, 플라스틱 칼, 요술봉 같은 물건들이 자꾸 떨어져서 그랬던가? 엄마가 침대 발판에 손을 넣어 침대를 들어 올리려던 순간이었다. 엄마 몸속 어딘가에서 총소리 같은 큰 소리가 났다.

'딱!'

그 소리를 듣고 내가 소스라치게 놀람과 동시에 엄마가 풀썩 주저앉았다. 나는 뭘 해야 할지 몰라 몸이 얼어붙은 채로 가만히 서 있었다. 곧이어 엄마가 비명을 지르기 시작했다.

살면서 누군가 그렇게 큰 소리를 내는 건 들어본 적이 없었다. 마치 몸이 불에 타는 사람처럼 소리를 지르는 엄마에게 다가가기가 너무 겁이 나서 꼼짝도 할 수 없었다. 엄마

의 비명 소리를 듣고 있는 것도, 엄마가 바닥에 누워 괴로워
하는 모습을 보고 있는 것도, 둘 다 너무 견디기 힘들었다.

엄마의 비명이 조금씩 잦아들면서 들릴 듯 말 듯한 목
소리로 몇 단어가 얕은 숨소리 틈으로 새어나왔다. "아빠 좀
데려와." 나는 퍼뜩 정신을 차리고 아빠를 찾아 달려 나갔
다. 마침 계단을 뛰어 올라오던 아빠가 다급히 방을 가리키
는 나를 쏜살같이 지나쳤다. 똑같은 상황에서 나와는 달리
아빠는 잽싸고 단호했다.

나는 방문 앞에 서서 아빠가 몸을 숙여 엄마의 몸을 손
으로 만지며 조심스럽게 살피는 모습을 지켜보았다. 아빠는
낮고 차분한 목소리로 엄마에게 질문을 하며 호흡을 가라앉
힐 수 있게 도왔다. 나는 극도의 공포 속에서도 두 사람 사
이에 감도는 묘한 친밀감을 느꼈다. 마치 두 사람이 키스하
는 걸 보기라도 하는 것처럼 이상한 기분이었다. 엄마는 모
든 일에 언제나 유능하고 강한 사람이었다. 엄마에게 부드
러움이 필요하다거나 엄마가 누군가로부터 애정 어린 보살
핌을 받는 모습은 상상하기 어려웠다. 하지만 그때는 바닥
에 주저앉아 울고 있는 엄마를 아빠가 가만히 쓰다듬고 있
었다. 잠시 후 아빠가 엄마를 조심스럽게 일으켜 세웠다. 일
어나는 데만 한참이 걸렸다. 아주 작은 움직임에도 엄마는
숨을 헐떡이거나 눈물을 훌쩍였다. 아빠가 고통스러워하는
엄마를 부축해 기하학 무늬가 그려진 러그를 지나 아주 조

금씩 조금씩 걸어 나가는 동안 나는 옆으로 비켜 서 있었다.

그날 이후 엄마의 통증이 심해졌다 가라앉기를 반복했다. 엄마가 의사를 만났는지는 모르겠지만 곤잘레스 박사의 지침대로라면 분명히 허락되지 않았을 것이다. 바로 눕는 자세를 너무 힘들어하는 엄마를 위해 아빠가 등받이를 조절할 수 있는 병원 침대를 빌려와 주방과 연결된 방에 놓아주었다. 덕분에 엄마는 위층에 혼자 갇혀 지내지 않을 수 있었다. 그 몇 주 동안 나는 엄마 발밑에서 다리를 꼬고 앉아, 집 한가운데 놓인 침대를 신기한 듯 바라보며 오후를 보냈다. 엄마는 고통을 견딜 만한 날이면 카세트로 행크 윌리엄스의 앨범을 들으며 내게 바느질을 가르쳐주었다. 바늘꽂이를 만드는 법도 알려주었다. 네모난 천 두 개를 맞대어 테두리를 간단한 홈질로 꿰매고, 마지막 1인치는 그대로 남겨두었다가 그걸 뒤집어서 안에 흰색 폴리에스터 충전재와 말린 라벤더 가지 몇 개를 채워 넣고 틈을 막으면 완성이었다. 나는 불안정한 사슬뜨기로 바늘꽂이의 모서리에 내 이름과 성의 머리글자이자, 내 이름 그웨니와 엄마의 이름 크리스티나의 머리글자인 'GK'를 수놓았다.

어느 늦은 밤 요란하게 울리는 사이렌 소리에 잠에서 깼다. 빨갛고 파란 불빛이 내 방 벽을 어지럽게 어른대고 있었다. 창밖을 내다보니 구급대원 두 사람이 구급차 뒤에서 들것을 꺼내고 있었다. 구급차를 본 건 영화에서뿐이라 들것을 보고는 잠깐 동안 엄마가 돌아가셨다고 생각했다. 방문을 열고 나가기가 겁이 나서 어두운 방 안에 그대로 앉아 있었다. 아래층 복도 쪽에서 사람들의 목소리와 발소리가 들렸다. 소본푸 아주머니의 목소리도 들리는 것 같았다. 걱정이 담긴 낮고 불안한 목소리였다. 얼마나 시간이 흘렀을까? 나는 창가에 서서 두 남자가 엄마를 구급차에 태우고 데려가는 모습을 지켜보았다.

그날 밤 소본푸 아주머니가 우리 집에 왔던 건 사실이었다. 아주머니는 다른 빌리지 회원들과 함께 엄마의 통증을 가라앉히는 의례를 수행했지만 통증에 전혀 차도가 없었고, 급기야 엄마의 고통이 너무 심해지자 누군가 911을 불렀다. 구급대원들은 엄마를 들것에 눕히고 싶어 했지만, 엄마가 허리에 조금이라도 압박이 가해지는 걸 참지 못해서 옮길 방법을 찾느라 애를 먹었다고 했다.

병원에서 엄마의 허리를 정밀 촬영한 결과 압박 골절이 발견되었다. 엄마가 내 방에서 침대를 옮기다 쓰러지고 아래층 침대에서 누워 지내던 어느 시점에 척추가 아예 부러졌던 것이다. 의사들이 골절된 부위를 금속 핀으로 고정하는 수술을 했지만 등골뼈 하나는 영구적으로 삐져나와 외관상으로도 불뚝 튀어나온 뼈가 보였다. 부러진 뼈는 완전히 아물었다. 그러나 엄마가 병원에서 몇 년 만에 처음 받은 정밀 검사는 엄마의 뼈가 부러진 더 근본적인 이유를 밝혀주었다. 암이 뼈까지 전이되어 있었던 것이다.

봄이 끝날 무렵이었다. 그쯤에는 엄마도 옷 위에 허리 보호대를 착용하고 앉아 있을 수 있었다. 우리 가족 네 사람은 저녁을 먹고 거실에 모여 앉았다. 주로 크리스마스나 저녁 파티를 열 때 사용하는 공간이었다. 평소에는 따뜻하고 아늑한 느낌을 주던 거실의 벨벳 같은 진한 붉은 벽과 붉은 가죽 소파 두 개, 붉은 실로 짜인 러그가 그날 저녁에는 마치 경보 장치처럼 위협적으로 느껴졌다. 엄마와 아빠는 소파 한쪽에 나란히 앉았고, 제이미 오빠와 나는 다른 소파에 앉았다. 밖은 이미 어둑해져 커다란 앞 유리창 너머로 아무것도 보이지 않았다. 우리 사이에 놓인 오크 탁자에는 물이 담긴 큰 도자기 그릇이 놓여 있었다. 물 위에 떠 있는 동그란 붉은 양초 네 개는 우리 가족 네 사람을 의미했다. 나는 이 모든 것들에 직감적으로 위험을 느끼고 엄마가 말을 시작하지 못하게 계속 끼어들었다.

"아이스크림이 길을 건너다가 왜 다쳤을까요?"

엄마가 나를 가만히 쳐다보았다.

"차가 와서!"

"좋아, 그웨니. 이제 얌전히 있어."

하지만 나는 그만둘 수 없었다. 또 다른 농담을 하고, 웃긴 목소리를 냈다. 벌떡 일어나 아빠 무릎에 앉았다. 내가 예상하는 말이 엄마 입에서 나오지 못하게 하려고 할 수 있는 모든 방법을 동원했다. 내가 듣지 않으면 그 말들은 사실이 아니게 될 것이고, 일어나지 않을 거라 생각했다. 결국 엄마가 나를 소파에 앉히고 꽉 잡았다.

엄마는 말했다. 자신이 죽어가고 있다고. 전이나 말기 같은 단어는 쓰지 않았지만 암이 자라서 몸속에 퍼졌고, 앞으로 좋아지지 않을 것이며, 의사가 시간을 조금 더 벌어주는 정도로만 기대하고 있다고 했다. 그래도 계속 새로운 치료법을 찾고 있고, 아직 포기하지 않았고 앞으로도 포기하지 않을 거라고도 말했다. 엄마는 누구보다 우리와 더 많은 시간을 보내길 바랐고 다른 어떤 것보다 우리 곁에 머물고 싶어 했다. 엄마는 치료를 적극적으로 받으면 1년 정도는 더 살 수 있을지 모른다고 했다.

엄마의 말이 징을 때리듯 내 가슴을 때렸다. 1년, 열두 달, 52주, 365일. 1년이면 학교에서 한 학년을 마칠 수 있는 시간이고, 씨앗을 심으면 충분히 꽃을 피울 수 있는 시간이다. 머리카락이 15센티미터 정도 자라고, 새로운 언어를 배우고, 부러진 팔이 나을 수 있는 시간이다. 이제 막 일곱 살이었던 내게 이전까지는 1년이 꽤 긴 시간처럼 느껴졌지만 생각해 보니 1년은 아무것도 아닌 것 같았다. 멍하니 탁자 위의 촛불 네 개를 바라보았다.

'이 중 하나가 더 빨리 타고 있구나.' 나는 생각했다.

오빠는 잠자코 앉아 있었다. 소파 구석에 몸을 붙이고는 금방이라도 잠들 것처럼 눈꺼풀을 아래로 늘어뜨렸다. 지금 떠올려보면 그건 엄마의 말을 듣지 않으려는 오빠만의 방식이었다. 엄마가 말을 이어갈수록 오빠의 숨소리가 점차 떨리는가 싶더니 어느 순간 오빠의 뺨 위로 눈물이 뚝 떨어졌다. 오빠는 숨을 헐떡이며 울었다. 오빠가 넘어져서 다쳤을 때 말고는 그렇게 심하게 우는 모습을 본 건 처음이었다. 나중에 위층으로 올라가 잠옷으로 갈아입을 때 우리는 우느라 지칠 대로 지쳐 있었다.

곤잘레스 박사는 엄마의 암이 전이되자 치료를 중단했다. 엄마가 치료법을 정확히 따르지 않았고, 다른 병원에서 검사를 받은 것은 서로의 합의를 깨뜨린 거라고 했다. 그 사람은 엄마와의 관계를 끊고 이제 엄마보고 알아서 하라며 내버려두었다.

엄마가 믿었던 사람에게 외면당하고 어떤 심정이었을지 짐작도 할 수 없다. 내가 엄마였다면 무서울 만큼 큰 분노와 배신감을 느꼈을 것이다. 곤잘레스 박사를 만나면 똑바로 이야기해 주고 싶다. 세상 어디에도 엄마만큼 열심히, 그리고 충실하게 그 프로그램을 따를 사람은 없을 거라고. 엄마는 그런 싸움엔 타고난 사람이었다. 엄마의 까다롭고, 엄격하고, 타협할 줄 모르는 성격은 그런 힘든 프로그램을 수행하는 데 너무도 잘 맞았다. 엄마가 애초에 그 프로그램에 끌렸던 것도 통제감을 느낄 수 있기 때문이었을 것이다. 엄마는 모든 걸 완벽하게 해낸다면, 가장 높은 기준에 자신을 맞추기만 한다면 살 수 있을 거라고 믿었다.

어쩌면 엄마는 자기 탓을 했는지도 모른다. 머릿속으로 지난 3년을 곱씹으며 약 먹는 걸 깜빡했던 적은 없는지, 관장을 한 번 빼먹은 게 아닌지, 먹으면 안 되는 고기를 먹었던 게 아닌지, 무심코 와인을 한 모금 마셨던 게 아닌지, 생각하고 또 생각했을지 모른다. 프로그램을 시작한 지 1~2년쯤 지났을 때 집에 설치한 특수 정수기에 결함이 발견되어 그동안 사용한 물이 그냥 수돗물이었다는 걸, 어쩌면 그 결함으로 물이 더 깨끗하지 않았을 수도 있다는 걸 알게 된 적이 있다. 엄마는 크게 분노하고 상심했고, 이 한 번의 실수로 그동안의 노력이 물거품이 될까 걱정했다. 어쩌면 죽는 순간까지 그 물을 탓했는지도 모른다. 그편이 엄마에겐 덜 참담했을지도 모르겠다.

한참 시간이 흐르고 니콜라스 곤잘레스 박사를 조사하는 과정에서 그가 엄마를 치료하던 바로 그 시기에 표준 의료 관행을 벗어났다는 이유로 뉴욕주 의료위원회로부터 정식 징계를 받고, 2년간 집행유예를 받았다는 사실을 알게 되었다. 몇 년 뒤에 있었던 대규모 임상 연구에서도 그의 치료법이 효과가 있다는 증거는 하나도 발견되지 않았다. 나는 곤잘레스 박사 다음으로 엄마를 치료했던 종양 전문의 리처드슨 박사와도 이야기를 나눴다.

리처드슨 박사는 이렇게 말했다. "그 환자를 처음 만났을 때 똑똑하고 젊고 지적인 여성이 아주 기괴한 치료를 받고 있다고 생각했지요. 그 치료법은 매우 고통스럽고 잠재적으로 위험했어요. 게다가 비용도 많이 들었죠. 그렇지만 저는 대체 의학을 반대하는 사람은 아니에요. 그래서 아마 환자분이 저와 치료 과정을 함께 해보기로 한 거겠죠. 저는 그 방법을 비웃지 않았거든요. 저는 단지 환자가 행하는 큰 치료 과정의 일부를 함께하는 정도에 만족했습니다. 하지만 곤잘레스 박사가 시키는 것 중의 일부는 정말 위험한 방법이었어요."

나는 그에게 엄마가 그렇게 철저하게 치료 방법을 찾아보고도 왜 그런 방법을 선택했다고 생각하는지 물어보았다.

"어머니처럼 똑똑한 사람들이 이런 치료법에 끌리는 경향이 있습니다. 그들은 정해진 길을 따르기보다 기꺼이 위험을 감수하려 하죠. 관습을 깨는 걸 두려워하지 않아요. 그래서 좋은 결과를 얻기도 하지만, 반대로 그게 약점이 되기도 해요."

일리가 있는 말이었다. 하지만 일반적인 치료가 아닌,

검증되지 않은 낯선 치료법을 선택한 엄마의 결정이 초래한 결과를 생각하니 마음이 무너지듯 아팠다. 나는 할 수만 있다면 〈스타 트렉〉의 주인공처럼 번쩍이는 시간적 이상 현상을 뚫고 과거로 돌아가 엄마에게 그 선택은 잘못된 선택이라고 말해주고 싶었다. 조기에 방사선 치료와 화학 요법을 받았다면 엄마가 살 수 있었을지는 알 수 없지만 기회는 얻었을지 모른다. 결국 엄마가 원한 건 그 기회, 자신의 삶을 위해 최선을 다할 기회였으니까.

이뤄지지 않을 소원

소아정신과는 그동안 내가 본 다른 진료실들과는 달랐다. 작은 주방이 딸려 있었고, 리놀륨 바닥 위에는 냉장고와 가스레인지, 식탁, 의자 두 개가 놓여 있었다. 주방 너머에는 카펫이 깔린 방에 책, 놀이도구, 장난감이 있었고, 그 옆에는 작은 모형 모래 상자가 있었다. 자신을 '주디'라고 소개한 치료사는 키가 크고 곱슬곱슬한 갈색 머리에 매부리코를 가진, 눈가 주름이 친근한 인상을 주는 40대 여자였다. 나는 문을 열고 들어가며 엄마를 돌아보았다. 엄마는 백색 소음 기계가 윙윙대며 돌아가는 대기실에 앉아 책을 읽고 있었다. 그때까지도 착용하고 있던 허리 보조기 때문에 헐렁한 초록색 면 원피스를 입은 엄마의 체형이 어색하게 커 보였다. 엄마는 계속 그 자리에 있겠다고 약속했지만, 내 시야에서 엄마를 내보내는 데는 여전히 큰 용기가 필요했다.

첫 번째 면담이 진행되는 동안 주디 선생님은 엄마나 엄마의 병에 대해서는 아무것도 묻지 않았다. 내가 모래 상자를 가지고 노는 모습을 지켜보기만 했다. 나는 도랑과 구멍을 파고 그 안에 플라스틱 동물 모형과 디즈니 공주들을 채워 넣었다. 주디 선생님은 이따금 내게 뭘 만드는지, 내가 만든 그 작은 세계에 사는 사람들이 누군지 물었다. 나는 계속 손을 바쁘게 움직이며 나를 보고 있는 선생님에게는 거의 눈길을 주지 않았다.

"어땠어? 차로 돌아가는 길에 엄마가 물었다. 길가에 커다란 수양버들 한 그루가 긴 가지를 늘어뜨리고 서 있었다.

나는 어깨를 으쓱했다. 장난감이 가득한 그 방에서 내가 느꼈던 엄숙한 분위기에 대해 별로 할 말이 없었다. 그 뒤로 나는 그곳을 16년간 들락거렸다.

주디 선생님과 첫 상담이 끝나고 몇 주 뒤에는 호스피스 직원 한 명이 집을 찾아왔다. 나는 그녀와 함께 거실에 있는 붉은 가죽 소파에 앉았다. 그날 제이미 오빠가 어디에 있었는지는 모르겠지만, 그 직원은 나를 보러 온 것이라 콕 집어 말했다. 그녀는 두꺼운 나무 막대에 걸린 기다란 천 조각을 꺼냈다. 천 조각에는 작은 주머니들이 줄지어 달려 있었다. 그리고 우리 사이에 놓인 커피 식탁 위에 열 개 남짓한 자그마한 봉제 쿠션, 엄마가 침대에 누워 지낼 때 엄마와 내가 함께 바느질해서 만들었던 것과 같은 모양의 물건들도 내려 놓았다. 봉제 쿠션에는 '슬퍼요' '행복해요' '무서워요' '힘들어요' 같은 단어가 수놓아져 있었다. 그녀는 내가 엄마의 병을 떠올릴 때 드는 기분을 설명하는 단어를 골라서 주머니에 넣어보라고 했다.

"이건 어때?" 내가 고르기를 마치자 그녀가 물었다. '화나요' 단어를 가리키고 있었다. 내가 식탁 위에 남겨둔 단어였다.

나는 어깨를 으쓱해 보였다.

"화를 내는 것도 괜찮단다."

내가 고개를 끄덕이자 그녀가 나를 구슬리듯 물었다.

"아주 조금 화나는 정도는 어때?"

나는 못 이기는 척 그 단어를 집어 들었다. 하지만 엄마가 아픈 것에 대해 내가 왜 화가 나야 하는지 이해가 잘 되지 않았다. 내가 기억하는 한, 엄마는 아프지 않은 적이 없었다. 엄마가 아픈 것이 화가 날 일이라면, 그건 마치 중력에 대해 화가 난다는 말과 같았다.

물론 나도 엄마에게 화가 날 때가 있었다. 엄마는 내가 먹고 싶어 하는 단 음식들을 못 먹게 했고, 오후 5시 이후로는 아예 못 먹게 했다.

"너를 주걱으로 천장에서 떼내야겠구나." 내가 쿠키 하나만 더 달라고 애원하면 엄마는 이렇게 말하곤 했다.

엄마는 내게 종종 화를 냈다. 주로 엄마가 통화 중일 때 내가 엄마를 가만히 내버려두지 않아서였다. 엄마가 내게 방에 가 있으라고 하면 나는 내 방에 가서 소리를 지르고 물건들을 문에 던졌다. 내 딴에는 엄마의 전화를 방해해서 엄마를 골탕 먹이고 싶어서였다. 그러면 엄마는 눈에서 불을 내뿜으며 내 방으로 돌진해 왔다. 그럴 땐 엄마가 너무 무서워서, 말 그대로 바닥에 납작 엎드려 백기를 들었다.

엄마는 오빠와 내가 싸우면 오빠 편만 들었다. 오빠는 교묘하게 나를 살살 긁는 법을 알았지만, 나는 폭발하는 방식으로밖에 대응할 줄 몰랐기 때문이다. 특히 엄마가 징징거리는 내 목소리를 흉내 낼 때면 나도 정말 참을 수가 없었다.

"너도 네 목소리를 들어봐야 해!" 엄마는 참지 못하고 이렇게 말했다. "앞으로는 녹음기를 들고 다녀야겠어. 네 목소리를 녹음해서 들려주려면!"

하지만 나는 아무리 화가 난 순간에도 우리에겐 그런 다툼의 시간이 필요하다는 걸 알았다. 우리에겐 싸울 필요가 있었고, 그 순간들이 너무 소중했다. 그런 모든 다툼과 성난 외침 뒤에는 우리가 결코 가질 수 없는 다른 것들의 그림자가 맴돌고 있었기 때문이다. 엄마는 내가 데이트를 하러 나갈 때 어떤 옷을 입을지, 절대 간섭하지 못할 것이다. 내가 나중에 어떤 남자친구를 만나고, 어떤 대학을 선택하고, 어떤 직업을 갖고, 어떤 방식으로 아이들을 기르든, 내 생각을 반대하지 못할 것이다. 내가 운전하는 방식에 대해, 혹은 내 방에 칠한 페인트 색에 대해 은근히 비꼬는 말도 절대 하지 못할 것이다. 나는 천 기저귀에 대한 엄마의 조언을 무시하지 못할 것이고, 엄마 역시 나의 정치적 견해를 무시하지 못할 것이다.

그래서 그날 탁자 위에 '화나요' 쿠션을 남겨두었던 것 같다. 화가 나는 감정은 나한테는 부족하게 생각되는 감정이었다. 나는 그 부드러운 목소리의 친절한 여자에게 앞으로 더 많은 세월을 엄마에게 화를 내며 보내고 싶다는 걸 설명할 수 없었다. 앞으로 더 오래오래 엄마 옆에 앉아 아무 데도 쓸데없는 바늘꽂이를 수십 개든, 수백 개든 만들고 싶다고, 거기에 우리 이름의 머리글자를 수놓고 싶은 마음을 설명할 수 없었다.

봄이 끝날 무렵에 제이미 오빠와 나는 호스피스에서 운영하는 불치병 부모의 자녀들을 위한 지원 모임에 나가기 시작했다. 우리는 낮은 회색 건물에 같이 도착했지만, 나이에 따라 다른 그룹에 배정되었다. 내가 속한 그룹은 갈색 곱슬머리의 중년 여성 두 분이 관리했고, 하얀 방에 있는 큰 테이블 주위에 둘러앉아 모였다. 가는 건 싫었지만 끝나고 나면 항상 기분이 좋았다. 그전에는 부모님이 아픈 아이들과 시간을 보내본 적이 없었는데, 그곳에서 우리 가족만 특별한 게 아니고 다른 사람들도 각자 끊임없이 돌아가는 시계 속에 똑같이 살아간다는 걸 알게 되어 신기하면서도 위안이 되었다.

그 하얀 방에 대한 기억도 이젠 흐릿하지만 엄청 밝았던 것은 기억이 난다. 조각난 크레파스로 색칠한 그림들과 웃음소리도 떠오른다. 하얀 방은 슬프고 우울한 곳만은 아니었다. 사실 그곳은 엄마의 투병이라는 힘든 현실이 유머와 놀이로 어우러진 몇 안 되는 장소 중 하나였다. 모임을 운영하는 선생님들은 아이들이 슬픈 감정을 계속 유지할 수 없다는 걸 이해하는 것 같았다. 아이들은 갑자기 터지듯 슬픔을 느꼈다가 잠시 후면 또 다른 것들에 주의를 빼앗겼다. 그 방에서는 아픈 것과 죽음에 관한 농담도 허용되었다. 나도 또래의 다른 여자애들처럼, 보도블록을 걸어 다닐 때 네모칸 사이를 폴짝 뛰어다니며 "이 금 밟으면 울 엄마 죽는다!"라고 외치면서 놀았다. 말하면 죄책감이 드는 나만의 펀치라인도 그곳에선 할 수 있었다. "앗! 그러기엔 너무 늦었어!"

우리 그룹에는 십여 명의 아이들이 있었지만 내가 지금까지 기억하는 얼굴은 카를라와 호세라는 남매뿐이다. 내가 모임에 참여하고 몇 주 만에 모임을 떠났기 때문이다. 어느 날 오후에 곱슬머리 선생님 중 한 분이 우리에게 말했다.

"오늘은 카를라와 호세와 함께하는 마지막 모임이에요."

앉아 있던 아이들은 혹시 그 아이들의 아빠가 기적적으로 건강을 되찾은 게 아닌가 의아해하며 서로를 쳐다보았다. 물론 그건 거기 있는 모든 아이가 자신들의 부모님에게 일어나기를 바라는 일이지만 그런 일은 일어나지 않는다는 사실을 받아들이는 것이 모임의 목적이었기 때문에 아무도 입 밖으로 꺼내진 않았다.

"카를라와 호세는 다음 주에 다른 그룹으로 옮길 거예요." 선생님이 설명했다.

우리는 그 말을 듣고 눈길을 떨구었다. 선생님이 말한 다른 그룹은 부모님이 돌아가신 아이들이 모인 곳이라는 걸 모두가 알았다. 모두 말이 없어졌다.

"카를라와 호세는 마지막으로 자신들의 경험을 이야기해 주고 가기로 했답니다. 정말 고맙고 용기 있는 행동이죠."

"음," 침묵 속에서 카를라가 천천히 말을 시작했다. "어제 아빠에게 작별 인사를 하러 병원에 갔어…"

카를라는 아빠가 일주일간 인공호흡기를 달고 의식을 잃은 상태로 서서히 장기가 마비되어 갔다며, 호세와 함께 아빠를 안아주었고, 엄마가 그 옆에서 울고 있었다는 이야기를 덤덤히 이어갔다. 아빠에게 사랑한다고 한 말을 아빠가 어떻게든 들을 수 있기를 바랐다는 말도 했다. 자신들이 나가고 난 뒤 의사가 아빠의 폐에 공기를 불어 넣고 심장에

피를 공급해 주던 기계를 끈 것도 이야기해 주었다. 남매는 울지 않았다. 심지어 슬퍼 보이지도 않았다. 그냥 아주 많이 지쳐 보였다. 우리는 연민과 놀라움이 섞인 감정으로 둘을 바라보았다. 그 아이들이 경험한 것은 거기 있는 모든 아이가 겪게 될 일이었다.

몇 달간의 모임이 끝나던 날, 선생님들이 우리를 위한 깜짝 선물을 준비했다. 우리들은 선생님이 주신 작은 쪽지에 아픈 부모님에게 보낼 비밀 편지를 썼다. 그런 다음 그 하얀 방을 나와 건물 밖의 잔디밭으로 나갔다. 한 남자가 우리를 기다리고 있었고, 그 옆에는 공기가 통하도록 구멍이 나 있는 상자들이 두 개씩 포개져 한 줄로 늘어서 있었다. 상자 안에서 무언가 움직이는 소리가 났다. 우리가 상자 옆에 줄지어 서자 남자가 쪽지를 걷어갔다. 그는 상자의 철망문을 열어 회색 비둘기 한 마리를 조심스럽게 꺼냈다. 우리의 편지를 전해주도록 훈련된 비둘기라고 했다. 내 차례가 되자 남자는 날개에 흰 줄무늬가 있는 비둘기를 꺼내, 비둘기 다리에 고정된 작은 플라스틱 통 안에 내 편지를 넣었다. 그리고 새를 나에게 건네며 날개를 모아 잡는 법을 알려주었다. 손바닥으로 비둘기의 심장박동이 느껴졌다. 나는 다른 사람들을 피해, 나와 비둘기만 남을 수 있도록 몇 걸음 더 앞으로 걸어 나갔다. 쪽지에 쓴 글을 마음속으로 되뇐 다음, 따뜻한 심장이 팔딱거리는 작은 새를 색종이 조각을 하늘에 날리듯 공중으로 날려 보냈다. 가까운 곳에서 찰칵 하고 누군가 사진을 찍는 소리가 들렸다. 몇 년이 지난 지금 그 사진을 보니 이제는 알 것 같다. 비둘기를 날려준 행위는 누군가를 놓아준다는 뜻이었다는 걸.

내 종이 쪽지에는 편지가 아니라 소원이 적혀 있었다. 내가 미신의 의미를 알게 된 후로 속눈썹이 떨어질 때마다, 생일 촛불을 불 때마다, 다리를 건너거나 터널을 지날 때마다, 민들레를 발견할 때마다 빌었던 것과 같은 소원이었다. 그 소원은 정확히 열 개의 단어로 이루어져 있었다.

'엄마가 살아계시면 좋겠어요. 엄마가 건강해지고 다시는 암에 걸리지 않았으면 좋겠어요.'

마지막 크리스마스

2학년이 되던 가을부터 엄마는 아침마다 내 침대로 올라왔다. 잠에서 막 깬 나는 몸을 감싸는 엄마의 팔을 느끼며, 몽롱한 상태로 꿈틀꿈틀 몸을 움직여 엄마의 자리를 만들어주었다. 엄마는 자신의 냄새와 피부 감촉을 내가 기억해 주었으면 좋겠다고 했다. 엄마는 엄마만의 조용한 사랑의 표현 방식을 심어주고 싶어 했다.

"엄마를 잊을까 봐 겁나요." 엄마와 침대에 누워 천장을 바라보며 말했다. 2년 전에 돌아가신 할머니가 벌써 기억에서 멀어지고 있었다. "엄마가 나에게 이야기하는 모습을 찍은 비디오가 있으면 좋겠어요. 엄마가 보고 싶을 때 언제든 볼 수 있게요."

엄마는 그즈음부터 첫 번째 화학 요법 사이클을 시작했다. 곤잘레스 프로토콜과 비교해도 화학 요법은 너무 잔인했고, 어떤 날은 고개를 들 기운조차 내지 못했다. 엄마가 화학 요법을 받는 몇 주 동안은 방마다 언제든 손이 닿는 곳에 강낭콩 모양의 구토용 그릇이 놓여 있었다.

"이건 왜 이렇게 생겼어?" 오빠에게 물었다.

"가운데가 이렇게 오목하게 들어가 있어야 턱 밑에 받치기가 쉽고, 구토물이 양쪽으로 잘 흘러가거든. 잘 생각해 보면 굉장히 과학적이지."

암 병동의 대기실에 있으면 다른 환자들과, 특히 머리카락이 없고 몸이 마른 환자들과 엄마를 비교하지 않을 수 없었다. '저 사람들은 정말 아픈 사람들일 거야. 우리 엄마와는 다르지.' 나는 속으로 생각했다. 병원에서는 소독약과 표백제 냄새가 났다. 한동안 나는 소독약 냄새가 병의 냄새라고 생각했다. 그 병원 이후에도 다른 많은 병원이 있었지만 내 기억 속에서는 모두 뭉뚱그려져 있다. 똑같은 냄새, 똑같은 불빛, 어디로 이어져 있는지 모를 똑같은 하얀색의 긴 복도들. 특별히 기억에 남는 곳은 없다. 그곳들은 모두 실제로 존재하는 장소처럼 느껴지지 않았다.

추수감사절이 지나자 엄마는 식탁 위에서 증식하고 있던 산더미 같은 종이들을 갑자기 싹 치웠다. 그러자 그동안 볼 수 없었던 타원형 목재 상판이 하루인가 이틀 정도 모습을 드러냈다. 엄마는 빈 식탁 위에 상자 두 개를 올려두었다. 하나는 고리버들로 된 상자였고, 하나는 판지로 된 상자였다. 그리고 다른 상자들도 올라왔다.

상자들은 아주 많았다. 조개껍데기 무늬로 된 작은 직사각형의 마분지 상자, 시슬리 메리 바커(꽃 그림, 요정 그림으로 유명한 영국의 삽화가-옮긴이)의 꽃 요정 그림이 있는 팔각형 모양의 철제 상자, 안경집 형태의 벨벳 상자, 빠진 치아를 보관할 때 쓰는 법랑 재질의 작은 용기, 모서리가 금속으로 되어 있고 화지를 감싼 큰 나무 상자, 숨겨진 탭을 당기기 전에는 자작나무 가지처럼 생긴 얇은 원통형 용기, 뼈 같은 걸 조각해서 만든 거북 세 마리를 포개놓은 것처럼 생긴 상자, 어딘가를 누르면 튀어나오는 납작한 갈색 가죽 상자 등. 그 많은 상자들은 나를 불안하게 만들었다. 나는 상자들이 무엇을 의미하는지 알았지만 모른 척했다. 엄마가 설명을 해주었겠지만 받아들이기가 싫었다. 그 상자들은 내가 아직 생각하고 싶지 않은 미래와 관련된 물건들이었기 때문이다.

엄마는 어떤 날은 식탁 머리맡에, 어떤 날은 식탁 옆면에 앉아 수수께끼 같은 작업을 시작했다. 몇 시간씩 상자에 담을 물건들을 분류하고, 작은 흰색 메모지에 글을 쓰고, 그것들을 리본으로 묶는 일을 반복했다. 얼마 전까지만 해도 임상 시험 결과에 고개를 묻고 있던 엄마는, 이제 알록달록한 작은 포장들에 얼굴을 묻은 채 리본들을 묶고 또 묶었다. 티피는 우리가 거의 사용하지도 않는 그 식탁에서 음식 부스러기가 떨어지기라도 하듯, 엄마 옆에서 연신 머리를 갸웃대며 자리를 지켰다.

엄마의 관심이 목말랐던 나는 엄마를 계속 방해했다.

"엄마, 우리 수영 가요!" "엄마, 만칼라 게임 해요. 엄마가 먼저 시작하세요."

"나중에 하자. 응? 엄마가 지금 좀 바빠." 엄마가 말하는 '나중에'는 나날이 줄어들고 있었다.

몇 주가 지나자 나는 상자들이 싫어졌다. 일단 상자가 너무 많았다. 그건 앞으로 엄마 없이 지내야 하는 시간이 그만큼 길다는 의미 같았다. 어떻게 엄마에겐 그 상자들이 나보다 더 중요할 수 있을까? 나는 엄마 바로 앞에 서 있으면서 미래의 나에게, 엄마가 생각하고 있는 그 가상의 소녀에게 질투가 났다. 식탁을 엎어버리고 상자들과 리본과 목록과 메모지를 전부 바닥으로 날려 망가뜨리는 상상을 했다. 그렇지만 그러기에는 식탁이 너무 무거웠다.

그해 12월, 아빠는 보통 크리스마스트리보다 두 배가 넘는 5미터짜리 소나무를 골랐다. 우리는 크리스마스 시즌이 되면 항상 세바스토폴에 있는 농장에서 직접 나무를 잘라왔는데, 그때 그 나무는 어찌나 컸던지 나무의 한쪽 끝을 차에 연결된 작은 트레일러에 고정하고 다른 쪽 끝을 굵은 고무 밧줄로 묶자 뾰족뾰족한 솔잎 가지들이 차 앞 유리를 십여 센티나 덮을 정도였다.

아빠는 천장이 2층 높이까지 이어지는 1층 복도에 나무를 세우고 낚싯줄로 나무 윗부분을 고정했다. 계단 옆으로 나무가 우뚝 솟아 있었다. 아빠와 제이미 오빠, 나는 계단에 자리를 잡고 앉아서 줄로 이어진 작은 조명들을 서로에게 전달해 가며 나무가 별처럼 반짝이도록 전체에 둘러 감았다.

매년 크리스마스 시즌이 다가오면 엄마는 몇 주 전부터 오빠와 나에게 친구와 친척들에게 줄 선물을 직접 만들게 했다. 그전까지는 간단한 물건들, 예를 들면 박엽지를 접어 창문에 걸어둘 별을 만들거나, 스티로폼 공에 금색 스프레이 물감을 뿌려서 트리 장식을 만들었다. 하지만 그해에는 엄마가 흰색의 원형 양초 십여 개와 칼로 잘라서 쓰는 유색 밀랍 조각들을 사왔다. 우리는 불로 조각을 말랑말랑하게 만든 다음, 여러 가지 모양으로 다듬어 양초에 붙였다. 오빠는 용과 성으로 양초를 꾸몄고, 내 작품은 좀 더 추상적인 모양에 가까웠다. 우리 계획이 너무 거창했던지, 일주일 넘게 오후 내내 만들었는데도 크리스마스이브 아침까지도 완성하지 못했다. 엄마는 우리에게 만들던 걸 마저 끝내라고 보챘지만 그때쯤 선물 만들기가 너무 지겨워진 우리는 녹인 밀랍을 서로의 손가락에 떨어뜨리고, 밀랍 자투리를 얼굴에 붙이며 장난을 치거나 옥신각신 다투기도 하며 어영부영 시간을 보냈다.

그러다 어느 순간부터 엄마가 보이지 않았다. 오빠와 나는 위층으로 올라가 엄마의 방을 둘러보았다. 방에 딸린 화장실에서 작은 소리가 들려 문을 열었더니 엄마가 샤워실 타일 의자에 앉아 울고 있었다.

엄마가 침울해하거나, 실망하거나, 좌절하거나, 화내는 모습은 보았어도 그렇게 절망적인 얼굴을 보는 건 처음이었다. 얼굴을 가린 엄마의 손틈 새로 눈물이 새어 나왔다. 엄마는 우리의 기척에 몸을 앞으로 숙여 얼굴을 더 가렸다. 오빠와 나는 죄책감이 깃든 눈빛으로 서로를 쳐다보았다. 엄마에겐 그 양초들이 단순한 크리스마스 선물이 아니라 어쩌면 마지막일지도 모를 크리스마스를 완벽하게 보내고 싶은 마음이었다. 샤워실 안에 몸을 웅크리고 있는 엄마는 너무 절망적이고 슬퍼 보였다. 무슨 말이든 해보려고 했지만 입이 떨어지지 않았다. 오빠와 나는 조용히 아래층으로 내려와 하던 일을 다시 시작했다.

크리스마스 아침에는 내가 제일 먼저 일어났다. 나는 오빠 방으로 뛰어가 오빠가 크리스마스 양말을 찾으러 아래층에 내려가겠다고 할 때까지 침대에서 계속 폴짝폴짝 뛰었다. 파란색 가운을 입고 내려온 아빠는 킹스 칼리지 합창단의 캐럴 CD를 틀었다. 엄마는 허리가 충분히 낫고 나서는

병원 침대를 반납하고 다시 위층에서 생활했기 때문에 우리
는 크리스마스 양말을 챙겨서 엄마가 있는 방으로 다시 올
라갔다.

오빠와 나는 매해 부모님과 서로에게 줄 선물을 만들었
다. 그해에는 내가 오빠 방에 둘 빨간 도마뱀 모양의 작은
깔개를 만드는 것을 도왔고, 오빠는 내게 나무로 된 레시피
상자를 만들어주었다. 창문에 색칠이 되어 있고, 문과 초가
지붕, 벽돌 모양의 굴뚝이 있는 통나무집 모양이었다. 굴뚝
에 색인 카드를 한 장씩 꽂을 수 있었고, 지붕을 들어 올리
면 카드가 나왔다. 엄마는 리즈 할머니의 팬케이크와 생일
때마다 먹었던 밀가루 없는 초콜릿케이크, 밀을 먹으면 안
되는 오빠를 위해 엄마가 개발한 글루텐이 없는 초콜릿 칩
쿠키 등, 우리 가족의 비밀 레시피가 담긴 카드를 상자에 여
러 장 채워두었다.

선물 교환이 끝나고 아빠와 티피와 함께 동네를 한 바퀴
돌았다. 우리는 공동묘지 입구를 지나 길을 따라 천천히 걸
었다. 열려 있는 공동묘지 대문 너머로 아직 어둠에 잠들어
있는 묘비들이 보였다. 아침 안개가 내려앉아 이슬에 젖은
거리는 온통 회색빛이었다.

집으로 돌아왔을 때까지도 엄마는 여전히 오빠와 함께
침대에 앉아 있었다. 오빠는 조금 운 얼굴을 하고 있었다.

어릴 때부터 엄마와 오빠 둘 사이에는 나는 모르는 비밀

스러운 뭔가가 느껴졌다. 두 사람은 어딘가 더 잘 어울리는 면이 있었다. 심지어 엄마와 오빠는 짙은 갈색 머리카락과 오뚝한 콧날, 적갈색 눈동자까지 생긴 모습도 비슷했다. 나는 아빠를 더 닮았다. 그래서 내 코도 아빠 코처럼 오른쪽으로 약간 휘어 있는데, 아빠는 럭비 선수 시절에 다쳐서 코가 그렇게 된 거라고 항상 강조했다. 어떨 땐 나도 정말 내가 태어날 때 바꿔치기 된 요정의 아이일지도 모른다고 생각했다. 이 인간 가족에 속하기 위해 그들의 모습을 관찰하고 그들의 행동을 배워야 하는 게 내 운명이 아닐까, 상상하다 보면 가끔 궁금해졌다. 요정이라면 도대체 왜 인간 가족에 속하고 싶어 할까? 내가 보기엔 그게 훨씬 더 힘들고 고통스러운 것 같은데.

삶을 이어지게 하는 것

화학 요법은 효과가 있었다.

그해 말에 엄마의 주치의가 새로운 장비로 엄마를 검사한 결과 상태가 안정된 것으로 보인다는 소식을 전했다.

나는 어안이 벙벙하면서 뭔가 맥이 빠지는 기분이 들었다. 우리 가족은 이미 마지막 독립기념일과 마지막 핼러윈, 마지막 추수감사절과 마지막 크리스마스, 엄마와 아빠가 공들여 준비한 마지막 생일 파티를 축하하며 1년을 보냈는데, 다시 처음으로 돌아가 또 다른 1년을 바라보게 되다니. 의사는 엄마가 1년은 더 살 수 있을 거라고 했고, 그리고 그게 마지막이라고 했다.

그 소식은 우리가 바랄 수 있는 최고의 소식이었다. 그렇지만…

1년.

엄마와 함께하고 싶은 시간에 비하면 1년은 비할 데도

못 되었다.

나는 낭비할 시간, 우리가 함께하는 시간에 끝이 있다는 걸 잊을 시간이 필요했다. 절박감을 안고 살아가는 삶을 계속 유지할 수는 없었다. 매 순간 함께하고, 하루하루 전력을 다해 사느라 우리는 너무 지쳐 있었다.

같은 해에 부모님의 사업에도 문제가 생겼다. 캘리포니아에서 여러 차례 대장균 중독 사고가 발생했는데, 원인을 제공한 회사가 우리와 비슷한 제품을 파는 회사로 밝혀졌다. 이 일로 식음료 판매에 관한 주 법률이 새로 만들어졌지만, 부모님의 회사는 소규모 회사였기 때문에 새로운 기준을 따를 만한 여력이 없었다. 부모님은 회사 매각에 이어 파산까지 고려하는 상황에 이르렀다. 엄마는 그때도 집에서 회사의 운영 전반과 마케팅 전략을 살피기는 했지만, 일상적인 운영은 아빠가 맡고 있었다. 엄마의 병환에 더해 회사 문제까지 더해져 그 두 가지가 구별이 안 될 정도로 부모님의 근심이 나날이 깊어갔다.

부모님이 제이미 오빠나 나에게 돈 얘기를 한 적은 없었다. 돈은 항상 충분했다. 엄마의 치료비가 우리 가족의 파산을 위협한 적도 없었고, 치료비와 다른 필수 비용 사이에서 뭘 선택해야 할지 고민해야 했던 적도 없었다. 엄마와 아빠가 같이 일할 때는 우리를 보육 기관에 맡길 여유가 있었고, 병을 보살피는 것이 엄마의 주업이 되었을 때는 엘리자베스라는 좋은 아주머니가 일주일에 세 번씩 우리 집에 와서 요리와 청소, 빨래를 도와주었다. 회사가 어려움을 겪을 때 나는 처음으로 부모님이 돈 문제로 걱정하고 있다는 것을 어렴풋이 눈치챘지만, 그 문제가 얼마나 심각했는지는 한참이 지나서야 알았다.

위기가 절정에 달했던 어느 날 오후였다. 엄마는 우리 집 뒤쪽에 있는 작은 건물인 아빠의 사무실에 갔다가 산탄총을 들고 서 있는 아빠를 보았다.

아빠는 죽을 생각을 했다고 털어놓았다.

신체적으로 건강한 아빠가 죽을 결심을 한 것을 눈앞에서 본 엄마의 기분이 어땠을까. '당신이 왜 죽어요? 당신은 살아야죠.' 제일 먼저 그런 생각이 들지 않았을까? 하지만 그날 엄마가 아빠에게 한 말은, 오늘 오후에 제이미에게 자전거를 태워주기로 약속하지 않았냐는 것이었다. 엄마의 말은 아빠가 총을 내려놓고 계속 살아가도록 설득하기에 충분했던 것 같다. 그 후 엄마는 조용히 산탄총과 사냥용 소총을 모두 집에서 치워버렸다. 회사가 다른 곳에 성공적으로 매각되고 한참 후에 이 이야기를 들었을 땐 마치 다른 사람, 다른 가족에게 일어났던 일처럼 들렸다. 산탄총을 손에 들고 있던 사람과 우리에게 마법 같은 생일 파티를 열어주고, 보물찾기 놀이를 하고, 우스꽝스러운 옷을 입고, 밤이 되면 나에게 노래를 불러준 사람이 어떻게 같은 사람일 수 있을까? 총을 들고 있던 그 사람은 나와 전혀 관계가 없는 사람 같았다.

3학년이 되어 나는 다니고 있던 사립 초등학교에서 우리 동네에 있는 공립 학교인 프록터 테라스 초등학교로 전학을 갔다. 오빠는 한 학년을 건너뛰고 이미 공립 중학교를 다니고 있었다. 당시엔 전학이 부모님의 재정 문제와 관련이 있는 줄은 전혀 몰랐다. 엄마는 오빠와 내가 우리 동네에 사는 친구들과 친해졌으면 좋겠다고만 이야기했다.

나는 걸어서 다닐 수 있는 새 학교가 마음에 들었다. 내 발로 걸어서 집을 나서는 게 엄마나 아빠가 차를 타고 멀어지는 모습을 보는 것 보다 훨씬 나았다.

처음에는 우리 동네에 살았던 언니와 항상 같이 다녀야 했다. 엄마는 내가 5학년이 되면 혼자 다닐 수 있게 해주겠다고 약속했다. 프록터 테라스 초등학교는 30년 전에 엄마가 다녔던 학교와 같은 학교였고, 그래서 내가 등교하던 길도 예전에 엄마가 다니던 길과 똑같았다.

새로운 학교에서 베카라는 친구와 제일 친하게 지냈다. 베카는 키가 크고, 부드러운 갈색 머릿결을 지니고 있었고, 얼굴에 주근깨가 많았다. 베카에게 처음 밤샘 파티 초대를 받았을 때 얼마나 신이 났던지, 그전까지 친구네 집에서 한 번도 자본 적이 없다는 사실을 전혀 떠올리지 못했다. 토요일 오후, 아빠가 베카네 집까지 차로 데려다주었다. 베카와 나는 함께 뒷마당에서 고양이 알렉산더와 놀기도 하고, 베카 엄마의 화장품을 가지고 놀기도 했다. 우리는 예뻐 보이는 것보다는 서로 웃기는 게 목적이었기 때문에 화장품의 원래 용도 같은 건 무시하고 눈썹을 짙게 색칠하고 볼에는 보라색 아이섀도를 펴 바르며 깔깔 웃었다. 베카는 내게 립톤 아이스티를 만들어주며 작은 텃밭에서 민트를 뜯어 향을 더하는 법도 알려주었다.

해가 질 무렵이 되니 마음이 조금씩 무거워졌다. 나는 베카의 가족과 식탁에 앉아 저녁을 먹으며, 익숙하지 않은 음식들을 내 접시에서 밀어냈다. 우리 집이었다면 아빠가 스크램블드에그나 버터를 넣은 파스타를 만들어주었을 텐데. 우리 가족은 '그웨니는 베이지색 음식만 먹는다'고 나를 놀리곤 했다. 집이었다면 아마 아빠와 오빠는 주방 조리대에서 밥을 먹고, 엄마는 식탁에 앉아 무언가를 읽고 쓰거나 아니면 엄마 방에 있었을 것이다.

잘 시간이 되어 어둠 속에 누워 있으니 마음을 짓누르던 무거운 느낌이 점점 목까지 차올랐다. '지금쯤 아빠는 티피를 산책시켜 주고 있겠지. 티피는 빨간 목줄을 달랑거리며 앞에서 총총대며 걸어갈 거야. 엄마와 오빠는 램프 불빛 아래에서 책을 읽고 있겠지. 그리고 그 두 사람 사이에 있는

내 방은… 비어 있겠지.'

입에서는 쇠 맛이 느껴지고 뺨이 따끔거리고 손도 뜨거워졌다. 심장이 두근대는 소리가 너무 커서 베카에게도 내 심장 소리가 들리지 않을까 걱정이 되기 시작했다. '얼른 자!' 또 다른 내가 명령했다. 잠들 수만 있다면 곧 아침이 될 거고, 모든 게 끝날 거라고 말이다. 하지만 점점 숨까지 가빠졌다. 나는 베개 자락을 입속으로 욱여넣었다.

"네가 없을 때 죽진 않을게." 몇 년 전 내가 1분 1초도 엄마 곁을 떠나지 못하고 엄마 곁을 떠나는 걸 너무 무서워할 때, 엄마가 그렇게 약속한 적이 있었다. "암은 그렇게 아무 때나 갑자기 죽는 병이 아니야. 우리에게는 충분히 준비할 시간이 있어."

나는 엄마의 약속을 믿었지만 여전히 그 이상한 짐승은 발톱을 세우고 내 가슴에서 기어 나오려고 했다. 나는 자리에서 일어나 거실로 나가 베카의 엄마에게 집에 연락해 달라고 부탁했다. 아빠는 몇 분 만에 도착했다.

월요일이 되어 점심시간에 베카는 친구들이 다 앉아 있는 야외 테이블에서 내가 한밤중에 집으로 돌아간 이야기를 했다.

"그웨니는 아빠가 있어야 한대." 베카의 말에 모두 큰 소리로 웃었다.

귀가 빨갛게 달아올랐다. 베카는 친구들 앞에서 나를 창피 주려고 한 말이었겠지만, 그 말은 그냥 사실일 뿐이었다.

나는 어디로도 떠날 수가 없었다.

속절없는 내일들

엄마의 머리카락은 원래의 모습과는 다르게 곱슬곱슬한 솜털 같은 모양으로 다시 자랐다. 곱슬머리의 엄마를 보는 건 좀 어색했다. 광대뼈와 뾰족한 턱선이 흐려지면서 얼굴은 더 부드러워 보였다. 엄마는 다시 자란 머리카락이 눈을 가리지 않도록 큰 보라색 핀으로 고정해 두었다.

내가 3학년 때 학교를 마치고 돌아와 문을 들어서면, 엄마는 매일 어디에 있든 "그웨니, 우리 딸! 집에 왔구나!" 하고 소리쳤다. 앵무새 데이비가 그랬듯 엄마는 아무 조건 없이 항상 나를 반겨주었다.

우리 집에는 오래된 야마하 업라이트 피아노가 있었는데, 엄마는 내가 일주일에 5일은 옻칠 된 피아노 의자에 앉아 30분 동안 연습곡을 치게 했다. 피아노 선생님은 목요일마다 우리 집에 와서 숙제를 적어둔 검은색 악보 노트를 펼쳐 내가 써놓은 연습 기록을 확인했다. 그 기록은 대개 세

줄을 넘지 않았지만, 몇 줄을 더 추가해 선생님을 속일 생각은 해본 적이 없었다.

엄마는 내가 매일 피아노를 연습하면 나중에 특별한 사람이 될 수 있을 거라고 믿었다. 크리스마스에 캐럴을 연주하고, 신나는 곡으로 사람들을 즐겁게 해주거나 파티 분위기를 조용하게 돋울 수 있는 사람. 전 세계 어디에서든, 똑같은 흑백의 건반 앞에 앉아 음악을 연주할 수 있는 사람이 될 거라고 말이다.

하지만 내게 피아노를 연습하는 시간은 미래를 위한 투자였고, 미래라는 건 오래전부터 두려워하고 저항해야 하는 곳이었다. 나는 피아노를 연주하는 사람이 되고 싶지 않았다. 나는 엄마가 있는 사람으로 남고 싶었다.

오빠는 피아노 수업을 몇 년 받고 나서 백파이프를 배웠다. 한동안 차고 윗방에서 고양이와 거위들이 차례차례 목이 졸리는 듯한 참기 힘든 소음이 끊임없이 이어졌다. 그 시끄러운 불협화음은 몇 주가 지나고 몇 달이 지나자 점차 견딜 만한 수준이 되었고, 마침내 아름다운 음악으로 바뀌었다. 아프기 전 엄마와 7년의 시간을 더 보낸 오빠는 그 시기에 내가 배우지 못한 것을 배운 게 틀림없었다. 미래는 우리가 준비되어 있든 준비되어 있지 않든, 오기 마련이라는 것을 말이다.

엄마는 의사들이 예견한 두 번째 해를 넘겼고, 우리에게는 또 한 번의 1년이 주어졌다.

엄마는 여전히 저녁마다 우리에게 『사이모린 스토리Dealing with Dragons』 『지혜로운 아이Wise Child』 『모래 요정과 다섯 아이들Five Children and It』과 같은 책을 읽어주었다. 오빠와 내가 엄마의 이야기를 들으며 몸을 꿈틀대고 베개 싸움을 하는 동안, 아빠는 침대 발판에 기대앉아 사과를 잘라 건네주곤 했다. 아홉 살 때 내가 제일 좋아했던 책은 필립 풀먼의 『황금나침반The Golden Compass』으로, 나보다 나이는 조금 더 많지만, 나보다 훨씬 용감한 '리라'라는 소녀에 관한 이야기다. 그 소설에서 제일 재밌었던 부분은 리라가 자기 부모님이 죽은 줄로만 알고 자라다가 열한 살 때 부모님이 살아 있다는 걸 알게 된 장면이다. 엄마가 그 마지막 문장을 읽어주고 1권을 덮었을 때 나는 너무 놀라 충격에 빠졌고 다음 내용이 궁금해 참기가 어려웠다.

오빠는 다음 권인 『마법의 검The Subtle Knife』을 읽을 수 있었지만 나는 허락되지 않았다. 엄마는 내가 읽기에는 무서운 내용이 너무 많다고 했다.

"더 크면 읽어줄게." 엄마는 그렇게 말했다. "네가 열 살이 되면."

엄마에게 여덟 살은 나보다 나이 많은 언니와 같이 학교에 걸어가도 괜찮은 나이였고, 열세 살은 귀를 뚫어도 되는 나이였다면, 열 살은 무서운 책을 읽어도 되는 나이였다. 하지만 그해 가을, 내가 아직 아홉 살일 때 엄마의 시력이 점점 떨어져서 자수용 바늘에 실을 꿰려면 도움이 필요할 정도로 눈이 나빠졌다. 엄마는 불이 켜지는 돋보기안경을 샀다. 안경을 쓴 엄마는 수술을 집도하는 의사처럼 보였다.

그 무렵 엄마는 병원에서 또 다른 검사를 받았고, 암이 뇌로 전이되었다는 이야기를 들었다.

뇌종양을 수술하려면 머리가 움직이지 않도록 헤일로라는 동그란 장치를 머리뼈에 나사로 고정시켜야 했다. 엄마의 눈썹 바로 위쪽 이마에 두 개의 구멍이 뚫렸다. 뼈가 가장 두꺼운 부위였다. 종양은 성공적으로 제거됐지만 시력 손상은 여전했다. 겨울이 되자 병원 침대가 다시 자리를 잡았다. 이번에는 위층에 있는 엄마 방에 설치되었다.

엄마가 퇴원하고 누군가 집으로 '싱잉 발렌타인즈Singing Valentines'(사람들에게 찾아가서 무반주로 노래를 불러주는 서비스-옮긴이)를 보내주었다. 지역 고등학교 합창단에서 턱시도를 입은 남학생 두 명과 벨벳 보디스와 실크 치마 차림에 진주 목걸이를 한 여학생 두 명이 찾아왔다. 엄마는 조리대 뒤에서 하던 일을 멈추고 내내 미소를 지으며 학생들이 불러주는 노래를 들었다. 엄마는 추운 날씨에 우리 집까지 와준 학생들을 위해 따뜻한 음료를 내주었다. 모두 떠나고 난 뒤 엄마는 어딘가 기운이 없어 보였다.

"아유, 가여워라." 엄마가 중얼거렸다. "분명 무서워 보였을 텐데."

엄마는 관자놀이의 상처를 가리고 있는 동그란 밴드에 손을 갖다 댔다. 밴드에 빨갛게 피가 배어 있었다.

"나한테 뿔이 있었던 것처럼 보였겠어." 엄마가 혼잣말하듯 말했다.

나는 가만히 엄마를 바라보았다. 엄마는 확실히 전과는 많이 다른 모습이었지만 그 변화가 너무 서서히 일어나서 나는 그동안 거의 눈치를 채지 못했다. 제삼자의 눈으로 바라보면 스테로이드 치료로 얼굴과 몸이 온통 붓고 보행 보조기에 몸을 의지하고 있는 아픈 사람의 모습일 것이었다. 화학 요법 이후 자란 곱슬머리는 어깨까지 힘없이 늘어졌고, 머리카락 사이로 피 묻은 붕대 두 개가 살짝 보였다.

엄마의 병세는 날이 갈수록 더 가늠하기 어려워졌다. 나는 엄마가 과학계 밖에 존재하는 예외적인 사람일지도 모른다고 생각했다. 사람들이 아무리 아니라고 해도 나는 엄마가 계속 살아 있을 것만 같았다. 사람들은 엄마가 진짜로 얼마 못 가 곧 죽을 거라고 했다.

나는 엄마를 살아 있는 것을 목표로 하는 이상한 게임을 만들었다. "우리 생일 때까지는 살아 있어야 해요." 엄마가 카드를 쓰거나 솔기를 꿰매려 애쓰는 동안 나는 엄마 침대 발치에 앉아 종알댔다. 그 목표는 "학기 말까지" "크리스마스까지"로 계속 이어졌다. 엄마의 병세는 한동안은 나빠지는 게 눈에 띄지 않을 정도로 천천히 진행되다가, 갑자기 계단을 걸어 내려가지 못하거나 새로운 게임의 규칙을 이해하지 못하는 식으로 급격히 나빠졌다. 나는 엄마가 갑자기 사라지지 않는다는 것을 확신할 수 있는 구체적인 지표, 어느 정도 명확한 날짜가 필요했다. "2000년까지만 살아주세요." 1999년 초에 엄마에게 그렇게 부탁했다. 그럴 때마다 엄마는 미소를 지으며 답해주었다. "최선을 다해볼게."

싱잉 발렌타인즈가 다녀가고 사흘 뒤 나는 열 살이 되었다. 엄마는 아침 일찍 나를 깨워 반들반들한 검정 마분지에 알록달록한 새 그림이 그려진 작은 상자를 건넸다. 꼬불거리는 분홍색 리본 아래에 '생일 축하해'라고 적힌 흰 카드가 꽂혀 있었고, 상자 안에는 하얀 목화솜 위에 금으로 테두리가 장식된 작은 타원형 자수정 브로치가 놓여 있었다. 카드 아래로 '16페이지'라는 글이 보였다. 나는 엄마를 쳐다보았다.

엄마는 스프링으로 제본된 10×12인치 크기의 스케치북을 건네주었다. 검은색 표지에 빨간 배 그림이 그려진 스케치북을 16페이지로 넘기니 내 손에 있는 것과 같은 브로치 사진이 있었다.

나는 공존할 수 없는 두 가지 현실이 만난 듯한 묘한 기분을 느꼈다. 그 브로치는 엄마가 주방 식탁에 앉아 준비하던 작은 선물 꾸러미 중 첫 번째 선물이었다. 나는 엄마 옆에 앉아서 엄마가 죽고 나면 읽으라고 써둔 글을 읽었다. 그 순간은 현실이면서 동시에 미래였다. 우리는 어떤 문턱을 넘었고, 쫓고 있던 나중 모습을 따라잡았다. 나는 엄마가 자수정 브로치를 포장하고, 사진을 스케치북에 붙이며 상상했던 열 살짜리 아이가 되어 있었다. 그리고 엄마는 스케치북 안에 목소리로 존재하는 동시에 내 옆에 살아 있었다. 하지만 그다음 일은 우리도 알 수 없었다. 나는 그 브로치를 집에 두고 학교에 갔다. 초등학교 4학년이 달기에는 조금 과했다.

리즈 할머니가 어느 해 크리스마스인가 엄마 생일에 선물로 주신 자수정 브로치야. 원래는 세트로 착용하는 나사형 귀걸이도 있었어. 엄마는 할머니께 그 귀걸이를 귀를 뚫어서 다는 귀걸이로 모양을 바꿔달라고 부탁했고, 할머니가 그렇게 만들어주셨지. 그런데 언젠가 그 귀걸이를 잃어버린 뒤로 다시 찾진 못했단다.

사랑을 듬뿍 담아, 엄마가

그날 오후, 엄마의 원래 계획보다 3년은 이르지만 엄마

Awenny's
10th

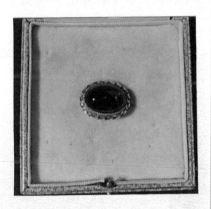

와 함께 귀를 뚫으러 갔다. 나는 동네 쇼핑몰에서 작고 하얀 크리스털 귀걸이를 골랐다. 큰 안락의자에 앉아 기다리고 있으니 직원 두 사람이 작은 플라스틱 총을 들고 내 뒤에 섰다. 엄마가 내 손을 잡아주었다. 우리는 다 같이 '하나, 둘, 셋' 하고 셌다.

엄마가 크리스털 귀걸이와 귀가 아물면 착용할 수 있는 하트 모양의 금 귀걸이를 하나 더 계산하는 동안, 나는 조명이 밝혀진 거울을 들여다보았다. 한쪽 귀걸이가 다른 쪽보다 더 높아 보였다.

"아니야." 엄마는 눈을 가늘게 뜨고 나를 쳐다보며 말했다. "양쪽 다 똑같아."

판매 직원은 내게 귀걸이를 매일 손으로 돌려주고, 소독용 알코올로 소독해 주는 걸 잊지 말라고 했다.

주차장에서 우리를 기다리고 있던 아빠가 우리를 보고 차 문을 열어주었다. 차에 타려는데 엄마가 갑자기 나를 멈춰 세우더니 내 얼굴을 잡고 겨울 햇빛 아래서 이쪽저쪽으로 기울여 보았다. "네 말이 맞네. 양쪽이 달라."

우리는 왼쪽 귀를 다시 뚫으러 갔다. 나는 처음에 뚫은 곳은 어떻게 해야 하냐고 물었다.

"알아서 없어질 거예요." 직원이 말했다. "아무것도 없으면 구멍은 금방 막혀요."

차츰 엄마가 남들에게 자기 모습이 어떻게 비칠지를 의식하는 때가 많아졌다. 어떤 때는 스스로를 농담의 소재로 삼았다. 어느 날 아침 식사 자리에서 오빠가 퉁명스럽게 엄마와 아빠가 자신을 창피하게 만든다는 식의 말을 했다. 이제 10대가 되어 키가 훌쩍 자란 오빠는 바깥에서 사회적 활동 영역을 넓혀가고 있었다.

"흠," 엄마는 천천히 무심한 듯 다음 말을 이어갔다. "아무래도 집에 있는 옷 중에서 제일 헐렁하고 추레한 옷을 입고, 눈썹을 엉망으로 만들고(그러면서 정말로 눈썹을 놀란 애벌레처럼 일그러뜨렸다), 앞니를 새카맣게 칠한 다음에 네 학교에 가서 말하고 다녀야겠네. '내가 제이미의 엄마다!'라고 말이야."

엄마의 농담에 나는 쓰러질 듯 킥킥거렸다. 하지만 엄마도 얼마간 신경이 쓰였던지, 내가 참가하는 농구 시합에 엄마가 가지 않는 게 더 좋으냐고 물어보았다. 나는 무슨 말인지 이해하는 데 잠깐 시간이 걸렸다.

"엄마는 괜찮아." 엄마가 말했다.

나는 엄마가 계속 와주면 좋겠다고 답했다.

어느 날 오후, 샌디 이모가 엄마를 온천에 데리고 가서 함께 마사지와 피부 관리를 받았다. 엄마는 미용실에서 메이크업과 곱슬머리를 펴는 손질도 받았다. 하지만 집에 돌아온 엄마는 어딘가 실망한 표정이었다.

"내가 뭘 기대했나 몰라." 엄마가 말했다. "다시 예전 모습을 되찾을 줄 알았나 봐."

손질된 엄마의 머리는 윤기는 있지만 힘이 없었다. 게다가 그동안 몸에 쏟아부은 스테로이드로 둥그렇게 변해버린 얼굴을 더 도드라져 보이게 만들었다. 엄마의 얼굴은 누가 사방으로 늘려놓은 듯 퉁퉁 부어 있었다.

암이 퍼진 다음 해 여름에 엄마는 오빠와 나에게 어린 시절을 기록하는 스크랩북을 만들게 했다. 오빠와 나는 수북이 쌓인 옛날 사진들 속에서 우리가 태어나기 전 10대, 20대 시절에 찍은 엄마의 스냅 사진을 발견했다.

"엄마, 엄마 정말 예쁘다!"

엄마는 사진을 잠시 들고 바라보았다.

"그러게." 엄마가 말했다. "진작 알았다면 좋았을걸."

속절없이 흐르는 시간이 모든 걸 바꾸어놓고 있었지만 그때 우리는 그저 바라보는 것밖에 할 수 있는 일이 없었다.

좁아지고 작아진 우리의 세계

4학년이 끝난 여름, 아빠는 오빠와 나를 데리고 영국에 있는 가족들을 만나러 다녀오자고 말했다. 영국에 있는 사촌들을 못 본 지가 꽤 오래된 터라 신이 났다. 엄마는 자물쇠와 작은 가죽 끈이 달린 낡은 갈색 여행 가방을 꺼내와 가방을 싸는 팁을 알려주었다. 양말과 속옷은 돌돌 말아 신발에 채워 넣어 신발의 모양도 유지할 수 있게 했고, 원피스는 접지 않고 가방 바닥에 그대로 펼쳐 놓고 다른 물건들을 담은 다음 구겨지지 않도록 가장자리를 위로 접어 올렸다. 나는 빨간 가죽으로 된 여권용 지갑도 챙겼다. 아빠는 영국에서는 화장실에 가고 싶을 때 'restroom'이 아닌 'loo'나 'toilet'이 어딨는지 물어봐야 한다고 일러주었다. 떠나기 전날 밤에는 혹시라도 여왕을 만날 경우를 대비해서 무릎을 굽혀절하는 법까지 거울 앞에서 연습시켰다.

공항으로 출발하려고 차에 짐을 싣는 동안 엄마는 수영

장에서 운동을 했다. 보라색 원피스 수영복을 입고 머리카락을 위로 올려 핀으로 고정한 엄마는 부력 봉에 의지해 물속을 걸어 다녔다. 수영장 바깥에는 간병 기관에서 나온 직원 한 명이 앉아 있었다. 우리가 없을 때 우리 집에 와서 엄마를 돌봐주실 분이었다.

"안녕, 잘 다녀와." 엄마가 물속에서 밝게 외쳤다.

나는 회색 스웨트셔츠를 입고 비행기용 간식을 가득 넣은 가방을 한쪽 어깨에 걸친 채 콘크리트 계단 옆에 서 있었다. 그때까지만 해도 엄마를 혼자 두고 가는 것에 대해 별다른 부담감이 없었다.

나는 우리가 떠난 다음에 엄마가 수영장에서 나와 힘겹게 난간에 몸을 기댄 모습을 떠올렸다. 주방에서 간병인과 저녁을 먹거나 혼자 방에 있는 모습도 떠올려보았고, 아침에 눈을 떠 긴 하루를 보내는 엄마도 상상해 보았다. 나는 별안간 우리가 어떻게 엄마를 두고 떠나도 괜찮다고 생각했는지 믿을 수가 없었다. 파란 물속에서 나를 보며 밝게 웃는 엄마를 보니 죄책감이 물밀듯 밀려와 발이 떨어지지 않았다. 당장이라도 엄마에게 달려가고 싶었지만 오빠와 아빠가 차에 짐을 모두 싣고 나를 기다리고 있었다.

나는 엄마가 기분이 어떠냐고 물어봐주길 바라며 수영장 끝에 서서 머뭇거렸다. 하지만 엄마는 물속을 돌아다니며 미소 띤 얼굴로 손을 흔들 뿐이었다.

공항으로 가는 내내 그렁그렁 고였던 눈물이 보안 검색대를 통과하자마자 쏟아져 내렸다. 카페에 가서는 토가 나도록 울었다. 나는 아빠에게 영국에 가고 싶지 않다고 했다. 아빠는 그러기에는 너무 늦었다고, 비행기에 타고 나면 기분이 괜찮아질 거라며 나를 달랬다. 그리고 집에 전화를 할 수 있게 휴대폰을 건넸다.

"엄마, 사랑해요." 나는 검은 모토로라에 얼굴을 대고 흐느꼈다.

"엄마도 사랑해." 엄마가 밝게 말했다. "가면 정말 재밌을 거야!"

샌프란시스코 공항에서 런던 개트윅까지는 비행기로 10시간이 걸렸다. 나는 울다가 자다가 또 울다가 잤다.

우리는 영국에서 약 2주를 보냈다. 할아버지를 뵙고 사촌들과 놀았다. 런던탑에 가고, 세인트폴 대성당에서 새들에게 먹이도 주며 즐거운 시간을 보냈지만, 집에 돌아가면 다시는 엄마를 버려두고 떠나지 않겠다고 다짐했다.

휠체어는 우리의 세상을 더 작아지게 만들었다. 엄마가 휠체어를 타고 있으면 전에는 보이지 않던 경계선과 장애물이 가는 곳마다 불쑥불쑥 나타났다. 우리는 유압 장치가 달린 승합차를 빌려 엄마가 휠체어를 탄 채로 차를 타고 내릴 수 있게 했다. 처음에는 어디에 가든 내가 휠체어를 밀어주고 싶었지만 코너를 돌 때면 방향 조절을 잘 못해서 엄마의 발가락을 벽에 찧기 일쑤였다. 오빠는 나보다는 나았다. 조심스럽고 신중하고 힘이 센 오빠는 복도에서 부드럽게 휠체어를 밀었고, 할 말이 있을 때는 엄마 가까이 머리를 숙여 이야기했다.

엄마는 침대에서 더 많은 시간을 보내야 했고, 그런 생활은 엄마의 몸에 무리를 주었다. 이불이 엄마의 발가락에 계속 압력을 가하다 보니 발톱이 살을 파고들어 자라서 발을 보호할 작은 금속 케이지를 사서 이불 밑에 놓았다. 그것 말고도 욕창을 방지하려면 몸을 자주 뒤집어주어야 해서, 엄마는 이복 여동생이 낳은 갓난아기 사진들을 침대 난간 손잡이에 붙여두고, 한쪽으로 몇 시간이고 누워 있는 동안 그 사진들을 바라보기도 했다.

간병인은 매일 엄마 옆에 머물면서 엄마가 침대와 휠체어를 오가는 걸 돕고 약을 챙겨주었다. 우리 가족의 지인 중 한 사람이 간병 기관을 운영하고 있어서 나는 방과 후에 그곳에서 전동 타자기로 서류와 양식을 작성하면서 용돈을 벌었다. 가끔은 전화도 받았다. 전화를 건 사람은 앳된 목소리를 듣고 놀랐을지도 모르지만, 나는 기관의 이름을 정확하게 말하며 '무엇을 도와드릴까요?' 하고 묻는 연습을 정말 많이 했다.

엄마는 다른 집 부모들이 자녀에게 전화를 받게 해서 전화를 건 사람의 시간을 낭비하게 하는 것을 못 견뎌 했다. 그래서 우리 집에서 내가 전화를 받을 때면 항상 "안녕하세요. 저는 그웨니 킹스턴인데, 누구신지 여쭤봐도 될까요?"라고 말하도록 배웠다. 우리 집에 전화한 사람들은 종종 엄마의 성을 잘못 발음해서 "메일러드 부인"을 바꿔달라고 했다. 엄마의 성은 철자로 'Mailliard'이지만 '마이야드'로 발음했고, 전화한 사람이 엄마의 이름을 정확하게 발음하지 못하면 통화할 수 없다는 게 엄마의 원칙 중 하나였다.

의사들이 엄마에게 시간이 얼마 남지 않았다고 예견할 때마다, 엄마의 친구와 친척들이 우리 집으로 몰려와 마지막으로 한 번 더 엄마와 이야기를 나누고, 포옹하고, 추억을 남기고 싶어 했다. 나는 그들이 우리 집에 왜 와 있는지 알았지만 그래도 집이 사람들로 북적이는 게 좋았다. 대부분 방으로 피신해 있었던 오빠와는 달리, 나는 어른들 주변을 서성거리며 대화에 슬쩍 끼어들 기회를 엿봤다. 우리 집에 오는 사람들은 항상 나를 반겨주며 내 어깨나 머리에 손을 얹거나 나를 안아 무릎에 앉혀주었다. 어딜 가든 사랑받고 환영받는 기분이 들었고, 그런 날에는 내가 사람처럼 사랑한 우리 집이 살아 움직이는 것 같았다. 벽에서는 목소리가 마구 쏟아져 나오고, 가구들 사이에서 몸이 깨어나는 듯했다. 나는 사람들이 영원히 머물기를, 그래서 내가 다시 혼자가 되지 않기를 바랐다.

　학교를 마치고 집에 오면 매일 적어도 대여섯 명의 사람들이 엄마 침대 주변에 모여 있었다. 어떤 사람은 계단을 오르내리며 차와 책과 얼음을 날랐다. 사람들은 나를 지나칠 때마다 안부를 묻고 손으로 머리를 쓸어 넘겨주었다. 나는 사람들과 더 찰싹 붙어 있고 싶었지만 엄마 방에 모두 모여 있을 때는 가까이 가지 않았다. 그 방에선 모두가 울고 있었기 때문이다. 나는 계단에 앉아 사람들이 퉁퉁 부은 눈으로 돌아가는 모습을 지켜보았다. 어느 날은 엄마의 이복 여동생이 먼 곳에서 엄마를 보러 왔다. 검정 멜빵 바지를 입고 흰 양말을 신은 이모는 나중에 도망치듯 엄마의 방을 뛰쳐나와 손에 얼굴을 파묻고 머리카락으로 얼굴을 가린 채로 집을 떠났다.

　이모가 가고 나서 나는 엄마 옆에 슬그머니 누워 학교와 친구들, 읽고 있던 책에 관해 이야기했다. 그러다 문득 천장 구석에서 장님거미 몇 마리를 발견했다.

　"악! 제가 청소기 가져올게요."

　"괜찮아. 엄마가 이름도 지어줬어. 쟤는 조지, 그 옆은 앨런이야."

　나는 거미를 다시 올려다보았다. 조지라는 그 거미는 막대기처럼 긴 다리로 거미줄에 걸린 초파리를 쿡쿡 찔러보고 있었다. 그 순간 나는 엄마가 얼마나 무료한지 어렴풋이 짐작할 수 있었다. 더는 책을 읽거나 바느질을 할 수 없어진 엄마는 테이프에 녹음된 책을 도서관에서 빌려 가끔 나한테 넘겨주었다. 나는 누가 책을 읽어주는 건 뭐든 좋아했다.

엄마는 바깥 공기를 그리워했다. 날씨가 좋으면 누군가에게 부탁해 창문을 열어두었다. 엄마 방에 있는 창문은 뒤뜰로 향하는 작은 나무 발코니와 이어져 있어서, 바깥에서 나는 소리와 향기가 바람을 타고 방 안으로 흘러 들어왔다. 어쩌다 연초록색 베짱이 한 마리가 창문을 타고 넘어오면 엄마는 아주 운이 좋다고 생각했다. 엄마는 베짱이가 움직이지 않고 가만히 있는 모습을 좋아했는데, 베짱이의 접힌 날개가 새로 돋아난 잎사귀를 닮아 그렇다고 했다. 나는 엄마 방 창틀에서 베짱이를 발견할 때마다 살짝 잡아서 엄마 손에 가져갔다. 바깥세상의 신선함을 엄마가 조금이나마 느끼도록 해주고 싶었다.

열한 번째 생일날 아침, 침대를 굴러 나와 곧장 엄마 방으로 가니 엄마는 벌써 일어나 있었다. 엄마의 침대 위 접이식 식탁위로 작은 선물 상자와 스케치북이 보였다. 엄마와 나는 서로에게 생일 인사를 건넸다. 엄마에게는 마흔여덟 살이 되는 날이었다.

엄마의 선물은 파도가 부서지는 해안과 작은 돛단배, 풍차 그림이 그려진 파란색과 흰색 에나멜로 된 작은 직사각형 모양의 핀이었다.

> 이 핀이 왜 그렇게 예뻐 보였을까? 박람회장에 갔을 때 골동품 전시대에서 찾은 거야. 파란색과 흰색이 네게 잘 어울릴 것 같아. 핀에 어떤 이야기가 담겨 있는 것 같지 않니?

한 해 전에 받은 자수정 브로치처럼 이 핀도 예쁘다고는 생각했지만 내 머리에 꽂은 모습은 상상하기 어려웠다. 내 또래 친구들은 얇은 목걸이나 귀에 딱 붙는 작은 귀걸이를 했고, 가끔 매듭으로 된 우정 팔찌는 했지만 진짜 보석이나 값비싼 액세서리는 착용하지 않았다. 브로치를 다는 아이는 아무도 없었다. 나는 이 예쁜 핀을 회색 운동복 상의에 달고, 쉬는 시간에 운동장으로 뛰어가는 모습을 상상해 보았다. 테더 볼을 하다가 공에 부딪혀서 핀이 바닥에 떨어지기라도 하면 누군가의 운동화에 짓밟혀 산산조각 날지도 몰랐다.

나는 매끈한 에나멜을 만지작거리며 엄마에게 말했다.

"엄마, 우리 생일 때마다 어디에 있든지 서로를 생각하는 시간을 정하는 게 어때요?"

"좋아. 몇 시로 할까?" 엄마가 물었다.

나는 시계를 쳐다보았다. "여덟 시?"

"그래, 그러자."

For Gwenny's
11th

가을이 되자 엄마가 잠에 빠져 있는 시간이 점점 길어졌다. 엄마는 이제 내가 학교에서 돌아와도 큰 소리로 반겨주지 않았고, 침대 옆에 앉아 말을 건네면 몽롱해 있거나 혼란스러워하는 모습을 보일 때가 많았다. 나는 한동안 엄마 방에 고개를 내밀어 인사만 한 뒤 방으로 가서 숙제를 하거나 친구에게 전화를 걸어 수다를 떨었다. 어스름이 짙게 깔린 어느 저녁, 아빠가 나를 불러 엄마가 아직 내 말을 들어줄 수 있을 때 엄마에게 하고 싶은 말이 없는지 물어보았다.

"네가 아직 엄마에게 하지 못한 말이 있다면 지금이 좋은 때인 거 같다." 나는 잠시 생각해 보았다. "엄마가 저와 함께하고 싶어 할 때 제가 다른 일을 하느라 안 된다고 했던 게 미안하다고 말하고 싶어요. 지금 생각하니 너무 죄책감이 들어요."

"그래, 그럼 그 말을 엄마한테 하면 좋겠구나. 엄마도 아마 너처럼 후회되는 일이 있을 거야. 엄마와 얘기해 보렴."

그날 밤 나는 엄마를 찾아갔다.

"안녕, 아가." 엄마가 잠결에 쉰 목소리로 말했다.

"엄마, 혹시 우리가 함께하지 못한 일들에 대해서 죄책감이 들었던 적 있어요?"

"아-아니." 엄마가 내 얼굴에 초점을 맞추려 애쓰며 말했다. 엄마의 턱은 늘어져 있었고, 입속에서 혀가 둔하게 힘없이 움직였다. "아니, 왜냐하면 어-엄마는" 엄마는 다음 말을 내뱉을 수 있도록 숨을 깊이 들이쉬며 호흡을 가다듬었다. "엄마가 할 수 있는 최선을 다했거든." 엄마는 다시 눈을 감았다. 나는 엄마를 내려다보았다. 엄마가 입고 있는 헐렁한 티셔츠와 팔에 테이프로 붙여진 튜브들이 보였다. 방에서 엄마가 용변을 본 뒤 뒤처리에 쓰는 물티슈 냄새가 났다. 별안간 내가 말을 완전히 잘못했다는 생각이 들었다. 나는 엄마가 누구보다 최선을 다했다는 걸 안다고, 그리고 엄마와 떨어져 있었던, 아니 떨어져 있고 싶었던 시간과 엄마가 서서히 자신을 잃어가던 그 방에 가득 찬, 사람을 멍하게 만드는 끔찍한 슬픔과 떨어져 있고 싶었던 시간에 매일 죄책감을 느꼈다고 말하고 싶었다. 무엇보다 내 마음 한구석에서 이 모든 일이 끝나기를, 그래서 지금 모습의 엄마가 아니라 예전 모습의 엄마를 기억하고 싶었던 것에 가장 크게 죄책감을 느낀다고 말하고 싶었다. 하지만 엄마는 그대로 잠에 빠져들었다.

엄마는 약속한 대로 내가 열 살이 되던 해에 『마법의 검』을 읽는 걸 허락해 주었다. 『마법의 검』 편에서 리라는 스펙터라는 괴물이 지배하는 또 다른 세계로 여행을 떠난다. 스펙터는 인간의 의식을 먹어 치우고, 인간의 모든 관심과 호기심, 삶의 의지를 빼앗는 괴물로, 어린이는 해치지 못하고 어른만 공격할 수 있었다. 어떤 장면에서 한 남자와 그의 어린 아들이 스펙터들을 피해 강을 건너 도망치려 했지만 곧 따라잡히고 만다. 스펙터들은 남자의 영혼을 먹어 치우고 육체는 강에 그대로 버려두었다. 아들이 물속에서 발버둥 치며 아빠에게 도움을 청하지만, 아빠는 아들이 물에 빠져 죽어가는 모습을 무심하게 바라보고만 서 있다. 엄마가 『마법의 검』에서 어린 내가 읽기에 무섭다고 생각한 장면은 바로 그 장면이었다.

그해 가을, 3부작의 마지막 이야기인 『호박색 망원경The Amber Spyglass』이 출간되었다. 이전 책들보다 두 배나 긴 책이었지만 오빠와 나는 며칠 만에 다 읽어버렸다. 그러자 엄마도 다음 내용이 궁금하다며 오빠에게 읽어달라고 했다.

오빠는 며칠간 엄마 옆에 앉아 책을 읽어주었다. 엄마처럼 캐릭터별로 목소리를 다르게 연기하며 읽진 않았지만, 전에 비해 굵어진 목소리로 단어 하나하나를 또렷하게 발음하며 엄마의 귀로 이야기를 쏟아내듯 읽었다. 나는 가끔씩 엄마의 방 앞을 지나가다 오빠가 읽어주는 이야기를 엿들었다. 오빠가 책을 반쯤 읽었을 즈음, 엄마는 이제 그만 읽어주어도 괜찮다고 했다. 엄마는 내용을 더 이상 따라가기 힘들어했다. 줄거리를 이해하지 못하는 것이, 아들에게 같은 문장을 계속 다시 읽어달라고 부탁해야 하는 상황이 엄마를 불안하게 만드는 듯했다. 엄마는 더는 말이 쫓아갈 수 없는 곳을 향해 가고 있었다.

어떤 죽음은 느리고 지루하다

그날은 오후에 주디 선생님과 상담이 있는 수요일이었다. 곧 있으면 열두 살이 될 내게 놀이방은 어울리지 않는 것 같아 주디 선생님이 부모님과 이야기를 나눌 때 쓰는 작은 사무실에서 선생님을 만났다. 선생님은 안락의자에, 나는 소파에 앉았다. 엄마는 며칠째 코에 산소 튜브를 꽂고 잠들어 있었다.

"엄마가 다시 깨어날까요?" 나는 마음속으로 궁금해하던 질문을 했다.

"선생님도 모르겠구나. 나중으로 갈수록 잠들어 있는 시간이 길어지긴 한단다."

나는 고개를 끄덕였다. 임종시설에서 나온 선생님들도 같은 말을 했었다. 나는 이상할 정도로 무덤덤했다. 그동안의 기다림으로 정신적 에너지를 다 써버린 듯했다. 나는 오랫동안 두려움에 시달렸다. 학교에 있을 때나 친구와 하룻

밤을 보내거나 여행을 떠나 있는 동안 엄마가 갑자기 죽을까 봐 언제나 두려웠다. 내 인생은 집에서 엄마를 지켜보며 산 게 전부였던 것처럼 느껴졌다. 죽음이 이렇게 느리고 지루할 줄이야.

밖은 추적추적 비가 내리고 있었다. 집으로 돌아가는 차 안에는 아빠와 나, 둘뿐이었다. 오빠는 몇 년 전에 상담 치료를 그만두었다. 나는 그 일상이, 그 소파가, 그 조용함이 마음에 들었다. 어떤 날은 주디 선생님과 친구나 숙제에 관해서만 이야기했지만 그곳에 가면 어떤 말이든 할 수 있다는 자체가 좋았다.

집에 오자마자 엄마 방으로 올라갔다. 엄마는 전날, 전전날과도 같아 보였다. 엄마 곁에 앙투아네트 이모와 소본푸 아주머니, 샌디 이모가 앉아 있었다. 매년 몇 달씩 인도에 가 있는 워드 삼촌에게는 전화로 엄마의 임종이 가까워졌음을 알려주었다. 수천 킬로미터 떨어진 곳에 있는 삼촌이 엄마와 얘기를 나눌 수 있도록 누군가 엄마의 귀에 전화기를 갖다 대주었다. "곧 갈게." 삼촌이 말했다. "그렇지만 기다리지 못해도 괜찮아." 나는 손님들에게 인사를 하고 오빠를 찾으러 아래층으로 내려갔다. 오빠는 컴퓨터 게임을 하고 있었다.

몇 년 전 엄마가 우리에게 엄마가 죽는 순간 엄마 옆이 아닌 방에 있고 싶은지 물은 적이 있었다. "너희들이 원하는 대로 해. 너희들이 결정하면 엄마와 아빠가 최대한 그렇게 되도록 해볼게. 나중에 마음이 바뀌어도 괜찮아. 아주 직전에라도.”

오빠와 나는 엄마의 병에 대해 서로의 생각을 이야기해본 적이 없었고, 그래서 적절한 표현 방법을 찾지 못했던 것 같다. 우리는 감정을 어떻게 표현해야 하는지 가르쳐줄 수 있는, 대화를 이끌어줄 수 있는 어른들과만 그런 이야기를 나누었다. 오빠와 나는 나중에 따로따로 엄마에게 가서 엄마가 죽는 순간에 우리 방에 있고 싶다고 말했다.

그날 밤, 오빠와 나는 둘 다 아래층에 있었다. 우리는 컴퓨터 화면만 뚫어지게 바라보았다. 나는 ‘그 일’이 일어나면 내가 알아챌 거라고 생각했다. 마음속의 어떤 문이 열리거나 닫힌다거나, 빛이 어떻게 변한다거나, 내가 뭔가를 감지할 거라고 믿었다. 하지만 아무것도 느끼지 못했다. 오빠는 계속 게임만 했고, 나는 옆에서 오빠를 응원하며 중얼거리고 있었다. 어느 순간 아빠가 우리를 찾아 아래층으로 내려와 우리 삶의 한 부분이 이제 끝났다는 말을 전해주었다. 그날 밤, 오빠는 엄마의 시신을 보고 나서 게임 CD를 전부 꺼내 뒷문 밖의 빗속으로 모두 던져버렸다.

엄마는 화장을 원했다. 엄마의 유골은 투명한 비닐봉지

에 담겨 왔고, 다른 봉지에는 엄마의 허리를 고정하는 데 썼던 긴 나사와 철심 같은 금속류가 담겨 있었다.

엄마는 우리 동네 끝에 위치한 공동묘지의 오래된 구역에 묻히고 싶어 했다. 하지만 울퉁불퉁하게 비틀린 멋진 나무들 사이로 오묘하게 빛이 드는 그 구역은 이미 오래전부터 새로운 유골을 받지 않고 있었다. 유골을 뿌릴 만한 다른 장소로 태평양 앞바다, 멘도시노 카운티에 있는 삼나무가 가득한 엄마 외가 소유의 목장, 우리 집 뒤뜰 등 여러 곳이 거론되었지만 어느 곳도 마땅해 보이지 않았다. 그러던 중 엄마의 주치의인 리처드슨 박사가 엄마의 소식을 전해 듣고는 그의 가족들이 박사를 위해 공동묘지에 마련해 둔 자리를 엄마에게 양보해 주었다.

아빠는 엄마의 묘비로 연분홍 화강암으로 모서리를 둥글게 다듬은 단순한 기둥 형태의 묘비를 주문했다. 제이미 오빠는 묘비 상단을 장식할 켈트 매듭을 디자인했다. 앞면에는 엄마의 이름과 출생과 사망 날짜가, 뒷면에는 '제이미와 그웨니의 엄마'라는 글자가 새겨졌다.

10년쯤 지나 장례식장에서 우연히 리처드슨 박사를 만났을 때, 나는 엄마에게 묘지 자리를 준 것에 대해 감사 인사를 전하며 그동안 거기에 있는 엄마를 보러 갈 수 있었던 것이 내게 얼마나 큰 의미였는지 이야기했다.

"제가 말했던가요? 어머니가 특별히 그곳에 묻히고 싶

어 한 이유에 대해서."

"아니요."

"음," 박사는 나비넥타이를 고쳐 매며 말했다. "글쎄 어릴 때 그 묘지에서 자주 놀았는데, 묘비 뒤에서 오줌을 쌌던 기억 때문이라고 하더군요." 박사는 어깨를 들썩이며 눈가가 젖을 정도로 웃음을 터뜨렸다. "그 말을 듣고 제가 어떻게 안 된다고 하겠어요?"

엄마의 장례식 날에도 여전히 비가 내렸고, 내 기억도 그날 날씨처럼 흐릿하게 남아 있다. 아빠는 그 자리에 없었던 사람처럼 아예 기억에 없다. 지난 몇 년간 엄마 주위에만 사람들이 몰려 있고 아빠는 뒷전으로 밀려나 있었는데, 엄마가 죽고 나자 그 사람들이 내 주위로 몰려들었다. 장례식은 칼리스토가 근처에 결혼식과 수련회로 자주 쓰이는 장소에서 진행되었다. 나는 파란색 벨벳 원피스를 입었고, 감기에 걸려 기침을 심하게 해댔다. 자꾸 기침이 나서 사람들이 말할 때 조용히 있기가 힘들었다. 우리가 도착했을 때 소본푸 아주머니는 노란색 우비를 입고 대형 텐트 입구에서 버들가지와 생화로 장식한 아치형 통로를 제작하는 일을 지휘하고 있었다.

장례식 중에 엄마의 주치의 중 한 사람이 연단에 서서

〈스타 트렉〉 오리지널 시리즈의 커크 선장과 엄마를 비교하며 말했다.

"저는 마치 그녀의 지휘를 받는 부관이 된 것 같았습니다. 새로운 기술을 찾아서 가져오는 것이 제 임무였죠."

그는 엄마가 기꺼이 위험을 감수하고, 새로운 치료법을 시도하고, 어떤 고통과 불편함도 참아내는 사람이었다고 했다.

"제가 유망한 치료법을 찾았을 때 '크리스티나, 다이리튬 결정(〈스타 트렉〉 시리즈에 등장하는 가상의 물질-옮긴이)을 찾았어요' 하고 전화하면, 크리스티나는 '스코티, 나를 얼른 여기서 꺼내 줘요Beam me up, Scotty!(〈스타 트렉〉 명대사 중 하나로, 순간 이동을 요청하는 의미로 쓰이는 말이다-옮긴이)'라고 했죠."

다른 사람들이 한 말은 모두 잊어버렸지만 마지막에 제이미 오빠가 백파이프를 연주한 장면은 기억이 난다. 오빠는 사람들 앞으로 걸어 나와 허리춤의 백파이프 주머니를 정리한 다음, 관을 입에 무는 대신 연단에 올라 마이크를 잡았다. 그날 우리에게, 특히 내향적인 오빠에게 사람들 앞에서 말을 하도록 시킨 사람은 아무도 없었다. 오빠가 차분한 목소리로 이야기를 시작하자 그 자리에 있던 모든 사람이 오빠에게 귀를 기울였다.

"저는 오늘 여기 계신 모든 분들이 엄마가 어떤 사람이었는지를 말해주는 진정한 지표라는 말을 드리고 싶습니다."

나는 곧 있으면 열여섯이 되는, 키가 훌쩍 커버린 오빠를 올려다보았다. 오빠가 너무 자랑스러웠다. 짧은 몇 마디였지만 사람들은 마치 우리가 괜찮은지에 대한 무언의 질문에 오빠의 말이 답이 된 듯 안도의 눈빛을 보냈다. 이야기를 마친 오빠는 백파이프의 리드를 입술로 가져갔다. 그리고 악기에 숨을 가득 불어 넣으며 '어메이징 그레이스Amazing Grace'를 연주하기 시작했다.

보이저호와 시간 여행

엄마가 죽고 몇 달 동안은 매일 학교에서 돌아오면 주방에서 간식을 만들어 엄마 방으로 올라갔다. 하얀 문 뒤편의 그 방에 들어가면 꼭 과거로 돌아간 듯했다. 방 안의 모든 것이 엄마가 병원 침대에 갇혀 생활하기 전 모습 그대로였다. 조각이 새겨진 참나무 침대 프레임도 원래 있던 자리로 돌아왔다. 방 안은 밝고 평화로웠고 여전히 엄마 냄새가 났다. 마치 방금까지 머물다 나간 것처럼.

나는 침대나 안락의자에 앉아 무릎에 간식을 올려두고, 창문 아래 낮은 책장 위에 놓인 TV를 켰다. 엄마는 내게 PBS 채널만 보도록 허락했지만 아빠는 신경 쓰지 않았다. 그렇게 엄마 방에서 오후 내내 쉬다가 나중에는 방바닥에 책을 펼쳐 놓고 숙제를 했다.

수요일 밤 10시가 되면 채널을 UPN으로 돌려 〈보이저〉의 다음 에피소드를 보았다. 나는 설렘과 걱정이 뒤섞인 마음으로 마지막 방송을 기다렸다. 그 시리즈가 끝나는 건 싫었지만 대원들이 집으로 돌아가는 모습은 보고 싶었다. 5월 말에 방송된 마지막 편에서 제인웨이 함장은 시간을 거슬러 보이저호를 지구로 귀환시킬 방법을 결국 찾아냈다.

그 뒤로 나는 얼마간 제인웨이 함장이 엄마가 되는, 아니 그보다는 엄마가 제인웨이 함장이 되어 우주 어딘가에서 새로운 타임라인을 여행하는 꿈을 꾸었다. 만약 엄마가 시간을 여행하는 방법을 발견했다면 엄마의 목적지는 분명 미래일 거라고 나는 확신했다.

2부

칠흑 같은 어둠 속으로 가라앉다

홀로 맞이하는 변화

7월의 어느 무더운 여름날 나는 열두 살이 되었고, 엄마가 죽은 지는 다섯 달이 지났다. 그날은 종일 배 어딘가에서 묵직한 통증이 느껴졌다. 아빠가 내 이빨을 뽑아주던 날이 떠올랐다. 나는 처음 느껴보는 이 통증에 대해 아빠에게 말하지 않았다. 대신 방문을 닫고 판지 상자로 향했다.

상자는 생일 이후로 창턱 구석에 쭉 놓여 있었다. 아침마다 침대에서 눈을 뜨면 제일 먼저 상자가 보였다. 상자는 나를 위로함과 동시에 실망감도 안겨주었다. 포장을 풀고 엄마의 편지를 읽는 짧은 설렘의 순간이 지나면 다음 편지까지 다시 1년을 기다려야 한다는 아픈 깨달음이 밀려들었기 때문이다. 나는 기다리는 데는 영 소질이 없었다. 엄마가 죽고 1년은 내게 다시 긴 시간으로 다가왔다. 그래서 통증은 점점 심해져 배가 아예 뒤틀리고 있었지만 상자를 열 이유가 생겼다는 사실에 마냥 나쁘지만은 않았다.

'그웨니의 초경'이라고 적힌 편지는 동그란 마분지로 된 버튼에 금색 실로 봉해진 봉투 안에 들어 있었다. 가운데가 불룩 튀어나온 봉투를 몇 번 흔들자 카펫 위로 투명 케이스에 담긴 회색 녹음테이프가 툭 떨어졌다.

어릴 때 내가 밤에 잠을 이루지 못하면, 엄마가 내 침대 옆에 있는 플레이어에 테이프를 꽂고 잠들 때까지 동화책을 읽어주곤 했다. 시간이 흐르면서 책꽂이는 동화책과 판타지 시리즈, 추리 소설이 녹음된 테이프가 들어 있는 반들반들한 케이스로 가득 채워졌다. 나는 거의 매일 밤 책을 읽어주는 엄마 목소리를 들으며 세상 무엇보다 편안하게 잠이 들었다.

나는 회색 테이프를 카세트에 꽂고 재생 버튼을 눌렀다. 몇 초간 정적이 흐르고 스피커에서 엄마의 목소리가 흘러나왔다. 나는 목소리를 들으며 손에 든 편지를 눈으로 따라 읽었다.

사랑하는 그웨니에게

드디어 생리를 시작했구나! 엄마는 이 순간을 너와 꼭 함께하고 싶었어. 소녀에서 아가씨가 되는 놀라운 설렘과 기쁨을 꼭 함께 나누고 싶었거든.

엄마는 열한 살, 그러니까 프록터 테라스 초등학교 6학년 때 처음 생리를 했어(너의 첫 생리는 언제, 어떻게 시작했는지 궁금하구나).

엄마는 조금 걱정되고 두렵고 설레면서도 도통 어떻게 해야 할지 몰랐던 기억이 나. 진짜로 생리가 시작된 건지 확신도 없고, 몸에 이상이 생긴 건 아닌지 의심도 들었단다 (그때까지 친구들 중에서 생리를 시작한 친구가 없었거든). 하지만 이제 막 어떤 경계를 지나 무언가 영원히 달라진 것 같은 느낌이 들었어.

그날 학교를 마치고 집에 돌아와서 리즈 할머니께 속옷을 보여드렸지. 할머니께선 이런 말씀을 하셨어. "저런, 네게도 저주가 시작되었구나. 잠깐 기다리렴, 가게에 좀 다녀올 테니." 그리고 생리대를 사 오셔서는 "이게 뭔지 알지?" 하며 건네주셨어. 성숙한 여자가 되는 엄마의 첫 순간은 그렇게 시작되었어.

하지만 엄마는 네게 다른 시각을 갖게 해주고 싶구나. 생리를 한다는 건 네가 세상에 또 다른 그웨니와 제이미를 태어나게 할 수 있는 몸이 되었다는 의미이기도 해. 얼마나 기쁜 일이니! 이제 넌 진짜 여자로서 삶의 첫발을 내딛게 된 거야. 너와 그 순간을 함께할 수 있었다면 좋으련만. 그러면 네가 얼마나 자랑스러운지, 여자로 그리고 한 인간으로 더욱 성숙하고 깊어지는 네가 얼마나 대견한지 말해주었을 텐데.

나는 '생리대'라는 말을 듣고 정지 버튼을 누른 뒤 옷장으로 가서 옷들 사이에서 맥시 패드가 든 두툼한 포장 한 뭉치를 꺼냈다.

"미리 준비를 해둬야지." 엄마는 몇 년 전에 생리대를 준비해 선반에 올려놓으며 그렇게 말했다. 엄마는 그것까지 미리 생각해 둔 사람이었다. 나는 흰색과 보라색으로 된 포장을 손에 꼭 쥐었다. 날개 달린 종류의 생리대였다.

네가 어른으로 성장하는 과정에서 부딪히게 될 놀라우면서도 때로는 복잡하게 느껴질 수 있는 순간들을 경험할 때마다 든든한 지원군으로 너와 함께하기를 기대했는데. 하지만 이런 중요한 변화의 순간을 엄마 없이 혼자 맞게 되었구나.

네가 너무 어린 나이에 엄마를 잃어서 너 자신을 믿지 못하고, 네 삶에서 당연히 누려야 할 행복과 사랑, 네 삶과 미래에 대한 권리조차 의심하게 될지도 모르겠어. 하지만 그런 의심은 부디 거두길 바란다. 너는 네가 누릴 수 있는 최고의 삶을 살 권리가 있으니까.

엄마의 가장 큰 바람은 네가 얼마나 큰 사랑을 받고 자랐는지를 기억하고 진정한 너의 모습을 있는 그대로를 사랑해 줄 친구와 동반자를 네가 선택하고 만나게 되는 거야. 네 삶을 더 행복하고 따뜻하게 만들어줄 방법을, 스스로를 격려하고 삶을 더 즐기면서 살아갈 방법을 꼭 찾았으면 좋겠어. 엄마의 부모님은 어려서부터 사랑을 받아본 적 없이 자라서서 자식에게 어떻게 사랑을 표현해야 하는지 잘 모르셨단다. 엄마도 그런 부모님 밑에 자라서 어른이 되고 나서 자신을 어떻게 사랑하고 보살펴야 할지 잘 몰랐어. 엄마가 비록 네 곁에 오래 머물지는 못했지만, 우리가 함께했던 시간 동안 네가 우리에게 얼마나 사랑받고 소중한 존재였는지 깨달을 수 있게 엄마가 어떤 식으로든 도움을 주었다면, 네가 어른이 되어서도 충분히 사랑받을 자격이 있다는 걸 알고 너 역시 다른 사람들을 사랑하고 배려하는 마음을 자유롭게 표현할 수 있게 되기를 간절히 바라.

이 반지는 엄마가 너의 초경을 축하해 주려고 고른 거야. 이 반지가 처녀 시절의 순수함과 여성성의 발화를 상징하는 것처럼 보였어.

편지 모서리에 난 구멍 두 개에 꿰어진 분홍색 실크 리본에 꽃 모양의 진주알과 가운데 작은 터키석이 박힌 금반지가 묶여 있었다.

엄마는 생리를 시작하면서 이성에 대한 호기심도 싹트기 시작했었어. 그때 비틀스가 미국 투어를 처음 왔을 때라 이성적인 호기심을 그들에게 투영했어. 여자아이는 남자아이보다 육체적으로 더 빨리 성숙해지는 경향이 있어서 또래 남자아이들은 작고 어리게만 느껴져 이성적인 호감이 거의 들지 않았거든.

하지만 이때 이성의 관심을 받고 싶어 하는 여자아이들은 종종 태도를 바꿔 자신이 진짜 원하는 게 무엇인지 잊어버리기도 해. 그런 아이들은 자신이 똑똑하고 의욕이 넘치고 운동 신경이 뛰어나면 남자아이들이 자신에게 위협을 느껴서 호감을 얻지 못하게 될까 봐 걱정하지. 그웨니, 넌 영리한 아이니 엄마 말을 잘 기억해 두렴. 너를 좋아한다는 이유로 너를 편안하게 생각하기 위해 네가 원래의 모습보다 부족해야 한다고 이야기하는 사람이 있다면, 그는 너의 사랑을 받을 만한 가치가 없는 사람이야. 너는 어쩌면 너보다 훨씬 나이가 많은 사람에게 특별한 관계를 기대하게 될지도 몰라. 엄마도 그랬거든. 그렇지만 그런 사람에게 맞추려면 네가 네 나이에 맞지 않게 너무 빨리 자라야 하니 좋지 않아.

엄마가 하고 싶은 말은, 앞으로 몇 년간은 네가 스스로를 잘 지켜야 한다는 거야. 네 또래 중에서는 네가 할 수 있고 네가 되고자 하는 모든 걸 감당할 만큼 성숙한 사람을 찾기 힘들 거야. 그리고 너보다 나이가 많은 사람은 네가 나이에 맞는 너만의 세계를 만들어가는 대신 너를 그의 세계로 끌어들이려 할 테고.

그웨니, 넌 정말 남다른 열정을 가진 아이란다. 그 열정은 되도록 너 자신을 위해, 너의 관심사와 너의 배움을 위해 아껴두렴. 매력적으로 보이려면 어떠해야 한다고 말하는 이들의 생각에 맞추느라 네 열정을 너무 빨리 낭비하지 않았으면 좋겠어. 여자애들은 누군가에게 중요한 사람이 되고 싶은 마음에 자신을 너무 빨리 내어주곤 하지. 하지만 네게 가장 중요한 사람은 다른 누구도 아닌 너 자신이야.

엄마도 알아. 어른이 되기까지 너무 오래 걸리는 것처럼 느껴진다는 걸. 하지만 알고 보면 우리가 태어나서 어른이 되는 데까지 걸리는 시간은 우리 인생의 4분의 1에 불과하고, 나머지 4분의 3은 그 시절을 돌아보는 데 쓴단다. 그러니 그 시간을 즐기도록 해봐. 한순간 한순간을 최대한 만끽해 보는 거야. 너 자신과 친구가 되는 시간을 가져봐. 네가 무엇에 관심이 있고, 어떤 생각들을 하고, 어떤 감정들을 느끼는지 알아보렴. 세상에 대한 너만의 생각과 네가 가장 소중히 여기는 가치들이 무엇인지 찾아봐. 우리는 우리 자신이 되어야 해. 인간으로서 한 사람이 되어야 해. 어른이 된다는 건 바로 그런 거란다. 그건 저절로 이루어지는 것도 아니고, 된다고 보장되어 있는 것도 아니지. 우리는 인생의 단계마다 자신을 새롭게 발견해야 해.

진정한 너 자신을 잃지 않도록 노력하렴. 아마 쉽진 않을 거야. 네 인생의 목적을 찾는 여정과 그 속의 너 자신에게 충실해 보렴. 마음이 혼란스러울 땐 언제든 엄마를 불러. 리즈 할머니도. 네 마음속엔 엄마와 할머니의 사랑과 지혜가 언제든 함께할 테니 마음속을 잘 들여다보면 거기서 분명히 답을 찾을 수 있을 거야.

사랑해, 우리 딸.

엄마가

나는 욱신거리는 배 위에 정적이 흐르는 카세트 플레이어를 올려놓고 침대에 누웠다. 눈꼬리를 따라 흐른 눈물이 귓가에 고였다. 많은 생각이 들었다. 나는 아빠를 만나기 전의 엄마의 연애에 대해 생각해 본 적이 없었다. 엄마와 같은 동네에서 자라고 같은 학교에 다니고 있지만, 지금까지 어린 소녀였을 때의 엄마를 상상해 본 적도 없고, 내가 살고 있는 이 동네에서 엄마가 어떤 삶을 살았을지도 전혀 생각해 보려 한 적이 없었다. 나는 처음으로 엄마에 대해, 엄마라는 사람에 대해, 내가 태어나기 전 수십 년간 인생의 대부분을 '크리스티나 마이야드'로 살아온 사람에 대해 호기심이 부족했던 것에 미안한 마음이 들었다. 신기하게도 엄마는 내가 언젠가 엄마에 관해 이런 것들을 궁금해하리란 걸 알고, 내가 물어볼 생각조차 하지 못한 질문에 답을 해주었다.

텅 빈 천장을 가만히 올려다보며 9월이 되면 산타로사 중학교에 입학하게 될 내 모습을 그려보았다. 그리고 나와 같은 학교에 입학하던 엄마를 상상했다. 나와 같은 반에 있는 또 다른 평범한 여자아이, 나처럼 신체의 변화를 경험하고 있는 또 한 명의 낯선 아이. 진주 반지는 보름달처럼 동그랗고 밝게 반짝였다. 나는 테이프를 처음으로 되감아 다시 재생 버튼을 눌렀다.

소중한 건 언제나 나를 떠난다

"제길, 꽉 잡아라!"

아빠의 흰색 토요타가 위태롭게 도로를 질주했다. 운전
대만 잡으면 조심성이 없어지는 아빠는 내가 열세 살이 되
던 해에 최고 속도를 경신했다. 엄마의 세심한 계획이 사라
지자 우리 가족은 항상 시간에 쫓겨 허둥거렸다. 나와 제이
미 오빠는 8시까지 각자 학교에 도착해야 했는데 우리는 늘
7시 58분에 집을 나섰다. 하필 그해 시에서는 아빠가 매일
아침 운전하는 도로에 정지 신호 세 개를 추가로 설치했고,
그것 때문에 이웃 사람들도 불만이 많았다.

이따금 파란 제복을 입은 경찰관이 우리를 불러세워 차
로 다가와 창문을 두드렸다.

"이 길의 제한 속도가 얼만지 아십니까?"

"음, 40킬로죠?"

"맞습니다. 그럼, 방금 선생님께서 몇 킬로로 달렸는지

도 아십니까?"

"얼마였나요?"

"80으로 달리셨습니다."

"아." 아빠는 살짝 겸연쩍은 표정을 지었다. "그렇군요. 미안합니다." 아빠는 손을 뻗어 속도위반 딱지를 받았다. 어떤 날은 경찰관이 경고만 하고 아빠를 그냥 보내주었는데, 보통 아빠의 영국식 억양이 경찰들에게 잘 먹혀들었다.

제이미 오빠는 면허를 따고 나서 엄마의 오래된 볼보 스테이션왜건을 몰았다. 번호판에는 오빠가 어렸을 때 좋아했던 말인 'holy mackerel('세상에!' '맙소사!'라는 뜻-옮긴이)'의 줄임말을 뜻하는 'HLY MKRL'이 새겨져 있었다. 오빠도 아빠처럼 차를 급하게 몰았고, 몇 년 뒤 면허증을 딴 나도 마찬가지였다. 우리 세 사람은 몇 년 동안 급하게만 살다 보니 속도를 늦추는 법을 잊어버린 사람들처럼 항상 쫓기듯 차를 몰았다.

아빠가 매일 아침 데려다주던 산타로사 중학교는 회색 콘크리트 건물이었는데, 건물 주위로 높은 철망 울타리가 쳐져 있어서 어린이에서 청소년으로 탈바꿈하는 학생들이 마치 통제의 대상인 양, 교육을 위한 장소라기보다는 가두기 위한 장소로 지어진 것 같았다. 학교 안에서 내가 제일 좋아한 곳은 철제 사물함이 늘어서 있는 통로였다. 매일 아침과 오후마다 수백 명의 학생들이 자물쇠를 풀어 문을 열었다가 다시 자물쇠를 잠그는 소리로 왁자지껄했다. 나는 오려낸 사진과 메모들로 사물함 안쪽을 꾸몄다. 자기만의 공간이라면 뭐든 좋아하는 어린아이답게 그 공간이 마음에 쏙 들었다. 2년 동안 나에게 지정된 그 사물함은 새롭고 낯선 환경에서 내가 마음을 붙일 수 있는 아주 작은 공간이었다. 입학 후 첫 주 동안 사물함들 사이를 두리번거리며 어느 것이 엄마의 사물함이었을지 궁금해하곤 했다. 눈을 가늘게 뜨면 수많은 학생들 사이로 엄마의 모습을 본 것도 같았다. 나처럼 키가 크고 갈색 단발머리를 한, 우리 집 신발 상자 맨 아래에 흑백 사진으로만 볼 수 있는 소녀가 보일 것만 같았다.

때때로 나는 그 소녀와 나란히 걸으며 학생들로 붐비는 복도를 지나 교실까지 걸어가는 모습을 상상했다. 어떤 날은 소녀가 교실 뒷자리에서 수업이 끝날 때까지 책상에 낙서를 끄적이며 말없이 앉아 있었다. 체크무늬 치마를 입고 화장실로 들어가는 여학생을 얼핏 보고는 그 애라고 생각하기도 했다. 그런 생각들은 종종 나타났다 사라졌다. 결국 내 상상이 만들어낸 환영이자, 한때 같은 복도를 걸어 다녔던 30년 전 소녀의 잔상에 불과했다. 학교가 끝나면 나는 소녀와 같은 길을 걸어 집으로 돌아갔다. 우리는 복잡한 큰 도로를 피해 옆길로 돌아갔고, 왼쪽으로 방향을 틀어 맥도날드 거리로 향했다. 그런 다음 그 애는 빨간 현관문이 있는 집으로 들어갔고, 나는 혼자 남아 우리 집까지 계속 걸었다.

열세 번째 생일날 아침, 상자에서 작은 주머니를 꺼냈다. 파란 실크 주머니는 금속 똑딱이 단추로 잠겨 있었다. 나는 스케치북을 펼쳐 주머니의 흰색 꼬리표에 적힌 페이지로 넘겼다.

이 진주 귀걸이는 엄마가 동부에 살 때 샀던 거야. 캐피톨 힐에서 첫 출근을 앞두고 나이가 좀 더 들어 보이고 싶어 샀던 거 같아. 그게 아니면 대학원을 졸업하고 면접을 보러 갈 때 샀는지도 모르겠구나. 확실한 건 동부 연안에서 제일 유명하다는 블루밍데일스 백화점에서 처음으로 산 거라는 거야!

애정을 담아, 엄마가

나는 우윳빛 진주 귀걸이를 손바닥에 올려놓았다. 귀걸이는 예쁘고 값이 꽤 나가 보였다. 열세 살은 엄마가 원래 내 귀를 뚫어주겠다고 했던 나이였다. 어떤 문화권에서는 열세 살이 여자아이가 성인 여자로 인정받는 나이이다.

워싱턴 D.C.에서 지낸 시절에 대해 엄마가 직접 말해준 적은 없었지만 나는 이런저런 기억을 통해 엄마가 20대 중반에 캘리포니아를 떠나서 한 상원의원의 입법 보좌관으로 일했다는 걸 알았다. 나는 엽서에서 본 돔형 지붕과 대리석 건물, 석조 조각이 가득한 도시에서 젊은 여성이 국회의 사무를 처리하느라 의사당 건물의 수많은 계단을 바쁘게 오르내리는 모습을 그려보았다. 그때는 1970년대였을 테니, 아마 치마 정장을 입고 귀에 반짝이는 진주 귀걸이를 하고 있지 않았을까? 그때의 엄마는 어떤 사람이었을까? 남편과 자식에 얽매이지 않고, 바쁜 삶에 둘러싸여, 가장 에너지 넘치는 시절을 보내고 있던 그 시절의 엄마가 궁금했다.

그날 아침, 방을 나서기 전에 귀걸이를 빼서 화장대 위에 올려두었다. 아직 그 귀걸이가 어울릴 만한 나이가 아닌 것 같았다. 열세 살짜리가 어른 대접을 받는 시대와 장소가 있을 수 있고, 키로 보면 나도 거의 다 자랐다고 볼 수 있었지만, 어느 모로 보나 나는 아직 어리게만 느껴졌기 때문이다. 귀걸이는 몇 년 뒤 고등학교 연극 때 처음 착용했다가 어두컴컴한 무대 뒤에서 한쪽을 아예 잃어버리고 말았다.

생일이 한 달쯤 지났을 때, 아빠가 저녁에 외출하신 동안 앙투아네트 이모가 나와 함께 저녁을 보내려 우리 집으로 왔다. 우리는 전화로 자주 가는 식당에 음식을 미리 주문하고 음식을 찾으러 갔다. 주차장에 차를 대고 막 나오려는데, 이모가 갑자기 걸음을 멈추며 자동차 너머 어딘가를 뚫어지게 바라보았다.

"이모, 왜요?"

나는 이모의 시선을 따라가다 우리가 가려는 태국 식당의 통유리창 너머로 두 사람을 보게 되었다. 아빠와 그 여자는 쇼윈도에 전시된 물건처럼 밝게 빛나고 있었다. 빨간 머리의 그 여자가 자리에서 일어나 화장실이 있는 식당 뒤편으로 사라지자 길옆에 서 있던 이모가 말했다.

"가보자."

우리는 여닫이 유리문을 지나 음식 주문대로 다가갔다. 아빠가 우리를 보고 자리에서 일어났다. 이모는 아빠에게 다가가서 내 귀에는 들리지 않는 낮은 목소리로 미안해하는 듯한 말을 했다. 나는 식당 뒤편을 응시하며 여자가 다시 나타나기를 기다렸다. 곧 여자가 다가오자 이모는 음식을 챙겨 서둘러 나가려 했지만, 아빠는 이런 식의 만남을 기다렸다는 듯 우리를 침착하게 소개했다.

"그웨니, 이분은 셜리 아주머니란다." 나는 그 여자와 악수로 인사를 나눴다.

엄마가 죽은 해에 아빠는 몇 명의 여자를 만났다. 그중 헬렌이라는 여자와는 나도 목요일마다 맥스라는 식당에서 아빠와 함께 만났다. 나는 치즈 토스트와 아이스크림 선디를 주문하고 어색한 대화를 나눴다. 오빠는 예민할 나이고 남자아이라는 이유로 대체로 집에 남아 있을 수 있었다.

나는 헬렌에 대해 아빠에게 이것저것 많이 물어댔다. 둘이 어떻게 만났는지, 헬렌의 어떤 점이 좋은지 등등… 그 여자에게 자녀가 있는지, 아니면 자녀를 원하는지도 알고 싶었다.

"아빠, 그 아줌마 사랑해요?" 어느 날 트레이더 조 마트로 가는 차 안에서 내가 물었다.

"아니." 아빠는 긴 침묵 끝에 그렇게 말했다. 조수석에 앉아 있던 나는 온몸의 긴장이 풀리는 것 같았다.

"섹스만 하지 마세요." 내가 말했다.

아빠는 아무 말 없이 앞만 보며 가속 페달을 밟았다. 아빠가 헬렌 아줌마와 헤어졌다고 말한 날엔 큰 안도감을 느꼈다. 설명할 수 없는 어떤 위험이 사라진 것 같았다.

셜리 아줌마를 보고 가장 먼저 떠오른 생각은 내가 아는 사람이라는 것이었다. 그 아줌마는 나와 초등학교 3학년 때부터 같은 학교에 다녔던 데이비드의 엄마였다. 데이비드와 나는 서로에게 크게 관심이 없었다. 그 애는 점심시간에 주로 친구들과 농구를 하며 놀았다. 빨간 손톱의 셜리 아줌마가 내 손을 잡고 "안녕"이라고 인사했을 때 마음 한쪽에서 조금씩 공포감이 밀려들었다.

앙투아네트 이모는 차로 돌아와 긴 한숨을 내뱉었다.

"음식을 그냥 두고 갈까도 생각했는데, 네 아빠가 창문으로 우리를 봤을지도 모른다는 생각이 들어서."

"저, 그 아줌마 알아요." 나는 내 안에서 작은 엘리베이터가 곤두박질치는 듯한 기분을 느꼈다. 셜리 아줌마의 친숙함이 모든 것을 더 실감나게 만들었다. 그 사람은 헬렌처럼 내 인생에서 쉽게 사라질 사람이 아니었다. 맥스에서 내 맞은편 자리가 갑자기 빈자리가 되었듯, 그렇게 쉽게 없어질 존재가 아니었다. 이모와 나는 각자 생각에 잠겨 조용히 집으로 돌아왔다.

그 후로 계단 밑에 놓인 셜리 아줌마의 꽃무늬 여행 가방에 점점 익숙해졌다. 그 가방이 있다는 건 그날 밤 아빠의 침대 옆자리가 아줌마의 차지가 된다는 뜻이었다. 아빠는 내가 열세 살 때까지도 가끔 잠을 이루지 못하는 날이면 아빠 옆자리로 슬그머니 기어들어 갔다는 걸 몰랐던 것 같다. 내가 집이 아닌 곳에서 잠을 자지 못했던 문제는 엄마가 돌아가신 후로 해결되었지만, 그 후론 한밤중에 악몽에 시달리다 숨을 헐떡이며 깨는 날이 많았다. 그럴 때는 아빠 방으로 가 아빠의 무릎 가까이 있는 이불 위에 웅크리고 누워 곤히 잠든 아빠의 숨소리를 들었다. 아빠는 깊게 잠드는 편이라서 나는 친숙하고 따뜻한 아빠 옆에 누워 마음을 진정시킨 뒤에 항상 아침이 되기 전에 내 침대로 돌아왔다.

셜리 아줌마는 데이비드가 자기 아빠한테 갈 때마다 우리 집에서 자고 가는 듯했다.

"그 아줌마가 우리 집에서 자고 가는 게 싫어요." 한 번은 내가 이렇게 말하자 아빠는 어깨를 으쓱하며 답했다. "글쎄. 그건 네가 싫고 말고 할 문제가 아니야."

아빠와 나는 그 문제로 몇 분간 옥신각신 말을 주고받았다.

"하나만 확실히 해주세요. 이 집은 우리 집이에요? 아니면 아빠 집이고 저는 그냥 여기에 사는 건가요?"

아빠는 잠시 생각했다. "여긴 내 집이야." 그러고는 천천히 말했다. "그리고 너는 여기에 살고 있지."

그 순간 내가 발을 딛고 서 있는 땅이 미세하게 흔들리는 것 같았다.

"엄마가 쫓겨나는 것처럼 느껴졌겠구나. 너도 그렇고." 아빠와의 말다툼 이후 수요일 상담에서 주디 선생님이 그렇게 말했다. 나는 상담실 소파에 앉아 물었다.

"아빠는 그 아줌마를 왜 만나는 걸까요? 왜 우리 학교에 다니는 애의 엄마를 만나냐고요?"

"네가 난처하겠구나."

"둘이 섹스도 하는 것 같아요."

"아마 그렇겠지."

나는 아빠가 내 삶에 그 사람을 끌어들인 것에 대한 분노를 숨기지 않았다. 나는 교묘하게 선을 넘지 않으면서 차갑고 쌀쌀맞게 행동했다. 그때의 내 모습을 비디오로 돌려보고 싶진 않지만 적어도 내 기억으론 그랬다. 나는 쉽게 분노를 드러내면서도 곤경에 빠지지 않을 만한 단어들을 골라

아슬아슬하게 외줄타기를 할 줄 알았다. 나는 말하는 걸 좋아하지만 말을 무기로 삼고 싶지는 않았다. 나의 뾰족한 말들은 실제로는 내가 힘이 전혀 없는 상황에서 일시적으로 힘이 되어주었다. 만약 내가 조금이라도 따뜻한 모습을 보이거나 방어 자세를 낮추면 아빠의 행동이 내게 상처를 주지 않는다는 의미로 비칠까 두려웠다. 그런 소모적인 항의는 내게도 힘이 드는 일이었지만 어쨌든 나는 계속했다. 슬픔에 빠져 허우적거리지 않기 위해 분노를 계속 붙들었다.

아빠의 여자친구를 싫어할 여유가 있었던 건 내 인생에 멋진 여자들이 많이 있었기 때문이다. 다른 딸들이 웨딩드레스나 이브닝가운을 물려받듯이, 나는 엄마의 친구들을 물려받았다. 엄마의 병실 간이침대에서 수많은 밤을 보내고, 수백 킬로미터를 운전해서 엄마와 함께 병원 진료를 받으러 가고, 비행기를 타고 먼 도시에서 날아와 엄마와 같이 전문가의 의견을 구했던 사람들이 바로 그들이다. 그들 중에는 기혼도 있고, 미혼도 있었으며, 자녀가 넷인 사람, 자녀가 없는 사람도 있었다. 변호사도 있고, 사업가도 있고, 주부도 있었다. 엄마가 돌아가시고 몇 년 동안 그들은 매년 엄마의 기일을 기리는 식사 자리에 나를 초대해 주었다. 우리는 간단한 음식들을 나눠 먹으면서 엄마에 관한 추억을 이야기했다. 그들은 엄마에 대해 내가 아는 것보다 훨씬 더 많은 것을 알았다. 그들은 엄마의 날카로운 언변과 영민함에 감탄하면서도 그것이 때로는 상처가 되었다는 이야기도 했다.

"가끔 네 엄마의 입에서 나오는 말을 듣고 있으면 눈물이 찔끔 나올 정도였다니까." 샌디 이모는 고개를 절레절레 흔들며 말했다.

나는 마치 내가 잘못한 사람인 듯 자세를 고쳐 앉으며, 나 역시 다른 사람에게 가시 돋친 말을 해놓고 통쾌해하던 때를 떠올렸다.

"물론 네 엄마는 상처를 주려는 의도는 아니었지." 샌디 이모가 엄마를 변호하려는 듯 덧붙였다. "단지 생각이 너무 빨라서 자기가 하는 말이 다른 사람에게 어떤 영향을 줄지까지는 미처 생각하지 못했던 거야."

"크리스티나는 정말 조언을 잘 해줬어." 앤 이모가 말했다. "아무래도 누워 있는 시간이 많으니까, 언제든 문제가 생기면 고민을 털어놓기 좋았던 거 같아. 아마 크리스티나도 다른 사람의 고민을 들어주면서 다른 데로 관심을 돌릴 수 있어서 좋지 않았을까."

"그렇긴 한데," 다른 친구가 끼어들었다. "그다음 일도 확실히 해야 한다는 게 참 곤란했지. 만약에 내가 인생에서 어떤 큰 변화를 결심했다, 일을 그만두겠다, 남자친구와 헤어지겠다, 뭐 그런 말들을 했다면, 다음에 만났을 때 크리스티나는 그 일이 어떻게 되었는지 꼭 물어보거든. 그리고 아무것도 한 게 없다고 하면 사람을 얼마나 작아지게 만드는

지. 문제는 크리스티나의 말이 하나도 틀린 게 없다는 거야. 그래서 답답한 거지. 우린 늘 같은 문제를 반복하고 있으니까."

나는 밤이면 내게 동화책을 읽어주고 이불을 덮어주던 사람과 엄마의 지인들이 말하는 사람을 일치시켜 보려고 노력했다. 엄마는 아빠와 치열하게 싸웠던 사람이기도 했고, 주스 회사의 대표로 일한 사람이기도 했다. 나는 우리 가족이라는 환경 안에서의 엄마를 알았지만, 엄마의 지인들은 결혼과 출산을 하기 전의 엄마를 알았다. 어떤 지인은 엄마가 내 나이였을 때부터 엄마와 알고 지낸 사이였다.

그 식사 모임은 결국 흐지부지 없어졌지만, 모임에 함께했던 많은 여자가 내 인생에 오랫동안 남아 있었다. 그들은 수십 년 동안 내 연애 문제에 귀 기울여주고, 쇼핑에 데려가주고, 이사를 도와주었다. 돈을 빌려주고, 가구를 사주고, 한밤중에도 내 전화를 받아주었다. 그들은 자신이 할 수 있는 것에 따라 각자 다른 방식으로 나를 엄마처럼 보살펴주었다.

봄이 되자 제이미 오빠는 모든 면에서 우리를 곧 떠날 것처럼 굴었다. 오빠는 이제 열일곱 살이었고, 아주 멀리 떨어진 곳에 있을 법한 근사한 이름의 대학들에서 매주 합격

통지서가 날아왔다. 오빠에게 네모꼴에서 세모꼴로 바뀐 새로운 버전의 우리 가족은 어차피 잠시 함께하는 사람들일 뿐이었다. 오빠의 남은 인생은 바깥세상을 향해 있었고, 가을이 되면 오빠 역시 우리를 떠날 예정이었다.

오빠의 고등학교 졸업식 날, 교장 선생님이 졸업반 학생 500명의 이름을 일일이 호명하는 동안 푹푹 찌는 6월의 오후도 점차 선선해졌다. 나는 축구장에 서 있는 검은 형체들 가운데 오빠를 금방 알아보았다. 오빠는 나이 든 아저씨처럼 무게 있는 척 뒷짐을 지고 머리를 앞으로 내민 채 걸었다. 학교 스피커에서 '위풍당당 행진곡'의(오빠의 표현대로라면 '거창한 전진곡'의) 마지막 소절이 흘러나왔고, 마침내 오빠의 이름이 불렸을 땐 나는 아빠와 엄마의 형제자매들과 객석에서 환호성을 질렀다.

몇 주 뒤 나는 오빠 방에 앉아 짐을 꾸리는 오빠를 지켜보고 있었다. 오빠는 대학 진학을 1년 미루고 립 나우Leap Now라는 여행 프로그램에 등록했다. 오빠는 6학년을 건너뛰어서 동급생들보다 계속 나이가 어린 상태로 지내는 것을 싫어했는데, 여행 프로그램을 마치면 다른 학생들처럼 열여덟에 대학에 입학할 수 있었다.

오빠가 에콰도르와 페루, 인도를 여행하며 메고 다닐 검정 배낭은 내가 살면서 본 어떤 가방보다 크고, 줄이 주렁주렁 많이 달려 있었다. 오빠가 날씬한 허리를 빙 둘러 벨트를 꽉 조이고 가슴 쪽 벨트까지 바짝 잡아당겨 버클을 채우니 가방을 멘 게 아니라 무슨 갑옷을 입은 것 같아 보였다. 카펫 옆으로 내 방에 있는 것과 같은, 오빠의 고리버들 상자가 보였다. 오빠는 4월이 되면 나와 그 상자로부터 수천 킬로미터 떨어진 대륙에서 열여덟 살 생일을 맞을 예정이었다.

"이건 가져가는 게 어때?" '열여덟 번째 생일'이라고 적힌 포장물을 가리키며 내가 물었다. 오빠는 고개를 저었다. 잃어버리거나 도둑맞을 것을 걱정하고 싶지 않다고 했다.

"그럼 이건 어때?" 이번에는 오빠의 테디베어 인형을 내밀었다. 오빠가 아주 어릴 때부터 가지고 있던 거라 털이 잔뜩 뭉쳐 있었다. 예전에 오빠가 그 인형으로 나를 하도 때려서 목이 떨어졌었는데, 나중에 내가 어설픈 바느질로 대충 꿰매준 흔적이 남아 있었다. 나는 오빠가 집을 떠나는 것이 내게 얼마나 힘든 일인지를 알려줄 만한 작은 물건이라도 가져갔으면 했다. 오빠는 이번에도 고개를 저었다. 나는 오빠가 잠시 자리를 비운 사이에 배낭 깊숙한 곳에 테디베어를 쑤셔 넣었다. 오빠는 아마 몇 주 뒤에나 겨울 양말들 사이에서 그 인형을 발견했을 것이다.

그날 밤, 아빠와 함께 샌프란시스코 공항의 국제선 출발 구역까지 오빠를 바래다주었다. 나는 작별 인사로 오빠를 안아주었고, 오빠는 태어나서 처음으로 내 이마에 입맞춤을 해주었다. 나는 오빠가 돌아서서 터미널로 향하는 자동 유리문을 통과할 때까지 눈물을 꾹꾹 눌러 참았다. 오빠를 불편하게 만들고 싶지 않았다. 하지만 나는 인생에서 오빠가 없는 삶은 한 번도 생각해 본 적이 없었기 때문에, 햇빛이나 바람을 그리워하듯 오빠가 벌써 그리웠다. 그리고 나도 곧 열네 번째 생일을 맞았다.

 빌 할아버지가 돌아가시고 엄마는 리즈 할머니, Q 삼촌과 함께 할머니의 엄마와 형제들을 보러 영국에 갔었어. 그분들이 이 예쁜 나뭇잎 모양의 핀을 선물해 주셨지. 그때 엄마 나이가 열네 살이었어.

Guenny's
14 kt

다른 방식으로 함께하기

엄마가 돌아가시기 몇 년 전에 아빠가 언젠가 다른 사람과 재혼할 것이며, 그래도 다 괜찮을 거라고 말해준 적이 있었다. 엄마 쪽 가계도는 무척 복잡했다. 이혼과 이른 죽음은 두 번째, 세 번째 결혼으로 이어졌고, 그중 어떤 결혼은 열매를 맺어, 누가 누구와 어떤 관계인지에 더 많은 혼란을 일으켰다. 리즈 할머니는 세 번 결혼했고, 외할아버지는 두 번 결혼했다. 추수감사절이 되면 우리의 저녁 식탁은 새엄마, 새아빠, 이복이부 형제자매, 그리고 그들의 배우자들로 북적였다. 나는 모든 새엄마나 새아빠가 동화에 나오는 이야기처럼 의붓자식을 지하실에 가두거나 숲속에 버리는 건 아니라는 걸 알게 되었다.

"아빠와 결혼하는 사람도 정말 좋은 사람일지 모르잖아. 빌 할아버지처럼 말이야." 엄마가 말했다.

엄마는 내게 마음을 열고 잘 지낼 것을 당부했고, 나는 노력해 보겠다고 했다.

9학년 겨울 방학을 앞둔 마지막 수업 날, 생각지도 않았는데 아빠가 방과 후에 나를 데리러왔다. 나는 보통 학교를 마치면 아침마다 허둥지둥 학교로 달려가는 것과 달리 집까지 여유 있게 걸어가는 걸 좋아했다.

"비가 와서." 아빠가 해명하듯 말했다. "얼른 타."

아빠는 토요타에 나를 태워 도로를 달리다가 우리 집이 아닌 옆길로 방향을 틀었다.

"어디로 가시는 거예요?" 내가 물었다.

"Q 삼촌 집에 잠깐 들를까 하고."

숙모와 삼촌은 시내 근처에서 귤색과 호박색의 중간쯤 되는 진한 주황색 집에 살았다. 아빠는 삼촌 집 앞에 차를 세웠다. 한쪽 범퍼로 차로를 살짝 막은 걸로 보아 오래 있지는 않을 것 같았다.

아빠가 벨을 누르자 캐롤 숙모가 문을 열어주었다. 숙모의 표정을 보니 우리가 온다는 걸 몰랐던 모양이었다. 아빠가 내 등에 손을 얹어 거실로 이끌었고, Q 삼촌도 주방에서 걸어 나왔다. 우리는 초록색 소파에 모여 앉았다.

"그웬니," 아빠가 입을 뗐다. "너한테 할 말이 있어."

듣고 싶지 않은 소식을 듣지 않으려 용을 썼던 가족회의 이후로, 다시 그런 분위기를 느낀 것은 아주 오랜만이었다. 이제 시시한 농담을 하거나 누군가의 무릎에 파고들어 앉기에는 나이가 너무 많았다. 게다가 거긴 우리 집도 아니었고 나는 손님이었다. 걱정과 기대가 섞인 아빠의 표정을 보며 아빠가 하려는 말이 바로 여기에 온 목적이었음을 예감했다.

"어제" 아빠는 꾸물대지 않고 곧장 말했다. "아빠가 셜리에게 청혼했어."

느낌으로 알고는 있었지만 그 말은 주먹으로 나를 때린 듯 큰 충격이었다. 턱에서 윙윙대는 소리가 들리는 것 같았고, 입에서는 씁쓸한 금속 맛이 났다. 모두의 눈이 나를 향해 있는 게 느껴졌다. 표정 관리를 해보려 했지만 어느새 고인 눈물이 무릎 위로 뚝뚝 떨어지고 말았다.

숙모와 삼촌도 놀란 것 같았다. 나는 삼촌의 생각이 궁금했다. 삼촌에게 엄마는 누나였고, 누나의 남편이 다른 여자와 결혼하겠다고 말하고 있으니. 하지만 아빠는 삼촌 부부와 가깝게 지내왔고, 아빠가 셜리 아줌마를 여자친구로 소개했을 때 삼촌 부부도 셜리 아줌마를 환영해 주었다. 게다가 Q 삼촌의 아버지도 엄마에게는 양아버지였다. 나는 얼굴이 달아올라 고개를 돌렸다. 삼촌과 숙모를 많이 좋아하고 따랐지만 상처받은 모습을 보여주기는 싫었다.

대신 나는 아빠를 보았다. 아빠의 붉은 금발 머리와 캘리포니아 햇볕에 그을린 피부와 나처럼 한쪽으로 약간 휜 코를 바라보았다. 아빠와 나는 거의 한평생 같은 편이었는데 이제 뭔가가 달라져 버렸다. 나는 아빠가 원하는 것을 방해하는 걸림돌이었고, 그런 나를 아빠는 뛰어넘어 버렸다. 이제 막을 방법이 없었다. 그건 이미 내가 패배한 전투였다.

"축하드려요." 나는 타는 듯한 목구멍 사이로 한마디를 겨우 내뱉었다. 아빠가 내 말을 듣고 안심한 듯 어찌나 기뻐하는지 미안한 마음이 들 정도였다. 내 반응이 얼마나 걱정되었으면 이렇게까지 했을까 싶었다.

"고맙다." 아빠가 환한 얼굴로 말했다. 숙모와 삼촌은 아빠와 눈을 맞춘 뒤 다시 나를 보았다. 아빠는 밝게 웃고, 나는 어깨를 들썩이며 훌쩍이고 있었다. 삼촌 부부는 아빠를 축하해 주었지만 숙모는 우리가 떠나기 전 현관 계단에서 평소와 달리 나를 오랫동안 꼭 안아주었다.

'마음을 열어 봐.' 엄마는 그렇게 말했는데, 나는 그게 왜 그렇게 어려웠을까? 나는 셜리 아줌마가 항상 아빠가 문을 열어주기를 기다리고 있는 모습이, 빨간 매니큐어를 칠한 손을 아빠 팔에 얹고 있는 모습이 싫었다. 원래 우리 가족은 여러 방에 흩어져서 저녁을 먹는 날이 많았는데, 우리에게 식탁에 모여 저녁을 먹으라고 하는 것도 싫었다. 내가 생각 없이 한 말에 아줌마가 눈물을 쏟는 것도 싫었고, 그럴 때마다 아빠가 내게 아줌마한테 사과하라고 시키는 것도 싫었다. 나한테 기대하는 듯한 애정 표현을 연기해야 하는 것도 싫었다. 무엇보다 아줌마가 우리 엄마가 아니라서 싫었다.

하지만 거기에 대해 아줌마가 할 수 있는 건 아무것도 없었다.

집에 도착하니 셜리 아줌마가 샴페인과 탄산음료를 준비해 두고 우리를 기다리고 있었다. 나는 아줌마에게도 축하 인사를 건넸고, 아줌마가 샴페인 잔을 채우는 모습을 지켜보았다. 데이비드는 그날 밤 자기 아빠와 있는 것 같았다. 제이미 오빠는 갭 이어gap year를 끝내고 대학에서 첫 학기를 보낸 후에 방학을 맞아 집에 와 있었다. 내가 보기에 오빠는 집이 하나도 그립지 않았던 것 같았다. 오빠도 아빠의 약혼 소식을 알고 있던 눈치였다. 아빠가 오빠에게 따로 얘기한 게 틀림없었다.

다 같이 축배를 주고받고 오빠와 나는 비디오 가게에 가서 영화를 빌려오겠다며 집을 나왔다. 우리는 엄마의 볼보에 올라타 안전띠를 맸다. 오빠가 엄마가 묻힌 묘지 옆으로 난 도로를 따라 속도를 냈다. 비디오 가게로 가는 길도 그 길을 지났고, 다른 곳들도 대부분 그 길을 지나서 갔다.

오빠가 계속 고개를 돌려 힐끔힐끔 나를 쳐다보았다.

"왜?" 내가 물었다.

"아냐." 오빠가 말했다. "말하면 기분 나쁠걸."

"그냥 말해."

"음." 어차피 새해가 지나면 펜실베이니아에 있는 대학으로 돌아갈 오빠는 나를 보며 안됐다는 듯 히죽거렸다.

"너 이제 어쩌냐."

크리스마스 이틀 전, 아빠와 오빠와 함께 나무를 베러 세바스토폴에 있는 농장으로 갔다. 복도 앞에 큰 소나무 트리를 세우는 건 우리 집 전통이었다. 우리는 보통 느지막이 나무를 가져왔는데, 특히 그해는 오빠가 집에 올 때까지 기다리느라 더 늦어졌다. 오빠 없이 갔다면 너무 이상했을 것이다. 셜리 아줌마는 우리와 동행하지 않았다. 아줌마는 엘라 피츠제럴드의 캐럴을 들으면서 따뜻한 집에 있는 게 더 좋다고 했다. 데이비드는 크리스마스 때까지 자기 아빠와 지냈다. 나는 한두 시간이라도 우리 셋만 오붓하게 따로 있게 된 것이 정말 좋았다. 농장 입구에 다다르자, 산타클로스 그림 옆에 '영업 종료'라고 적힌 팻말이 눈에 들어왔다.

"아." 나는 이미 트리 없는 크리스마스를 상상하며 단념했다. 하지만 아빠는 자동차 브레이크를 세게 밟고 차에서 내리더니, 트렁크에서 톱을 꺼내 들고는 닫힌 출입문 쪽으로 걸어가 농장 울타리 위로 민첩하게 몸을 날렸다.

"따라 와." 아빠가 뒤돌아보며 우리를 불렀다.

오빠와 나도 울타리를 뛰어넘어 '출입 금지'라고 적힌 또 다른 커다란 팻말을 지나쳤다. 아빠는 노란색 철제줄자로 나무들을 하나하나 재보며 정확히 5미터짜리 나무를 찾아다녔다. 당첨된 나무는 한쪽 면이 휑했는데, 아빠는 그쪽을 계단 쪽으로 놓으면 딱 맞을 것 같다고 했다. 아빠와 오빠가 번갈아 톱질을 했고, 굵은 줄기를 베어내느라 몸에서 열이 나는지 입고 있던 옷을 하나씩 벗어 던졌다. 우리는 그 거대한 나무를 어깨에 짊어지고 차로 옮겼다. 아빠가 제일 앞에, 오빠가 중간에, 나는 제일 뒤에 서서 가장 가벼운 나무 꼭대기 부분을 짊어지고 걸었다. 나무를 울타리 너머로 넘길 때 코를 찌르는 끈적끈적한 송진이 손바닥과 얼굴을 뒤덮었다. 아빠는 밧줄로 나무를 차에 단단히 묶었는데, 흔들리는 가지들이 마치 말 잘 듣는 순한 동물 같았다. 아빠는 차를 출발시키기 전에 나무 값을 봉투에 담아 쿠키와 애플 티를 파는 작은 가게 문 아래로 밀어 넣었다. 임무를 마친 우리는 신나는 얼굴로 차에 올라타 언제 경찰이 올지 모른다는 듯 서둘러 농장을 빠져나갔다. 구불구불한 길을 쏜살같이 달려 포도밭과 목장을 지나 아빠의 또 다른 가벼운 범법 현장에서 점점 멀어지니 안도감이 들었다. 그러고 보면 어떤 것들은 변하지 않고 늘 그대로인 것 같았다.

오빠의 짧은 방학 동안 우리는 밤늦게까지 서로의 방문을 두드리며 오래된 사진첩을 들여다보고 옛날이야기를 주고받았다. 아빠의 결혼식이 얼마 남지 않아서인지 우리 둘

다 향수에 젖어 들었던 것 같다. 오빠가 학교로 돌아가기 며칠 전, 우리는 아빠의 사무실에 가서 빨간색 내화 금고 안에 거의 10년째 들어 있던 비디오테이프들을 꺼내왔다.

테이프들이 그곳에 있다는 걸, 심지어 그 테이프들이 존재한다는 걸 우리가 어떻게 알았는지는 모르겠다. 하지만 오빠도 나도, 엄마가 말기 암이라는 사실을 처음 알았을 때 비디오 기술자를 고용해서 비디오를 녹화했다는 걸 알고 있었다. 그때는 엄마가 돌아가시기 거의 5년 전이라 우리는 엄마가 계속 살아 있는 것에 대한 감사한 마음으로 테이프들의 존재를 애써 잊고 지냈는데, 과거에 대한 우리의 새로운 갈망이 어둠 속에 묻혀 있던 테이프의 존재를 끄집어낸 것이다.

엄마 방에서 첫 번째 테이프를 VCR에 꽂은 뒤 나는 침대에, 오빠는 안락의자에 자리를 잡았다.

"준비됐어?" 오빠에게 물으며 오빠를 내려다보는데, 내 안에서 어떤 설명할 수 없는 감정이 파고들었다.

"그런 거 같아." 오빠의 대답을 듣고 잽싸게 버튼을 눌렀다.

잠시 후 가벼운 피아노 멜로디가 흘러나오며 우리 집 뒤뜰에서 자라던 봉선화와 함께 '삶을 되돌아보며'라는 문구가 화면에 나타났다. 오빠와 나는 눈알을 위로 굴렸다. 너무 감상적인 표현 같았다. 어쨌든 오빠도 나도 10대였고 우리 수

준이 아주 높다고 생각했을 때라 그런 표현이 어딘가 민망했다.

음악이 잦아들자 우리 집 뒤뜰의 삼나무 울타리와 참나무를 배경으로 앉아 있는 엄마의 모습이 나타났다. 파란 셔츠를 입은 엄마는 긴 갈색 머리를 뒤로 낮게 묶고 있었고, 앞머리가 바람에 조금씩 나부꼈다. 귀에서 진주 귀걸이 한 쌍이 반짝였다. 사진으로 볼 때와는 다르게 엄마가 진짜로 우리와 함께 있는 것처럼 느껴졌다.

안녕, 제이미. 안녕, 그웨니. 귀여운 내 새끼들. 사랑하는 내 아가들.

이런 영상을 찍는 게 좀 어색하네. 화면을 보고 있을 너희도 그렇겠지? 하지만 이건 엄마를 남기는 방법 중 하나야. 사실 이 아이디어는 그웨니한테서 나온 거야. 기억나니, 그웨니? 네가 아직 어렸을 때 엄마의 죽음에 대해 엄마와 처음으로 진지한 이야기를 나눴던 때 말야. 그때 엄마가 뭘 해주면 네게 도움이 될 것 같은지 물었더니, 네가 곧바로 비디오를 찍어주면 엄마가 보고 싶을 때 언제든 볼 수 있으니 좋을 것 같다고 말했단다. 엄마는 그 방법이 정말 좋은 아이디어라고 생각했고, 그래서 이렇게 비디오를 찍고 있어!

오늘은 1996년 10월 1일이야. 가을이 시작되는 날이지.

엄마는 지금이 가장 좋은 때라고 생각했어. 아직 나다운 모습일 때, 아직 건강해 보일 때, 너희가 지금 모습으로 엄마를 기억할 수 있게 지금을 남기는 게 좋겠다고 생각했단다. 하지만 엄마가 희망을 버렸다거나 너희와 함께하기 위한 싸움을 중단했기 때문은 아니야. 사실 지금도 카메라 뒤에 서 있는 분이 너희 사진을 들고 계셔. 아빠와 너희가 '엄마의 날'에 선물해 준 바로 그 사진 말이야. 사진을 보고 있으니 진짜로 너희와 이야기를 나누는 것 같아서 이 비디오를 찍는 데 많은 도움이 되네.

나는 이미 울고 있었다. 그리고 그 이름 모를 감정이 두려움이란 걸 깨달았다. 나는 테이프에 어떤 내용이 담겨 있을지 두려웠고, 엄마에게 희망이 없다는 말, 엄마는 곧 죽게 될 거라는 말을 반복해서 들었던 예전의 아픈 기억을 다시 떠올리게 될까 두려웠다. 오빠의 눈에도 눈물이 그렁그렁했다. 나는 우리가 실수를 한 건 아닌가 싶었다. 앞으로 자신에게 펼쳐질 힘겨운 전투에 대해 담담하게, 심지어 밝게 말하는 엄마의 모습이 왜 그렇게 슬퍼 보이는지. 화면을 통해 전해지는 감정들은 어린 내가 감당하기에는 너무 크고, 너무 복잡하게 느껴졌고, 그 감정들을 이해하려고 노력하다 보면 거기에 빠져 헤어나오지 못할 것만 같았다. 문제는 비디오를 찍어달라고 말한 건 내가 일곱 살 때였고, 지금의 나는 딱 그 두 배의 나이를 먹었다는 것이다. 그때는 몰랐지만 화면 속 엄마는 그렇게 밝은 목소리를 유지하느라, 그렇게 담담한 모습을 지켜내느라 그 모든 어려움을 감내했다는 걸 이제 알 것 같았다.

먼저 엄마가 준비하고 있는 일에 대해 말해주고 싶어. 지난 몇 달간 엄마는 너희에게 편지를 썼단다. 지금도 계속 쓰고 있어. 그 아이디어는 죽어가는 엄마가 딸에게 작은 인형을 선물한다는 바실리사의 이야기를 생각하다가 문득 떠올랐지. 아직 어리고 경험이 부족한 바실리사는 주머니에 그 인형을 넣어 다니다가 감당하기 힘든 어려운 일을 만날 때마다 주머니에서 인형을 꺼내. 그러면 인형이 바실리사가 어떤 길로 가야 하는지 알려주었지. 사실 인형은 바실리사의 직감과 지혜, 그리고 딸을 향한 엄마의 사랑이었어.

엄마도 바로 그런 마음이었어. 너희가 살면서 정말로 힘들고 복잡한 문제를 만났을 때, 혹은 아직 경험이 부족해서 어느 길로 가야 할지 헷갈릴 때 너희에게 도움을 줄, 그런 작은 인형을 주고 싶은 마음이 간절했어. 엄마는 엄마의 모든 경험과 모든 지식, 모든 사랑을 작은 물건에 담아서 너희들이 항상 지니고 다닐 수 있게 해줄 방법을 찾고 싶었단다.

인생을 살다 보면 엄마, 아빠와 함께하고 싶은 특별한

순간, 중요한 순간들이 있을 거야. 특별한 의미가 있는 생일이라든가 고등학교 졸업식, 운전면허증을 따는 날, 약혼식, 결혼식, 첫 아기를 낳을 때와 같은 그런 날들 말이야. 그래서 그런 중요한 순간들을 떠올리며 편지를 썼어. 엄마가 어떻게 느끼는지, 그리고 엄마가 그런 일들을 겪을 때 어땠는지를 이야기해 주고 싶었단다. 그리고 엄마가 언제나 너희를 생각하고 있었단 걸 알 수 있게 그런 날들을 기념하는 작은 선물도 준비했어. 엄마가 그런 순간들에 너희와 함께할 수 없다는 건 너무 슬프지만 적어도 너희는 매 순간 엄마가 너희를 얼마나 생각했는지 알 수 있을 거야. 그리고 엄마가 쉽게 떠난 게 아니란 것도.

엄마는 카메라를 들여다보며 이야기하다가 할 말을 생각하느라 다른 곳을 바라보기도 했다. 무릎에 담요를 덮고 앉은 자리에서 거의 꼼짝도 하지 않고 가만히 있다가 바람이 불면 가끔 한 손으로 얼굴에 붙은 머리카락을 쓸어 넘겼다. 엄마는 어린 우리에게 말하던 방식으로 약간 멜로디가 섞인 억양으로 천천히 신중하게 말을 이어나갔다. 우리가 여전히 어린아이일 때 이 비디오를 처음 볼 것이라 생각하고 말하는 것 같았다. 영상 속에서 우리 집 뒷문에 걸린 풍경 소리가 이따금 들렸다. 아무 멜로디나 의미도 없는, 똑같이 반복해서 나는 소리였다. 많은 시간이 흘렀지만 침대에 앉아 있으면 여전히 바람이 불 때마다 영상 속에서 나는 소리와 똑같은 소리가 들려왔다.

엄마는 엄마의 삶을 구하려고 애쓰느라 우리 가족의 삶을 너무 뒷전으로 미뤄둔 것이 후회스러워. 애썼던 일들이 효과가 없어서 더 그런 거 같아. 성공했다면 그 모든 불편과 희생이 아깝지 않았을 텐데. 회복을 위한 프로그램을 시작하고 나서 때로는 너무 힘이 들어서 짜증이 나고, 모든 게 불만스럽고 기분이 가라앉을 때가 많았단다. 평소에 참고 참고 버티다가 어느 순간 펑 하고 터져버렸지. 죽어라 버티고 있는 내 모습이 너무 끔찍하게 느껴졌거든. 때로는 그런 엄마의 모습이 너무 무섭기도 했어. 너희도 아마 그랬을 거야. 시간을 되돌릴 수만 있다면 다른 선택을 하겠지만, 그럴 수는 없겠지. 인정할 건 인정해야지. 엄마가 늘 밝고 좋은 사람은 아니었던걸.

엄마의 얼굴이 일그러졌고, 나는 베개에 얼굴을 묻었다. 공포 영화를 볼 때 보고 싶지 않은 장면이 나오면 손으로 눈을 가리듯 베개로 나를 보호하고 싶었다. 내 안에 있는 무언가가 찢겨 나가는 기분이었다. 화면 속의 엄마는 절망감을 감추지 못하고 그대로 드러내고 있었다. 나는 그런 엄마를 보며 엄마가 쓴 편지들이 삶을 체념한 사람의 글이 아니라 여전히 온 힘을 다해 자신의 운명에 저항하며 싸우는 사람의 글임을 깨달았다. 생각해 보면 엄마는 겨우 마흔네 살에 인생의 끝을 마주하고 있었다. 시간이 얼마나 많이 흘렀건 그건 견디기 힘든 사실이었다. 오빠가 조용히 흐느끼기 시작했다. 나는 내가 울고 있는 건지 아닌지 알 수가 없었다. 마치 폭풍의 한가운데 서 있는 것처럼 엄청난 에너지가 나를 뚫고 지나고 있다는 것만 알았다.

지난여름에 엄마는 엄마의 병이 치료가 힘든 병이고, 너희 곁에 오래 머물 수 있는 확률이 그리 높지 않다는 걸 알았어.

너희가 이 영상을 언제 보는 게 좋을지는 엄마도 잘 모르겠구나. 엄마가 죽기 전에 보는 게 좋을지, 아니면 나중에 보는 게 좋을지 말이야. 아빠와 적당한 시기를 생각해 보고 결정하길 바라.

죽는 건 정말 힘든 일인 것 같아. 정말 힘들어. 죽는다는 건 태어나는 것과 비슷한 것 같기도 해. 몸을 떠난다는 게 쉬운 일이 아니네. 특히 너희를 두고 떠나야 하는 게 정말 견디기 힘들어. 그래서 엄마에겐 죽는 일이 더 힘들게 느껴지는 것 같아. 너희를 떠나고 싶지 않으니까. 하지만 때가 되어 엄마가 떠나야 할 때, 엄마가 너희를 영영 떠난다고 생각하진 않았으면 좋겠어. 죽음이란 그저 이번 세상을 떠나 다음 세상으로 떠날 준비가 되었을 때 어떤 새로운 심오한 여행을 시작하는 거라고 엄마는 생각해. 그건 온 정신을 집중해야 하는 일이지. 그리고 엄마도 내면 깊숙한 곳으로 떠나야 할 때가 올 거야. 그때 너희가 엄마를 기꺼이 보낼 준비가 되어 있다면 엄마에게도 힘이 될 거 같아.

리즈 할머니가 돌아가셨을 때 너희가 할머니 옆에 있기로 했던 건 정말 현명하고 어른스러운 결정이었다고 생각해. 엄마는 너희가 정말 자랑스러웠어. 그 경험이 앞으로 우리에게 닥칠 일에 대한 아주 좋은 준비가 되었다고 생각하거든. 엄마도 그전까진 죽은 사람과 함께 있어본 적이 없었어. 그건 정말 뜻밖의 발견이었지. 그때 엄마는 진짜로 깨달았어. 우리의 몸이 우리가 아니란 걸 말이야. 리즈 할머니가 돌아가신 직후에 진짜 할머니는 할머니의 영혼 안에 있고, 그 영혼이 할머니의 몸을 떠났다는 느낌이 들었거든. 엄마는 할머니를 씻기고, 옷을 입히고, 할머니의 장례를 준비하는 내내 할머니의 존재가 엄마와 함께한다는 걸 느낄 수 있었어. 그 방에 엄마와 함께 있다는 걸 정말로 느낄 수 있었단다. 엄마가 죽으면 어떻게 될지 궁금하다면 그런 모습이라고 생각하면 좋을 것 같아. 엄마가 죽고 나면 너희도 바로 알게 될 거야. 엄마의 몸은 엄마가 아니란 걸, 엄마의 영혼이 자유롭게 해방되어 너희와 다른 방식으로 함께할 수 있다는 걸, 진짜로 알게 될 거야.

영상은 거의 한 시간 분량에 달했다. 몇 시간에 걸쳐 녹화했다가 나중에 장면 장면을 편집해 합친 것이 분명했다. 엄마는 어떤 부분에서는 침착한 모습을 보이다가도 어떤 부분에서는 말을 잇지 못할 정도로 펑펑 눈물을 흘렸다. 시간이 갈수록 오빠와 나는 앉은 자리에 점점 더 깊숙이 파고들었다. 우리의 슬픔이 하나로 합쳐져 주위를 맴돌다 방안을 가득 채웠다.

무엇보다 엄마는 너희가 가장 행복하고 멋진 삶을 누릴 자격이 있다는 걸, 그리고 그런 삶을 오래오래 누릴 권리가 있다는 걸 알려주고 싶어. 너희가 행복하게 사는 것만큼 엄마를 기쁘게 하는 일은 없단다. 너희가 엄마를 위해 해줄 수 있는 가장 좋은 일은 바로 너희가 행복하게 사는 거야. 그러면 엄마도 이 상황을 더 잘 견뎌낼 수 있을 것 같아. 왜냐면 엄마가 정말로 간절히 바라는 건 너희 둘이 자신에게 즐거움을 주는 일을 하고, 너희에게 기쁨을 주는 사람들과 관계를 맺으면서 행복하고 충만한 삶을 사는 거니까. 그리고 나중에 너희가 어른이 되어 부모가 되기를 선택한다면, 엄마가 너희를 사랑한 것처럼 아이를 사랑하는 무한한 기쁨과 경이로움을 느끼게 되면 좋겠어.

화면이 멈추고 처음의 가벼운 피아노 소리가 다시 들리

더니 이내 정적이 흘렀다. 몇 초간 방 안은 우리의 떨리는 숨소리만 가득했다. 그러다 오빠와 눈이 마주쳤고, 우리는 기진맥진한 상태로 웃음을 터뜨렸다. 그 웃음은 우리의 감정 그릇 맨 밑에서 끓어오르듯 터져 나왔고, 우리는 복잡한 감정들을 털어내기라도 하듯 온몸을 비틀며 괴로울 정도로 웃었다.

마음 깊은 곳에서 마치 올가미에 걸린 새가 울부짖는 것 같은 이상한 울음소리가 들려왔다. 엄마는 우리에게 죽음에 대해 여러 번 말했지만 이 정도로 분명하고 솔직하게 말한 적은 없었다. 엄마가 그런 말을 하도록 우리가 내버려둔 적이 없었기 때문이다. 나는 늘 유치한 농담이나 짜증으로 엄마의 말을 방해했고 오빠는 잠이 들어버렸다. 엄마는 우리에게 직접 이야기할 수가 없어서 카메라를 보고 한 것이다. 만약 엄마 생각대로 엄마가 죽기 전에 그 테이프를 봤다면 나는 절대로 끝까지 보지 못했을 것이다. 엄마는 자신이 '늘 밝고 선한 사람은 아니었다'고 했지만, 내 기억 속의 엄마는 언제나 상냥하고, 긍정적이고, 활발하고, 유쾌한 모습만 보여준 사람이었다. 그 테이프는 엄마의 고통과 엄마의 분노, 엄마의 절망을 작게나마 어렴풋이 보여주고 있었다.

"어휴," 눈물 섞인 웃음을 지으며 오빠가 말했다.

"그러게. 정말 쉽지 않은 비디오였어, 그치?"

우리는 다른 테이프들은 보지 않고 다시 금고에 넣어두

었고, 그 후 7년 동안 다시 열지 않았다.

조각나고 흩어진 마음

그웨니! 열다섯 번째 생일을 축하해! 이 산호 목걸이는 엄마의 크리스마스 선물로 할아버지가 홍콩에서 사오신 거란다. 엄마보다 네게 훨씬 더 잘 어울릴 것 같아.

나는 엄마와 같은 고등학교에 진학했다. 엄마의 사진은 졸업 앨범 한 호에만 실려 있는데, 엄마가 열다섯 살 때, 그러니까 리즈 할머니가 미술학 석사 학위를 땄던 시기에 1년간 샌프란시스코에서 살았기 때문이다. 그래서《산타로사 고등학교 메아리》지의 1968년 호에는 2학년 때 전학 온 엄마가 얌전하게 웃는 사진이 실려 있지만 1969년 호가 나올 무렵에는 다시 샌프란시스코를 떠나고 없다.

나는 이 책을 쓰던 중에 산타로사 고등학교를 방문해서 엄마의 학생부 기록을 볼 수 있는지 알아보았다. 다행히 수십 년이 지난 지금까지 파일이 보관되어 있었다. 엄마는 문

서가 디지털화되기 전에 학교를 졸업해서 한 친절한 직원이 안쪽 캐비닛에 보관된 두꺼운 서류철을 꺼내 파일을 찾아주었다. 파일에는 짧지만 다채로운 엄마의 학창 시절이 요약되어 있었다. 엄마의 성적은 엄마가 오빠나 나에게 기대한 것처럼―그리고 우리가 그렇게 받아왔던 것처럼―A를 꾸준히 받았다기보다는 B와 C가 골고루 섞여 있었고, 대수학과 운전 교육 과목은 D였다. 영어와 역사 과목에서는 몇 개의 A가 있었다. 학교 복장 규정을 어겨 몇 차례 징계를 받은 뒤 정학 처분을 받은 기록도 있었다(Q 삼촌에 따르면 엄마는 판초처럼 가운데 구멍이 뚫린 낡은 담요를 고집했다고 한다). 파일에는 엄마와 리즈 할머니의 자필 메모도 있었는데, 그들이 말하는 '불미스러운 사건'과 엄마는 아무런 관련이 없다고 주장하는 내용이었다. 그 '사건'이란 30년 전 내가 산타로사 고등학교에 다닐 때도 전설로 회자되던 일이다.

1969년에 엄마를 포함한 몇몇 학생이 모여 '문학지' 한 권을 발행했다. 단편 소설, 시, 만화, 편집자의 글로 구성된 몇 페이지짜리 잡지였다. 당시는 학교에 반전 정서가 고조될 때라, 잡지도 애국심을 고취하는 내용과 검열을 강요받았다. 문제는 시였다. 언뜻 보면 서투른 글 솜씨로 산타로사 고등학교를 과장되게 찬양하는 것처럼 보였지만, 각 행의 첫 글자만 떼어 조합해 보면 '파시스트 돼지 듀이 엿 먹어라'라는 말이 되었다. 듀이는 교장 선생님의 이름이었다. 공식적으로 엄마는 잡지의 맨 뒷장에 들어가는 만화의 공동 작가로만 잡지에 기여했다. 벌레들이 괴물에 짓밟히는 별 내용 없는 만화였다. 엄마와 리즈 할머니는 자필 편지에서 주장하기로, 엄마도 그 시에 관해 알고는 있었지만 잡지에는 실리지 않을 거라고 들었다고 했다. 우리 가족 안에서도 두 사람의 주장이 사실인지 아닌지에 대해 의견이 분분했다. 두 사람의 글을 보면 엄마가 교내 징계 위원회에 회부된 게 처음은 아닌 것 같았다.

그 일이 있고 얼마 뒤 엄마는 열일곱 살이 되던 해에 고등학교를 완전히 떠났다. 기록을 보면 나중에 캘리포니아 대학교 버클리 캠퍼스의 평생교육원에서 수업을 듣고 산타로사 고등학교에 졸업장 발급을 요청했는데, 그 요청이 받아들여졌는지는 확실하지 않다. 어쨌든 엄마는 졸업식에 참석하지 않았고 그 대신 배낭을 싸서 유럽으로 갔다. 엄마는 포인트 레예스 해안 인근의 스페인 난파선에서 도자기 파편 발굴을 돕다가 만난 박사 과정의 남자친구와 함께 해양 고고학 탐사에 참여했다. 그 후에는 그를 따라 캘리포니아 대학교 산타크루즈 캠퍼스로 가서 학부 과정을 밟았다. 엄마의 학생부 기록에서 제일 마음에 들었던 부분은 듀이 교장 선생님이 어떤 자리에 엄마를 추천하는 편지였다.

산타로사 고등학교 2학년에 재학 중인 크리스티나 마이야드는 자기 의사를 분명하고 능숙하게 표현할 줄 아는 아주 지적인 학생입니다. 크리스티나 마이야드는 '현재 상황'에 대한 불만을 누구보다 많이 제기하지만, 변화를 위해 적극적으로 노력하는 학생입니다. 우리 학교의 학생회는 거의 마이야드 양의 열정과 관심 덕분에 시작될 수 있었고, 다른 학생들의 관심이 다소 부족했음에도 마이야드 양의 노력이 있었기에 지금까지 그 조직이 유지될 수 있었습니다. 크리스티나 마이야드는 자신이 생각하는 대로 실천하려는 의지가 매우 강한 학생입니다. 제 생각에 마이야드 양이 그 자리에 뽑힌다면 누구보다 활발하게 기여하는 일원이 될 것이며, 훌륭한 아이디어로 자신의 존재감을 발휘하리라 믿어 의심치 않습니다.

나는 엄마의 반항적인 기질이라고는 전혀 찾아볼 수 없는 아주 순종적인 학생이었다. 열다섯 살의 나는 반에서 대부분의 남학생보다 키가 컸고, 치열 교정기를 하고 있었고(이미 두 번째였다!), 나처럼 규칙을 잘 따르는 몇 명의 친구 무리에 속해 있었다.

1학년 봄 학교에서 댄스파티가 있던 날, 나는 엄마가 생일 선물로 준 산호 목걸이에 어울리는 드레스를 골라 입었다. 은은한 진줏빛의 목걸이는 예쁘기도 예뻤지만, 엄마의 상자에서 내가 밖에 하고 나가도 되겠다고 생각한 첫 번째 유품이었다. 나는 산호 목걸이를 하고 친구들과 니켈백, 바네사 칼튼, 마룬 5의 노래에 맞춰 어색하게 몸을 흔들었다.

춤을 추며 사람들에 밀려 치이던 중 갑자기 목뒤에서 뭔가 딱 하고 끊어지는 느낌이 들더니 뒤이어 체육관 바닥에 작은 구슬들이 떨어지는 소리가 들렸다. 온몸이 싸해지는 기분이 들었다. 음악은 계속 쿵쿵 울려댔다. 은색 샌들 아래로 쌀 알갱이만 한 구슬 하나가 느껴졌다. 나는 산호 구슬들이 체육관 바닥에 흩어져 가루로 사라지기 전에 얼른 몸을 굽혀 주워보려고 했다. 한 손으로는 끊어진 목걸이의 줄을 가슴에 대고 누르면서, 다른 한 손으로는 컴컴한 조명 아래 수많은 발들 사이로 잽싸게 달아나는 알갱이들을 더듬었다. 그렇지만 구슬은 너무 작고, 너무 많았다. 구슬 하나하나가 나를 질책하는 것처럼 느껴졌다. 정신없이 춤을 추고 있는 아이들 사이를 파고들다 목걸이를 잡고 있던 손이 미끄러지면서 더 많은 구슬이 바닥으로 쏟아졌다. 어두컴컴한 체육관 바닥에 엎드려 보이지도 않는 구슬을 찾자니, 머리 위로 달린 조명들의 전원 스위치를 전부 켜버리고 싶은 충동을 느꼈다.

한 친구가 내 어깨에 손을 얹어 무슨 일이냐고 걱정스레 물었다. 친구의 얼굴이 반쯤 어둠에 가려 보이지 않았다. 나는 말을 하려다 말았다. 그 찰나의 순간에 목걸이가 망가졌다는 사실보다 누군가 그 사실을 알게 되는 게 더 두려웠다. 내게 너무도 소중한 물건을 이런 정신없는 곳에 가져와서 결국 망가뜨리고 말았다고 말할 용기가 나지 않았다. 친구들은 그 목걸이가 내게 특별한 의미가 있는 목걸이라는 사실을 몰랐고, 출처를 아는 아빠를 포함한 몇몇 사람들에게는 목걸이가 망가졌다는 사실을 들키고 싶지 않았다. 그 두 가지 정보를 동시에 아는 사람이 나 빼고 아무도 없다면 이일도 실제로 일어나지 않은 일이 될 수 있을 것 같았다.

"아냐." 내가 대답했다. "뭘 좀 떨어뜨린 것 같아서."

나는 손에 나머지 산호 구슬들을 꼭 쥐고 일어섰다.

"나 화장실 좀!" 나는 컴컴한 실루엣들을 향해 소리친 뒤 네온사인이 번쩍이는 출구를 황급히 빠져나갔다.

고등학교 1학년 여름, 아빠는 내가 어렸을 때 세례를 받았던 성공회 교회에서 셜리 아줌마와 결혼식을 올렸다. 나는 분홍색 꽃무늬 치마와 분홍색 스웨터를 입고, 분홍색 모란꽃 한 다발을 손에 들고 첫째 줄에 앉아 있었다. 6월의 화창한 날씨였지만 100년 된 교회 안은 어둡고 서늘했다. 내양옆에는 정장에 넥타이를 한 오빠와 영국에서 비행기를 타고 온 친할아버지가 앉았다. 할아버지는 우리가 어릴 때는 몇 년에 한 번씩 캘리포니아에 왔었는데, 이제 여든 살이 넘으셔서 결혼식이나 장례식 같은 큰 행사가 있을 때만 왔다.

하루 전날 할아버지는 엄마가 묻힌 묘지에 가보고 싶다고 했다. 엄마의 비석은 아주 오래전 줄기가 갈라져 얼핏 연리지처럼 보이는 커다란 참나무 밑에 자리 잡고 있었다. 엄마가 묻힌 자리를 빙 둘러 수선화를 심어두었는데, 아직 꽃은 피지 않고 반들반들한 초록 잎만 무성했다. 나는 할아버지와 낮은 콘크리트 담장에 걸터앉아 비석에 새겨진 엄마의 이름을 바라보았다.

할아버지는 언제나 숱이 얼마 남지 않은 희끗희끗한 머리에 툭 불거진 귀에 검은 뿔테 안경을 쓰고 계셨다. 할아버지의 머리와 손엔 세월의 흔적이 역력했다. 할아버지가 웃는 모습은 특히 아빠와 많이 닮아 보였다.

"네 엄만 참 대단했지." 할아버지가 말했다.

친할머니는 내가 두 살 때 돌아가셨지만 할아버지는 런던 남쪽에 있는 작은 마을 산자락의 자그마한 집에서 쭉 혼자 살았다. 가끔 골프를 치고 카드놀이를 하면서 예전에 할머니가 심어둔 꽃과 나무를 가꾸었다. 아빠도 할아버지처럼 한 사람에게 영원히 충실한 사람이었다면 얼마나 좋았을까? 나는 아직 엄마가 이렇게나 그리운데 아빠는 어떻게 벌써 새로운 삶을 시작할 수 있을까?

"참 대단했어." 할아버지가 재차 말했다. 우리는 엄마 묘지에 떨어진 낙엽을 치우고, 옷자락으로 비석에 쌓인 먼지를 닦아냈다.

아빠와 셜리 아줌마의 결혼 피로연은 40년 전에 〈폴리
아나〉를 촬영했던 저택의 넓은 잔디밭에서 열렸다. 집 주인
이 집을 리모델링하던 중이었지만 잔디밭을 사용하는 걸 허
락해 주었다. 그날 하루, 손님들은 내내 나를 찾아와 꼭 안아
주었다. 3년 전 엄마의 장례식 때도 똑같이 나를 안아주었
던 숙모, 삼촌, 이모, 할머니, 할아버지, 엄마의 친구들은 그
때와 똑같이 이렇게 말했다. "필요한 일이 있으면 언제든 연
락해. 우리는 항상 여기 있어. 네 엄마가 너를 무척 자랑스
러워했을 거야." 나중에 아빠와 나, 제이미 오빠는 셜리 아
줌마, 데이비드와 새로운 가족이 된 것을 기념하며 함께 사
진을 찍었다. 한참 시간이 지나고 나서 그 사진을 발견했을
땐 내가 그 자리에 있었던 것처럼 느껴지지 않아서 조금 놀
랐다.

엄마가 남긴 상자에는 '아빠의 재혼'에 열어볼 선물이나
편지는 없었다. 나는 상자 안의 '그웨니의 약혼'이라고 적힌
두꺼운 봉투를 떠올렸다. 그날 그 순간에는 내 인생에서 다
시는 어떤 결혼식에도 참석하고 싶지 않은 기분이었다. 하
지만 동시에, 누군가와 삶을 함께하기로 결심한 딸의 물음
에 답하기 위해 봉투에 담아두었을 엄마의 모든 말들이 꼭
듣고 싶기도 했다. 나는 밀려드는 생각들을 창문 너머 가로
수 길 아래로 흘려보냈다. 그 생각들이 나를 할아버지와 전

날 함께 걸어갔던 묘지로 데려가기를. 그렇게 나는 마음속으로 참나무 잎이 우거진 길을 따라 엄마의 묘지로 가서 분홍색 모란꽃 한 다발을 살며시 내려놓았다.

처음에는 변화들이 크지 않았다. 학교를 마치고 집에 오면 뭔가가 조금씩 달라 보였다. 나는 몇 분, 혹은 몇 시간 뒤에 주방의 채소 그림 시계가 숫자 시계로 바뀌었다거나, 리즈 할머니의 동판화 대신 수련꽃 그림이 걸려 있는 것을 알아챘다. 여름이 깊어지는 동안 한때 우리 집에 또 다른 여자, 또 다른 가족이 살았던 흔적이 점점 사라져갔다. 그런 변화들은 내가 항상 보고 있지 않을 때 마술처럼 일어났다. 어느 날은 학교를 마치고 집에 오니 페인트 냄새가 났다. 그동안 내내 붉은 빛이었던 거실이 더는 그 모습이 아니었다. 그런 변화들은 아무런 상의 없이 이루어졌다. 나는 내가 집을 더 잘 살피면 내가 아는 물건들이 사라지는 것을 막을 수나 있는 것처럼 주변을 더 주의 깊게 살펴보려고 노력했다. 그러면서 물건들에 대해, 그 물건들이 공간에 부여하는 의미에 대해 새로운 불안감이 생겼다.

"기러기만은 제발 없애지 말아주세요." 어느 저녁에 내가 애원하듯 말했다. 우리 집 주방에는 기러기 머리 모양의 행주걸이가 몇 년째 싱크대 벽면에 걸려 있었다.

"아직 못 본 모양이구나." 새엄마가 그 자리에 설치된 밋밋한 스테인리스 고리를 가리키며 말했다.

그러던 어느 날, 예전에 엄마가 만들어주던 오트밀 쿠키를 만들어보고 싶어서 내 레시피 상자를 찾아보았다. 통나무집 모양의 레시피 상자는 오빠가 오래전 크리스마스에 선물로 만들어준 상자였다. 선반과 찬장을 구석구석 살펴보고 엄마의 물건들이 점점 쌓여가던 다락방까지 샅샅이 뒤져보았는데도 상자가 보이지 않았다. 그날 밤 아빠는 상자의 행방을 묻는 내게 새엄마가 실수로 버린 것 같다는 말을 전해주었다. 나는 산호 목걸이가 망가졌을 때보다 레시피 상자가 없어진 것에 더 큰 상실감을 느꼈다. 오빠가 만든 통나무집과 엄마가 적어준 레시피가 함께 있는 물건이라 그 상자는 내게 엄마와 오빠, 두 사람 모두를 의미했다. 나는 엄마와 오빠가 없는 집에서 매일 아침 눈뜰 때마다 두 사람이 너무나도 그리웠고, 그래서 그 상자가 사라진 것이 내 주변에서 사라져가는 모든 것을 대표해 가장 마음이 아팠다.

데이비드도 나중에 우리 집에서 같이 살게 되었다. 자기 아빠와도 여전히 교류는 했지만, 우리 집이 학교까지 더 가까웠기 때문이다. 데이비드에게도 방이 필요해서 엄마 방에 있던 자수 용품 보관함과 찰스 디킨스와 애거서 크리스티 전집, 철학책, 육아 서적, 죽음에 관한 책 등 엄마의 물건을 모두 치웠다. 참나무 침대 프레임은 소나무 프레임으로 바뀌었고, 레이지보이 안락의자는 버려졌다. 데이비드에게도 자기 공간이 필요하다는 건 나도 알았다. 하지만 혼자 수많은 오후를 조용하게 보냈던 방을 잃은 슬픔은 어쩔 수가 없었고, 집에 돌아올 때마다 내게 너무 익숙했던 곳이 조금씩 달라져 가는 모습을 볼 때 드는 당혹감을 누르기가 어려웠다.

친숙함과 낯섦 사이에서

이 목걸이는 너가 아빠와 함께 엄마를 위해 골라준 목걸
이였지. 엄마가 병원에 있는 시간이 많아지면서 착용하진
못했지만, 그전까진 항상 걸고 있었어. 네가 그렇게 물려받
고 싶어 했으니 네게 줄게. 열여섯 번째 생일을 축하한다.

모든 사랑을 담아, 엄마가

아빠는 언젠가 내게 남자친구가 생기면 그에게 똑같이
생긴 큐빅을 여러 개 보여주면서 그중에서 진짜 다이아몬
드를 찾아보게 할 거라고 했다. 아빠는 실제로 큐빅을 몇 개
사서 작은 보석함에 보관했고, 그것들을 펼쳐 놓을 네모난
초록색 천도 준비해 두었다.

"어느 게 진짜예요?" 나는 눈을 가늘게 뜨고 큐빅들을

16th

보며 물었다.

"없어." 아빠가 말했다. "다 가짜야. 그 녀석이 얼마나 신중하고 생각이 깊은 사람인지 시험해 보려는 거지."

나는 아빠에게 눈을 흘기며 그것들을 도로 상자에 넣어 두었다.

"진짜 다이아몬드는 너야. 그걸 그 녀석이 아는 게 중요하지."

아빠는 실제로 그 테스트를 시행하진 못했다. 내 첫 번째 남자친구는 우리 집 문 앞에 나타나 데이트를 신청한 게 아니라 아주 천천히 다가왔다.

내가 잭을 안 건 초등학교 3학년 때였다. 잭은 머리가 유난히 크고, 짙은 갈색 머리를 깔끔한 바가지 머리로 자른, 청회색의 큰 눈과 짙은 속눈썹이 인상적인 아이였다. 또래에 비해 키가 작아 겨우 내 어깨에 닿는 정도였던 잭은 커다란 캔버스 가방 안에 들어가 발만 내고 걷는 시늉을 하며 나를 웃겨주곤 했다. 말을 약간 더듬는 버릇도 있어서 어떤 날은 잘 말하다가 어떤 날은 그렇지 않다가, 말씨가 날씨처럼 왔다 갔다 했다. 내가 잭을 좋아했던 건 나는 5분이 걸려야 풀 수 있는 산수 문제 100개를 잭은 항상 4분 만에 풀었기 때문이다.

초등학생 때 잭은 나를 종종 집에 초대했다. 우리는 지하실에 있는 파란 시트가 덮인 낡은 소파에 나란히 앉아 슈퍼 마리오 게임을 하며 놀았다. 우리 집에서는 컴퓨터 게임은 할 수 있었지만 닌텐도 같은 게임기는 없었다. 나는 마리오를 조종해서 파이프 세계를 통과하려다 처음 몇 판 만에 죽었고, 그 후로는 주로 잭이 게임하는 걸 구경했다. 잭은 블록 사이를 껑충껑충 뛰어다니다 거북과 버섯돌이를 부수고 황금 동전을 잘도 모았다. 나는 오빠가 〈워크래프트〉 하는 모습을 지켜보는 걸 좋아했듯이, 잭이 게임하는 모습도 지켜보고 있는 게 좋았다. 다른 사람과 나란히 앉아 무언가에 함께 집중한다는 점이 좋았던 것 같다. 나는 잭 옆에 앉아서 내 상상으로 잭이 마리오를 절벽 위로 끌어올리고 거북 껍질의 공격으로부터 마리오를 구할 수 있게 도와주었다.

고등학교 2학년으로 올라가는 여름, 잭은 나와 눈을 똑바로 마주 볼 만큼 키가 훌쩍 자랐다. 우리는 학교를 마치면 자주 집까지 같이 걸어갔고, 정신없이 이야기하다 보면 어느새 집 앞에 도착해 있는 날이 많았다. 우리는 둘 다 토론 클럽 회원이었는데, 잭은 특히 한 가지 질문을 깊이 파고들어 탐구하는 방식이 감탄스러울 정도였다. 고기를 먹는 것은 윤리적인가? 대학 입시는 어떻게 이루어져야 하는가? 신은 존재하는가? 잭은 새가 씨앗을 쪼아 그 안의 열매를 찾듯이 이런 질문들에 대해 끝까지 답을 찾으려고 했다. 우리는 한 가지 주제로 서로 반대편에서 주장을 펼치다가, 다시 입장을 바꿔 이야기를 계속했다. 집에 도착해서는 길가에 주저앉아 목이 아프도록 토론했다. 그 토론이 우리 집 앞 길 바닥에서 내 방까지 어떻게 옮겨왔는지는 모르겠지만, 침대에 나란히 앉아 우리가 첫 키스를 나눴다는 건 기억한다. 마치 우리가 그동안 나눈 모든 말들이 우리를 거기 그 자리로 계속 이끌고 있었던 것처럼 느껴졌다.

열여섯 번째 생일날, 잭과 나는 다른 친구들과 함께 〈네버랜드를 찾아서〉를 보러 갔다. 거기서 우리는 콜라, 버터맛 팝콘, 민트 초코볼을 샀다. 예고편이 나오기 시작했을 때 잭과 나는 손에 묻은 기름을 닦고 서로의 손을 잡았다.

"생일 축하해." 극장이 어두워지자 잭이 내 귀에 대고 속삭였다. 그 순간 내 몸 절반이 마비되는 것만 같았다.

그날 아침, 나는 상자에서 작은 세모 모양의 자수정이 박힌 목걸이를 꺼냈다. 그 목걸이는 내가 일곱 살인가 여덟 살 때 아빠와 같이 샀던 목걸이였다. 모아온 용돈을 탈탈 털어 가져간 보석상에서 점원이 목걸이 가격을 말했을 때 1달러 남짓이라고 하는 줄 알고는 신이 나서 내 데님 숄더백의 지퍼를 열었다. 아빠와 점원은 그런 나를 보고 동시에 웃음을 터트렸다. 두 사람은 1달러가 아니라, 100달러에 75달러를 더해서 175달러라고 말해주었다. 아빠는 볼이 빨개져 다시 가방을 닫는 내 어깨에 손을 얹고는 아빠가 계산하겠다고 했다. 나는 목걸이가 마음에 들었지만 내가 사지 못한 것이 못내 아쉬웠다. 그 뒤 몇 년 동안 가끔 엄마의 보석함에서 목걸이를 꺼내 세모난 자수정을 손가락에 대고 굴려보곤 했다. 자수정 알이 목걸이 줄 중앙에 고정되어 있어서, 엄마의 쇄골 가운데 쏙 들어간 부분에 정확히 놓이는 게 예뻤다.

상자에는 운전면허 취득을 축하하는 다른 작은 선물도 있었다. 가죽으로 된 주차 코인용 동전 지갑이었는데, 열쇠고리가 달려 있고 가죽에는 내 이니셜이 새겨져 있었다.

그웨니, 드디어 운전면허증을 땄구나! 세상에! 정말 신나겠어. 늘 운전 조심하고, 안전띠 잘 매고 다녀.

사랑을 담아, 엄마가

생일날 아침, 차량 등록국에 가서 면허증을 받은 뒤 처음으로 파란색 볼보 중고차를 몰고 학교에 갔다. 엄마가 준 동전 지갑의 열쇠고리에 달린 자동차 키가 달랑거렸다. 친구들은 내가 몰고 온 낡은 자동차를 보고 페라리라도 되는 양 신기해하며 소리를 질렀다.

엄마는 고등학교 졸업식이 어서 오기를 기다렸다면, 나는 내 졸업식이 영원히 오지 않기를 바랐다. 열여섯 살의 나에게는 남자친구와 내 차가 있었고, 아주 멋진 친구들도 넷이나 있었다. 마거릿은 미술 실력이 뛰어나고 낭만을 사랑하는 마음이 여린 친구였지만, 남자 형제 둘 사이에서 자라 그런 본모습을 잘 감추고 겉으로는 활달하고 재밌는 사람처럼 행동했다. 에리카는 합창단에 속한 친구였는데, 항상 커다란 선글라스를 끼고 흰색 메르세데스를 몰면서 바닐라향을 풍겼다. 에마는 패션 잡지를 구독하고, 잘 알려지지 않은 밴드의 CD를 소장하며, 샌프란시스코에 있는 아메리칸 어패럴American Apparel 매장에서 옷을 사 입는 친구였다. 프리지아는 학교에서 하는 거의 모든 위원회와 동아리에 소속되어 있었고, 싱크로나이즈 수영팀에서도 활동했다. 프리지아는 특히 어린 시절에 대한 내 향수를 잘 공감해 주었다.

잭을 포함한 우리 여섯 명은 우리를 '환상의 6인조'라고 불렀다. 친구들은 내가 집에서 느끼는 슬픔과 불안에서 벗어나게 해주는 탈출구 같은 존재였다. 우리는 거의 주말마다 자동차 한 대에 끼어 타고 우리가 사는 작은 도시의 골목 골목을 누비며 지형을 익히고 숨겨진 장소를 찾아다녔다. 그중에서 우리가 제일 좋아했던 곳은 도시 남쪽이 훤히 내려다보이는 언덕 꼭대기였다. 거기에 가려면 구불구불하게 이어진 가파른 경사로를 올라가야 했는데, 내 고물 볼보는 항상 낑낑대며 굉음을 내며 괴로워했다.

"할 수 있어! 할 수 있어!" 내가 가속 페달을 힘껏 밟으며 언덕을 오르려 애쓰고 있으면 친구들은 옆에서 이렇게 노래를 불렀다.

정상에서 우리는 낮은 울타리를 뛰어넘어 안쪽으로 들

어갔다. 출입 금지 표시가 있었지만 아빠한테 배운 뻔뻔함을 앞세워 그런 표시는 가볍게 무시했다(규칙을 잘 지킨다는 말은 학교 안에서의 얘기다). 그 부지는 개발 계약이 체결되어 있었지만 수년째 감감무소식이었다. 우리는 반짝이는 별빛을 받으며 가장 좋아하는 지점으로 향했고, 어떤 날은 플라스틱 병에 테킬라나 보드카를 반쯤 채워 와서 한 모금씩 나눠 마시며 그 순간을 오래오래 즐겼다.

그곳에서 보면 도시의 수많은 가로등과 자동차 불빛이 우리 발아래에 아름답게 펼쳐졌다. 남동쪽으로는 리즈 할머니가 하얀 첨탑이라고 부르던 가톨릭교회 건물이 보였다. 바로 밑으로는 엄마를 보러 온 친구들이나 친척들이 우리집에 빈방이 없을 때 묵었던 플라밍고 호텔의 분홍색 네온 사인이 번쩍였다. 나는 밤하늘에 반짝이는 별자리들의 이름은 몰랐지만 내가 사는 도시의 명소들이 밝히고 있는 불빛들은 내 이름만큼 친숙하게 알아보았다.

"봐봐. 얘들아," 불빛을 가리키며 내가 말했다. "여기 정말 좋지 않아? 이렇게 좋은 데를 왜 버리고 떠나지?"

9학년 때부터 나는 연극부에서 내 자리를 찾았다. 학교에 가면 매일 두 시간씩 연기 수업을 받았고, 리허설이 있을 때는 방과 후에도 연기 연습을 했다. 우리가 배우는 교육과정에는 스타니슬랍스키, 마이클 체호프, 마이스너, 라반, 우타 하겐의 작품이 포함되어 있었다. 연기 수업에서는 과거의 경험을 통해 극 속 캐릭터의 감정에 접근하는 '정서적 기억'에 대해 배웠다. 학생들은 반복 훈련으로 자연스러움을 표현하는 법과 '연기'가 아닌 더 진짜에 가까운 감정을 표현하는 법을 연구했다. 실제 집에서 생활하는 것처럼 무대 위에서 연기할 수 있도록 사물에 감정적 의미를 '부여'하는 연습도 했다. 무거운 철문을 열고 환한 무대 조명이 비추는 먼지 가득한 무대 위에 올라서면, 나는 고등학생의 세계를 완전히 뒤로하고 어른들의 세계에서 이루어지는 어떤 중요한 예술을 창조하고 있다는 느낌을 받았다.

많은 배우가 다른 사람의 삶을 사는 데서 연기의 즐거움을 찾았다면, 나는 나 자신에 더 몰두할 기회를 얻는 데서 즐거움과 위안을 얻었다. 나는 또래 친구들, 심지어 제일 친한 친구에게도 엄마의 죽음에 대해 잘 말하지 않았다. 내가 학교에서 만나는 친구들은 가까운 사람의 죽음을 직접 경험한 적이 없었기 때문에 그런 감정을 나누기 위한 어휘를 개발할 필요가 없었다. 내가 말을 꺼내면 친구들이 불편해하는 게 눈빛에서 느껴졌다. 그건 배려심이 없어서 아니라 단지 내가 무슨 얘기를 하는지 몰랐기 때문이었을 것이다. 하지만 내가 무대 위에서 연기하는 인물들은 나보다 훨씬 힘들고 어려운 삶과 싸웠다. 여자들은 같이 사는 남자에게 구타당해 목숨을 끊었고, 부모들은 사고나 전쟁으로 자식을 잃었다. 우리는 굶주리고, 피 흘리고, 자신이 살던 곳에서 쫓겨나는, 그런 사람들의 감정을 고스란히 느껴야 했다. 내가 우리 집과 내 인생의 모든 다른 환경에서 통제하기 어려워 했던 감정들이 무대에서는 큰 자산이 되었다. 내가 무대 위에서 독백하며 처음으로 눈물을 흘렸을 때, 그리고 그런 나를 보며 같이 눈물 흘리는 친구들의 모습을 보았을 때, 나는 감정의 자유를 얻는 해답을 찾은 것 같았다. 나는 내가 아닌 다른 사람의 말을 통해서도 내가 느끼는 감정들을 전달할 수 있다는 걸 배웠다.

떠난 자리에 찾아드는 것

태어나서 줄곧 건강하기만 했던 티피는 열여섯 살이 되자 급격하게 쇠약해졌다. 뒷다리에 관절염이 생겨 제대로 걷지 못하고, 눈에는 백내장이 와서 예쁘던 오드 아이도 양쪽 다 뿌옇게 흐려졌다. 나중에는 대소변도 잘 가리지 못했다. 우리는 수의사의 제안에 따라 날짜를 선택했다. 이상하게도 우리가 선택한 날이 되자 티피의 컨디션이 좋아 보였다. 티피는 우리의 결정이 옳지 않다고 말하려는 듯 흰 꼬리를 살랑살랑 흔들었다(티피라는 이름은 끝 부분Tip만 흰색인 꼬리 때문에 짓게 된 것이다).

동물병원 대기실에는 강아지 크기별로 품종을 분류한 그림이 걸려 있었다. 아빠와 나는 그림을 보며 강아지의 품종을 맞히는 게임을 하면서 장난을 쳤다. 차에 탔을 때부터 줄곧 울던 새엄마가 그런 우리를 보고 경악하는 바람에 아빠와 나는 입을 다물어야 했다. 티피에 대한 새엄마의 슬픔이 너무 많은 공간을 차지하는 게 답답하게 느껴졌다. 아빠나 나는 새엄마와는 달랐다. 이유는 설명할 수 없지만 눈물로는 마음을 표현하기에 부족한 것 같았다. 우리 집에는 여러 동물이 살았다. 데이비 이후 또 다른 앵무새도 있었고, 부끄럽지만 내가 제대로 돌보지 못한 햄스터도 있었다. 그렇지만 티피는 언제나 우리 곁에 있었다. 티피가 없었던 순간은 기억조차 나지 않았다.

나는 철제 테이블 위에 누워 있는 티피의 까만 털 위로 내 손을 올려두었다. 육체에서 생명이 분리되는 순간을 바로 옆에서 지켜보는 건 처음이었다. '티피는 이제 죽는 게 어떤 건지 알게 되겠구나.' 눈을 감고 죽음에 대해, 데이비와 리즈 할머니, 엄마가 있는 곳은 어떤 곳인지 대해 조금이라도 엿볼 수 있길 기대했다. 그렇지만 주삿바늘이 티피의 발에 꽂혔을 때 작은 떨림만 느껴졌을 뿐 아무런 느낌도 들지 않았다.

다음 날 오빠에게 전화를 걸어 티피가 하늘나라로 갔다는 말을 전해주었다.

"아…" 오빠는 오랜 친구를 잃은 것에 대한 슬픔과 고마움, 받아들임이 뒤섞인 감정을 짧은 탄식으로 대신했다. 그리고 덧붙였다. "그웨니, 나도 해줄 말이 있어."

언젠가 오빠는 나 때문에 화가 나서 내 방에 대고 화풀이를 한 적이 있다. 오빠가 열두 살 때쯤 내가 오빠에게 정말말도 안 되는 짓을 저질렀지만 그게 뭐였는지는 잊어버렸다. 수영장에서 놀다가 허리에 수건을 감고 젖은 몸으로 방에 들어섰는데 뭔가 이상한 느낌이 들어 멈칫했다. 책장 아래 책 몇 권이 떨어져 있었고, 침대 커버는 뒤로 젖혀져 있었다. 흔들의자도 뒤집혀 있었지만 의자 위에 놓여 있던 인형은 손댄 흔적 없이 그대로였다. 마치 아주 작은 지진이 물건몇 개만 떨어뜨리고 지나간 것 같았다. 나는 어리둥절한 얼굴로 다시 수영장으로 갔다. 오빠는 수영장 깊은 쪽에서 물속을 오르락내리락하고 있었다.

"오빠 혹시 내 방에 갔었어?"

"미안해." 오빠는 곧바로 그렇게 대답하더니 사다리 쪽으로 첨벙첨벙 헤엄쳤다. "지금 다시 다 제자리에 놓을게."

잭은 그 이야기를 듣더니 잭도 누나들이 있어서 그런지내 이야기가 재밌다고 웃어댔다. 그 후로 나는 오빠와 나 사이의 역동적 관계를 설명하고 싶을 때마다 그 이야기를 했다. 어떤 버전에서는 오빠의 참을성과 내 변덕스러움이 강조되었고, 또 다른 버전에서는 오빠의 사회적 불안감에 관한 이야기, 자신의 화나 불만을 표현하기 어려워하고 주장을 내세우기 힘들어하는 오빠의 성격에 관한 이야기가 되었다. 두 가지 버전 모두 사실이었지만, 내가 그 이야기를 그렇게 자주 꺼내는 진짜 이유는 따로 있었다. 사실은 그 일을 떠올릴 때마다 너무 마음이 아파 주저앉아 울고 싶을 만큼 오빠에 대한 애틋한 그리움이 되살아났다. 그 이야기의 본질은 내게 오빠가 얼마나 소중한 존재인지, 오빠가 얼마나 특별한 사람인지, 내가 왜 온 힘을 다해 세상으로부터 오빠를 지켜주고 싶은지에 관한 것이었다.

오빠는 스물두 살로 대학교 4학년이었고, 오빠보다 한 살 많은 여자친구 샐리는 한해 전 대학교를 졸업한 상태였다. 오빠는 샐리가 임신을 했다고 말했다. 그때는 몰랐지만 쌍둥이였다.

오빠가 전화기 너머로 "콘돔이 찢어져서" "사후 피임약" "샐리의 선택"과 같은 말들을 할 때, 내 머릿속에는 미안해하는 얼굴로 흔들의자를 바로 세우고 의자에 인형을 다시 앉히던 열두 살의 오빠가 떠올랐다. 기억 속의 소년은 너무 어리기만 했는데, 나와 통화 중인 남자와 10년밖에 차이가 나지 않았다. 앞으로 어떤 일이 벌어질지 생각하니 깊은 곳에서 두려움이 밀려왔다. 오빠가 하는 말들은, 오빠가 졸업한 후에도 캘리포니아로 돌아오지 않을 수 있다는 걸 의미했다. 샐리의 가족은 노스캐롤라이나에 살고 있었기 때문에 오빠가 동부로 아주 떠날 가능성이 높았다. 나는 차창에 머리를 기댔다. 내가 사랑하는 사람은 모두 나를 버리고 떠나는 것 같아 말로 표현할 길 없이 외로워졌다. 그것은 나와 시간과의 오랜 싸움이었다. 세상은 내가 아무리 빌어도 가만히 기다려주지 않았다.

"부탁이 있어." 전화기 너머로 오빠가 말했다.

"말해, 뭐든지."

"내 방에 가서 상자를 열어보면 약혼반지가 들어 있는 상자가 있을 거야. 그걸 찾아서 그 반지가 괜찮은 반지인지 좀 봐줘."

오빠의 상자는 오빠가 대학 시절을 보내는 내내 오빠 방에 그대로 있었다. 오빠는 여름 방학이나 크리스마스에 집에 올 때면 상자를 열어보았지만 어떤 때는 아예 상자가 없는 것처럼 굴었다. 오빠는 나만큼 상자가 필요해 보이지 않았다. 어쩌면 오빠는 엄마가 살아 있을 때 나보다 더 많은 것을 받았는지도 모른다. 오빠와 나는 상자 속의 선물과 편지들에 대해 서로 이야기를 나눈 적이 없었다. 나는 상자에 대해 누구와도 잘 이야기하지 않았는데, 내게는 그 편지와 선물들이 아주 사적인 물건이었고, 오빠는 원래부터 자기 얘기를 잘 하지 않는 사람이라 별로 말하고 싶어 하지 않을 거라고 혼자 생각했다. 오빠가 남아메리카로 떠나기 전에 오빠에게 열여덟 번째 생일 선물을 가져가라고 했던 때를 빼면, 오빠의 상자 안을 본 적이 없었다. 그래서 오빠의 허락을 받았지만 방에 들어가 그 고리버들 상자를 열 생각을 하니 묘하게 마음이 두근거렸다.

오빠의 상자 속 내용물은 내 것보다 좀 적었지만(오빠는 지나간 생일이 나보다 더 많았으니까), 그 안에 남아 있는 포장물들은 내 것과 거의 같아 보였다. 리본이 묶인 알록달록한 색깔의 작은 상자들이 있었고, 각각의 상자에는 흰 라벨이 붙어 있었다. 나는 '약혼'이라고 적힌 상자를 곧바로 발견했다.

엄마가 남긴 오빠의 약혼반지는 가운데에 동그란 다이아몬드가 박힌 얇은 금반지였다. 메모에는 그 반지가 아빠의 할머니가 물려주신 반지라고 적혀 있었다. 나는 핸드폰으로 사진을 찍어 오빠에게 전송하며 메시지를 적어 보냈다. "괜찮은 반지임!"

고등학교 졸업식 날 아침엔 누군가 내 팔다리에 모래를 가득 채워 놓은 기분이었다. 모든 게 끝난 것 같았다. 몇 달 후면 사랑하는 친구들이 대학 진학을 위해 가을 낙엽처럼 모두 멀리 흩어져야 했기 때문이다. 잭은 스탠퍼드대학에 입학 허가를 일찌감치 받아둔 상태였고, 나는 동부로 향할 예정이었다.

지난해 가을, 나는 대학 선발 과정 내내 몽유병 환자처럼 걸어 다니며 아무 숫자도 없는 과녁에 다트를 날리듯 이

곳저곳 입학 지원서를 보냈다. 어느 학교에 가고 싶은지 알수 없었다. 사실은 어디에도 가고 싶지 않았다. 한때 우리집에서 느꼈던 모든 애정이 내가 사는 도시로 옮겨져 계속이곳에 머무르고 싶을 뿐이었다. 성적 증명서를 요청하고대학 지원서를 쓰고 재정 서류를 작성하는 내내 끔찍한 상실감에 시달렸다. 미국 대학 시스템을 잘 몰랐던 아빠는 나를 거의 방치하다시피 했고, 내 교육을 중요하게 생각했던부모님의 친구 중 한 분의 도움이 없었다면 나는 어디에도지원하지 못했을 것이다. 나는 특별한 이유 없이 보스턴에있는 작은 인문 대학인 터프츠대학으로 마음을 정했다. 그학교에 가겠다고 이메일을 쓸 때 악몽에서 깨어나 또 다른악몽을 꾸는 것처럼, 잠옷을 입고 번잡한 거리 한복판에 서있는 것 같았다.

나는 몸을 굴려 침대를 빠져나와 네 발로 상자 앞까지기어갔다. 황동 손잡이를 잡고 상자를 잡아당겨 책상다리를하고 앉았다. 이제 상자를 여는 건 생일 촛불을 켜고 트리를장식하는 일처럼 익숙했다. 걸쇠 두 개를 한 번에 뒤로 젖힐때 나는 달그락거리는 쇳소리를 즐겼다. 상자에 남은 내용물이 줄어드니 그 소리가 더 크게 들렸다. 돔형의 양쪽 뚜껑을 들어 올리면 판지 필름의 가장자리가 서로 달라붙어 있다가 쩍 소리를 내며 떨어졌다. 그러면 쇠로 된 경첩 두 개가 조용히 펼쳐지며 뚜껑이 열렸다.

이제 상자에 남은 것들은 서로 크기가 잘 들어맞지 않았다. 검은 스케치북 아래에 작은 상자 몇 개가 옆으로 쓰러져 있었다. 리본이 납작해지고, 꼬리표 몇 개는 약간 구부러졌다. '고등학교 졸업식'이라고 적힌 상자는 다른 상자들보다 크고 납작한 직사각형이었는데, 쇠나 판지가 아니라 파란 벨벳으로 포장되어 있었다. 나는 리본을 푼 다음 손으로 상자 겉면을 쓰다듬으며 부드러운 감촉을 느꼈다. 뚜껑을 열자 우윳빛의 아름다운 해수 진주 목걸이가 있었다.

엄마네 집에는 딸이 고등학교를 졸업하면 진주 목걸이를 선물해 주는 전통이 있었어(적어도 앙투아네트 이모는 그랬지). 그런데 엄마는 아버지의 뜻을 어기고 공립 고등학교에 다녀서인지, 아니면 졸업반을 건너뛰어서인지 진주 목걸이를 선물 받지 못했어… 그래서 경영대학원을 졸업한 뒤에 일본으로 잠깐 여행을 다녀왔을 때 거기서 산 진주를 샌프란시스코에 있는 보석상에 가져가서 목걸이로 만들었단다. 그렇게 해서 드디어 엄마에게도 졸업 목걸이가 생겼어. 엄마는 이 목걸이를 결혼식이나 너와 제이미의 세례식처럼 중요한 행사가 있을 때마다 착용하곤 했어.

사랑을 담아, 엄마가

케이스에서 진주 목걸이를 꺼내자 작은 마라카스 같은

Dearest
Gwenny,

I hope these
serve you as
well as they
have served
me.

Gwenny's
High School Graduation

소리가 났다. 나는 진주를 한 알 한 알 만지며 천천히 숨을 내뱉었다. 목걸이는 너무 예뻤지만 내게는 쓸모가 없었다. 나는 그 안에 뭐가 들어 있기를 바랐던 걸까? 집을 떠날 필요가 없는 또 다른 현실로 나를 데려다줄 비밀 통로가 있기라도 바랐던 걸까? 하지만 엄마는 내게 뭐가 필요할지 내가 알기도 전에 알고 있을 때가 많았다.

나는 엄마가 살았던 도시이자 엄마가 죽은 집에 앉아 있었다. 엄마가 어릴 때 살았던 집에서 엄마가 다닌 초등학교, 엄마가 다닌 중학교, 엄마가 다닌 고등학교를 거쳐 엄마가 묻힌 곳까지는 내가 사는 도시의 40블록 안에 다 들어 있었다. 그 안에 내 삶이 녹아 있는 것처럼 엄마의 삶도 녹아 있었다. 하지만 엄마는 열일곱 살에 집을 떠나고 싶어 했고, 고등학교 졸업장을 받기도 전에 모험의 기회를 붙들었다. 그리고 스스로 삶의 범위를 넓혔고, 나중에는 아이를 낳아 기르기 위해 다시 고향으로 돌아왔다. 나는 그 과정을 모두 건너뛰고 내가 있는 곳에 그냥 머물러 있고 싶었다. 나는 엄마의 졸업 선물이 내가 그 도시에 머물 방법을 제시해 주길 기대했지만, 엄마는 '엄마가' 내 나이 때 갖고 싶었던 것, 또 다른 삶을 향해 나아갈 준비가 되었다는 공식적인 인정과도 같은 그 진주 목걸이를 내게 주었다.

졸업식은 오후에 시작했다. 나는 오전 내내 환상의 6인조와 서로의 졸업 앨범에 메모를 남기고, 여름 계획을 세웠다. 점심에는 차를 몰고 멕시칸 레스토랑에 가서 4인용 좌석에 여섯 명이 끼어 앉았다. 우리는 그린 살사, 레드 살사, 아주 매운 살사, 피코 데 가요pico de gallo 등 여러 종류의 살사 소스를 주문해 테이블 위에 나란히 올려놓고 나초도 주문했다. 마거릿과 에리카는 부리토를 나눠 먹었고, 프리지아는 오르차타를 마셨다. 우리가 그곳에서 백 번도 넘게 먹은 메뉴였다. 나는 친구들을 테이블에 앉혀 두고 아무도 일어나지 못하게 하고 싶었다. 그날 졸업 가운 안에 입을 옷으로 골라둔 파란색 끈 드레스 위로 떨어진 살사 소스 얼룩은 꼭 어떤 일은 피할 수 없다는 걸 내게 가르쳐주기라도 하듯 아무리 지워도 지워지지 않았다.

졸업반 학생들 500명은 햇볕이 내리쬐는 축구장에 줄지어 놓인 검은색 접이식 의자에 앉았다. 나와 친구들은 알파벳 순으로 흩어져서 멀리 떨어져 앉았다. 우리 학교의 전통에 따라 몇몇 학생이 입으로 부는 비치볼을 졸업 가운 안에 숨기고 있다가 공기를 불어서 머리 위로 날리기 시작했다. 비치볼이 하나씩 나타날 때마다 교감 선생님이 운동장으로 뛰어나와 공을 압수해 갔다. 공 하나가 사라지면 또 다른 공이 떠올랐다.

언젠가 진주가 사람 몸에서 유분을 흡수해 더 단단해진

다는 말을 들은 적이 있다. 그래서 오래 착용하지 않으면 진주가 점점 건조해져서 나중에는 쉽게 깨지거나 부서질 수 있다고 했다. 나는 엄마의 진주 목걸이를 목에 걸고서 매끈한 진주알들을 손가락으로 하나하나 매만졌다. 그 이야기가 사실이라면, 엄마가 그 목걸이를 착용할 때마다 진주들이 아주 조금씩 엄마를 흡수했을 것이다. 엄마는 자신의 졸업식엔 참석하진 못했지만, 친구들과 운동장에 앉아 비치볼을 치며 교장 선생님의 지루한 연설을 들은 적은 없었지만, 진주 목걸이 안에 깃든 아주 작은 엄마의 향수로 나와 함께 그 자리에 참석했다. 나는 내 이름을 듣고 인공 잔디가 깔린 운동장을 걸어 나가 똑같이 생긴 500개의 원형 통에서 교장 선생님이 꺼내주는 두루마리 형태의 졸업 증서를 건네받았다. 앞으로 걸어가는 동안 흑백 사진 속 소녀가 나와 함께 걸어가는 모습을, 37년이 지나버렸지만 유년 시절이 끝나는 소중한 순간을 나와 함께하는 엄마를 마음속으로 그려보았다.

새로운 날들을 위한 기도

그해 여름, 오빠는 노스캐롤라이나주 더럼에서 결혼식을 올렸다. 신부 측 들러리들과 나는 빨간 드레스를 입었다. 결혼식은 야외에서 진행되었는데, 신부 입장을 기다리며 거베라꽃으로 만든 부케를 들고 잔디밭에 서 있는 동안 계속 발목을 무는 모기들과 씨름을 해야 했다. 우리를 향해 걸어 들어오는 신부는 정말 아름다웠고 배가 많이 불러 있었다.

피로연의 식사 메뉴는 바비큐였다. 그날만큼은 특별히 허락된 샴페인을 들고 테이블 사이를 돌아다녔다. 오빠 인생의 다음 장을 축하하기 위해 엄마 쪽의 대가족과 아빠 쪽의 몇몇 친척이 그 자리에 모였다. 엄마와 관련된 사람이 많아서 그런지, 많은 사람들 사이 어딘가에서 음식을 준비하거나 무대 뒤에서 음악을 세팅하며 함께하는 엄마의 모습을 상상하기가 쉬웠다.

나는 어렸을 때 집을 떠나 다른 곳에서 자는 걸 너무 두려워한 나머지 여름 캠프는 갈 엄두도 내지 못했다. 심지어 낮 동안만 진행하고 밤이 되면 집에 보내주는 캠프에도 가지 못했다. 엄마는 그런 나를 위해 우리 집 뒷마당에서 여름 캠프를 열어주곤 했다. 캠프의 이름은 '포켓 스쿨Pocket School' 이었다. 엄마는 동네 부모들 몇몇을 설득해서 매일 우리 집에 아이들을 보내게 했고, 그들이 준 돈으로 광대와 생태 교육자, 동화 구연가를 고용했다. 링링 브라더스에서 일한 경험이 있는 '후플라'라는 광대는 페이스 페인팅과 저글링, 죽마 타는 법을 가르쳐주었다. 생태 교육자는 식물과 새들의 이름을 알려주었고, 마린 헤드랜즈 공원으로 현장 학습을 떠나 나무와 암석을 살펴볼 수 있게 해주었다. 동화 구연가는 역사와 고대 신화에 관한 이야기를 들려주었다.

한번은 엄마가 연극 선생님을 고용한 적이 있었다. 그 선생님은 자신들이 아주 똑똑하다고 믿는 바보들이 사는 마을에 관한 이야기인 『바보들의 나라, 켈름The Fools of Chelm』이라는 이디시어(유대인들이 쓰는 언어의 하나-옮긴이) 민담집을 바탕으로 간단한 대본을 써서 연극을 지도했다. 여름이 끝날 무렵에 우리 집 뒷마당에 아이들의 가족과 친구들로 서른 명 남짓한 사람들이 공연을 보기 위해 모였다. 누군가가 엉성한 솜씨로 홈비디오를 찍었는데, 그 비디오에서 엄마는 화면 오른쪽 아래에 등장한다. 하늘색 리넨 원피스와 그 원피스에 어울리는 반소매 조끼를 입고 관객들 제일 뒤에 서서 무대를 지켜보고 있었다.

무대에 선 열두 살의 제이미 오빠는 요셀이라는 청년을 연기하며 사랑하는 여자와 대화하는 방법에 대해 극 중 어머니에게 조언을 구했다.

"아들아, 그건 아주 간단하단다." 요셀의 어머니를 연기한 내 친구 엘라가 나이 든 사람처럼 떨리는 목소리로 말했다. "먼저 사랑에 대해 이야기하고, 그다음 가족에 대해 이야기하고, 마지막에 약간의 철학적인 내용으로 마무리하면 된단다."

다음 장면에서 오빠가 벤치에 앉아 어머니의 조언대로 자신이 사랑하는 여인인 소셀과 대화를 나누었다.

"음, 소셀. 그대는 국수를 좋아하시오?" 오빠가 말했다.

"네. 전 국수를 좋아해요." 소셀이 답했다.

"그렇다면 소셀, 당신에겐 남동생이 있소?"

"아니요. 제겐 남동생이 없어요."

이때 오빠가 자리에서 일어나 관객들을 향해 혼잣말을 했다. "이거 생각보다 쉬운걸! 사랑과 가족에 대해 이미 이야기했으니, 이제 약간의 철학적인 말만 곁들이면 되겠군."

오빠는 소셀 옆에 다시 앉아 이렇게 말했다. "그렇다면 소셀, 만약 그대에게 남동생이 있다면, 그가 국수를 좋아했겠소?"

관객들은 그 장면에서 웃음을 터뜨렸고, 엄마도 열두 살의 오빠가 누군가에게 청혼하는 장면을 지켜보면서 사람들과 함께 소리 내어 웃고 박수를 보냈다. 나는 그 비디오를 볼 때마다 엄마 뒤로 보이는 우리 집 어딘가에는 이미 엄마가 준비해 둔 오빠의 다이아몬드 약혼반지가 있다는 사실을 떠올리며 감탄한다.

오빠가 웨딩 케이크를 자르는 모습을 지켜보면서 나는 오빠가 앞으로 걸어갈 길이 수월했으면 좋겠다고 기도하며 내가 도울 수 있는 일이 있으면 뭐든 돕겠다고 다짐했다. 내가 스물두 살에 쌍둥이를 낳아 기르는 모습은 상상도 할 수 없었다. 그 자리에 모인 모든 사람이 오빠를 응원하고 격려해 줄 거란 건 알았지만 그래도 여전히 오빠가 걱정스러웠다. 오빠에게 앞으로 좋은 일만 생기기를. 나는 그 순간 엄마가 상자들을 준비하며 느꼈을 감정이, 자식을 지켜주고 아껴주고 싶은 강렬한 소망이 조금이나마 이해가 되었다.

여름이 저물어갈 무렵, 라디오에서 오거스태나의 노래 〈보스턴〉이 계속 흘러나왔다. 그때마다 나는 얼른 주파수를 바꾸느라 식은땀을 흘렸다. '나는 보스턴으로 갈 테야.' '새로운 삶을 시작할 거야. 아무도 나를 모르는 곳에서.' 라디오에서 흘러나오는 노래가 나를 조롱하는 것 같았다. 여름은 순식간에 지나갔다.

8월의 마지막 주, 환상의 6인조는 보데가 베이에 있는 해변 별장을 빌려 긴 주말 연휴를 함께 보냈다. 바다 옆이라 공기 중에 소금기가 많아서인지 나무로 된 별장의 벽들이 잿빛으로 바래 있었다. 집 안에는 식수와 단열재도 없었고, 유일한 난방 장치인 장작 난로 하나만 있었다. 북부 캘리포니아의 저녁은 8월에도 날씨가 제법 쌀쌀했기에 아침마다 잠옷 차림으로 벌벌 떨며 일어나 꺼져가는 장작에 다시 불을 붙여야 했다.

오전에는 안개 긴 해변에 나가 차가운 태평양 바닷물에 발을 담그고 천천히 오랫동안 걸었다. 간단한 요리를 해 먹었고, 낡은 오븐으로 집을 태워 먹지 않으려고 조심했다. 매일 늦게 자고 늦게 일어나면서 중간중간 낮잠을 잤다. 방은 창이 통유리로 되어 있어 해가 뜨면 온실처럼 따뜻해졌다. 우리는 앞으로 매년 한 번은 이곳에 오자고 약속했다.

나는 공책 한 장을 찢어내 그때 우리에게 있었던 일들을 자세히 기록했다. 우리가 사귀는 사람의 이름과 우리가 갈 대학의 이름도 적어 넣었다. 친구들이 그릇을 씻고 쓰레기를 버리는 동안 나는 마지막 문장을 썼고, 모두 식탁에 둘러앉았을 때 내가 쓴 글을 읽어주었다.

"이렇게 하면 나중에도 기억할 수 있을 거야." 내가 말했다. "매년 이렇게 글을 써서 남기자. 안 그러면 기억이 다 흐려질 테니까."

우리는 종이를 돌돌 말아 빈 파스타 소스병에 넣은 다음 별장 앞 울타리 밑에 묻었다. 그리고 내년에 와서 그 병을 다시 파내기로 약속했다.

우리 중에서 제일 먼저 떠난 친구는 프리지아였다. 프리지아는 뉴욕에 있는 학교에 입학할 예정이었고, 우리는 프리지아가 부모님과 공항으로 출발하기 전에 프리지아의 집에 모여 작별 인사를 나누었다. 부모님이 차에 짐을 모두 싣고 떠날 준비를 끝냈을 때, 갑자기 프리지아가 길 쪽으로 뛰쳐나갔다. 우리 다섯 명은 흩어져 프리지아를 쫓아갔고, 큰 길과 작은 길이 만나는 길모퉁이에서 프리지아를 따라잡았다.

"가기 싫어!" 프리지아가 울며 말했다.

프리지아의 진심이 내겐 위로가 되었다. 정말로 우리가 헤어져야 하는 순간이 왔을 때 나만 도망가고 싶었던 게 아니었다는 생각에. 우리는 서로의 어깨를 감싸 안고 골목을 되돌아 프리지아를 다시 집까지 데려다주었다. 프리지아를 차에 태울 땐 어쩐지 배신자가 된 기분이었다. 나는 프리지아에게 그렇게 가고 싶지 않으면 가지 않아도 된다고, 나와 같이 도망가서 숨어 있자고 말해주고 싶었다. 우리 다섯은 길가에 서서 프리지아가 시야에서 사라질 때까지 손을 흔들었다. 며칠 뒤 에리카와 에마도 남부 캘리포니아에 있는 학교로 떠났다. 마거릿은 지역전문대학에 다니다가 다른 학교로 편입할 예정이라 계속 남아 있었고, 스탠퍼드로 향하는 잭은 제일 마지막에 떠났다.

　내가 떠나는 날에는 잭이 공항까지 바래다주었다. 아빠에게는 오지 말아달라고 부탁했다. 아빠가 있으면 비행기를 못 탈 것 같아서였다. 잭은 내가 토할 수 있게 고속도로에서 두 번이나 차를 세워주었다. 공항에 도착해 터미널로 걸어가는 몸이 내 몸이 아닌 것 같았다. 가방을 들고 있는 팔과 유리문을 향해 걸어가고 있는 다리가 마치 다른 사람의 팔다리처럼 느껴졌다. 터미널 안으로 들어가기 직전에 마지막으로 잭을 한 번 더 안아주려고 뒤돌아보았더니 잭의 얼굴도 눈물로 젖어 있었다. 잭이 말했다. 모두 괜찮을 거라고. 나는 그 말을 믿고 싶었다.

　10대 초반에 즐겨 읽던 책 한 권을 들고 비행기에 올라 마음을 안정시켰다. 처음 두 시간은 무난하게 흘러갔는데 네브래스카 상공 어딘가를 지날 때쯤 갑자기 숨이 똑바로 쉬어지지 않았다.

　처음에는 폐를 들락날락하는 거친 숨소리를 숨겨보려고 손에 들고 있던 두꺼운 책을 얼굴로 가까이, 더 가까이 끌어당겼다. 그러다 어느 순간 옛날에 우리 집에 살았던 데이비가 괴로워하며 냈던 소리처럼 끽끽거리는 소리가 입 밖으로 새어 나왔다. 옆자리에 앉은 여자가 나를 보며 괜찮은지 물어보았고, 나는 대답을 할 수 없어 고개만 끄덕였다. 눈물이 팔과 가슴, 무릎 위로 여기저기 떨어졌다. 나는 몸을 창가로 최대한 밀착시키고 내 안에서 터져 나오는 것들을 막아보려고 안간힘을 썼다. 결국 옆 사람이 호출 버튼을 눌렀고, 잠시 후 승무원이 찾아왔다.

"이 아가씨가 힘들어 보여서 그런데 물 좀 갖다주시겠어요?" 옆 좌석 여자가 부탁하자 승무원은 그러겠다고 하고 나를 보며 더 필요한 게 없는지, 먹는 약이 있는지 물어보았다.

나는 일련의 손짓으로 괜찮다고, 그리고 금방 가라앉을 거라는 의사를 전달해 보려고 노력했지만 사실은 진짜 괜찮은지, 혹은 진짜 금방 가라앉을지 어떨지조차 전혀 감이 잡히지 않았다. 하지만 사람들의 동정과 도움을 받기에는 너무 창피하고 자존심이 상했다. 나는 열여덟 살이었고 대학 입학을 위해 집을 떠나는 길이었는데 갑자기 여덟 살 때로, 베카의 침실 바닥에 누워 아빠가 데리러오기만을 기다렸던 때로 돌아간 기분이었다.

보스턴에 도착하기 전 마지막 세 시간은 조금씩 물을 마시면서 창밖을 보며 호흡을 안정시키려고 노력했다. 머릿속에서 천천히 한 가지 생각이 떠올랐다. 해결책은 간단했다. 대학에 가지 않는 것이다. 왜 그랬는지는 모르겠지만 한 번도 떠오른 적이 없던 답이었다. 대학은 교정 장치나 예방 주사처럼 하기 싫어도 해야 하는 것, 가기 싫어도 가야 하는 곳으로만 생각했다. 대학에 가지 않겠다는 생각이 땅처럼 단단하게 굳어져갔다.

나는 로건 공항에 내리자마자 집으로 전화를 걸었다.

"비행은 어땠어?" 대륙 하나만큼 멀리 떨어진 곳에서 아빠가 물었다.

나는 대학에 가지 않겠다고 말했고, 아빠는 그럴 수 없다고 맞섰다.

"우선 나가서 존 아저씨를 찾아." 아빠가 말했다. "오늘은 존 아저씨네 집에 가서 쉬고, 나중에 다시 이야기하자."

존 아저씨는 엄마가 경영대학원에 다닐 때 알게 된 엄마의 절친이자 오빠의 대부였는데, 아빠의 부탁으로 그날 저녁에 나를 아저씨네 집으로 데려가주도록 얘기가 되어 있었다. 존 아저씨는 키가 크고 건장한 체격에 머리숱이 얼마 없는, 선한 인상의 얼굴이었다. 나는 공항에서 아저씨를 금방 알아보았고, 아저씨가 커다란 팔로 나를 안아주며 맞아주었다. 아저씨에게도 네 명의 자녀가 있었고 그중 두 명이 딸이었다.

"보스턴에 온 걸 환영한다, 그웨니!" 아저씨의 말을 듣자 왈칵 눈물이 쏟아졌다.

아저씨와 함께 간 햄버거 가게에서 나는 프렌치프라이 몇 조각만 겨우 삼켰다. 샌프란시스코 공항으로 가는 고속도로 어딘가에 내 위장을 버려두고 온 것 같았다.

나는 생각하고 있던 말들을 아저씨에게 쏟아냈다. 아저씨는 이야기를 다 들은 뒤 이렇게 말했다. "음, 캘리포니아로 돌아가는 티켓을 구하려면 아마 하루 이틀은 걸릴 거야. 그러니 오늘 밤은 우리 집에 가고, 내일 아저씨가 학교에 데려다주면 어떨까? 가서 캠퍼스를 한 번 둘러보는 거야. 그냥 어떤지만 한번 보자고."

어떤지만 한번 보자…

여섯 살 때 가족과 함께 타호 호수로 스키 여행을 간 적이 있었다. 아빠는 스키 강습에 나를 등록해 주고 오빠와 스키를 타러 갔다. 엄마는 같이 오지 않았다. 나는 스키 강사와 내가 모르는 아이들만 있는 곳에 혼자 있고 싶지 않다며 아빠에게 매달렸다.

"오전만 있어보는 건 어때?" 아빠가 나를 달랬다. "점심 때 네가 괜찮은지 아빠가 보러 올게. 그냥 어떤지만 한번 보자고."

나는 오전 내내 수없이 눈 위로 넘어지며 지그재그로 스키 타는 법을 배웠고, 점심시간이 되어 두꺼운 파카를 벗고 만화책이 있는 곳에서 치즈 샌드위치와 쫀득쫀득한 과일 맛 사탕을 먹었다. 나는 줄곧 아빠가 오기를 기다리며 출입문 쪽을 계속 돌아보았지만 아빠는 끝내 나타나지 않았다.

점심시간이 끝나고 모두 밖으로 나갈 준비를 할 때 강사에게 가서 나는 오전에만 수업을 받기로 되어 있고, 아빠가 곧 데리러올 거라고 말했다. "아빠한테 전화 좀 해주세요. 아빠가 시간을 잊으신 거 같아요."

강사는 아빠가 슬로프 위에 있으면 연락할 방법이 없다고 차분하게 설명해 주었다. 1995년이었으니까, 그때는 그랬다.

다른 아이들은 모두 밖으로 나가는데 나는 혹시 내가 나간 다음에 아빠가 올까 봐 나가지 않겠다고 고집을 부렸다. 그래서 다른 강사가 오후 내내 아빠를 기다리는 내 옆에 앉아 함께 기다려주었다. 마침내 아빠가 나타났을 때 나는 아빠에게 뛰어들었다.

"왜 이제 왔어요?" 나는 아빠의 어깨에 얼굴을 묻고 통곡했다.

"왔었어. 진짜야." 아빠가 나를 달랬다. "점심때 와서 너를 살짝 봤는데, 네가 잘 있는 것 같아서 아빠가 다시 간 거야."

그날 밤, 존 아저씨네 막내딸의 침대에 누워 뜬눈으로 밤을 지새웠다. 어떻게 터프츠대학에 가겠다는 결정을 내리게 되었는지 처음부터 되짚어보았다. 내가 아닌 다른 사람이 한 일 같았다. 마치 운전대 앞에서 깜빡 졸다가 눈을 떠

보니 내가 가던 길에서 갑자기 수천 킬로미터 떨어진 길에 놓인 기분이었다.

"이건 내 길이 아니야." 나는 그 말을 몇 번이고 되뇌었다.

그냥 남들처럼 선택했다면 모든 게 훨씬 쉬웠을 텐데. 문제는 터프츠대학이나 보스턴이 아니라, 다른 길을 생각할 상상력이 부족해서 내가 생각하는 가장 끔찍한 상황으로(집에서 이렇게 멀리 떨어진 곳으로 가는 상황으로) 스스로를 몰고 갔다는 게 문제였다.

내가 누워 있는 방, 내 또래 여자애가 지냈던 그 방을 둘러보았다. 거울에는 친구들의 사진이 붙어 있었고, 책장 모퉁이에는 말린 꽃다발이 걸려 있었다. 책상에는 졸업 앨범이 쌓여 있었다. 어쩌면 이 아이도 수백 킬로미터 떨어진 어느 기숙사 방에서 이 방과 이 방에 관한 추억을 떠올리며 뜬 눈으로 밤을 지새우고 있을지 몰랐다. 그래도 그 애는 새로운 삶을 찾아 집을 떠났고, 내 친구들도 그럭저럭 자기 삶을 헤쳐나가고 있었다. 다음 단계로 나아가지 못하는 사람은 나뿐인 것 같았다. 엄마는 이미 내 나이에 혼자 유럽까지 갔다고 했는데… 그때 엄마와 함께 갈 수 있었다면 얼마나 좋았을까? 나는 엄마와 내가 그리스에 있는 어느 작은 마을에서 달빛을 받으며 자갈이 깔린 길을 걷는 모습을 상상했다. 엄마와 내가 깔깔대고 웃으며 호스텔로 걸어가는 모습을, 그리고 우리 뒤를 따르는 긴 그림자를 상상해 보았다. 그날 밤은 엄마가 죽은 날보다 더 외로웠고, 내 인생의 그 어떤 순간보다 외로웠다.

다음 날 아침, 겨우겨우 샤워는 끝냈지만 머리카락을 말릴 기운이 없었다. 잠을 거의 못 잔 탓에 온몸이 무겁고 피곤했다. 누군가 내 몸에 있는 모든 기운을 쥐어짜낸 것 같았다. 존 아저씨는 나를 학교까지 태워다 주며 내게 기숙사에 가서 룸메이트를 찾아보면 어떻겠냐고 했다. 그 생각을 하니 8월 말의 눈부신 햇살 속으로 증발해 버리고 싶은 마음이 들었다.

"그웨니!" 아저씨와 에메랄드빛 잔디밭을 걷고 있는데 갑자기 넓은 잔디밭 건너편에서 누군가가 나를 향해 달려왔다. 가까이서 보니 같은 고등학교를 다닌 케이티였다.

"안녕!" 케이티가 나를 와락 안으며 말했다. "괜찮아? 너 안색이 너무 안 좋아 보여."

"그러게." 나는 아는 얼굴을 만나 반갑기도 하면서, 누구의 눈에도 띄고 싶지 않은 순간에 나를 알아보는 사람이 있는 게 불편하기도 했다.

"그웨니, 같이 가자." 케이티가 내 팔을 잡아당기며 말했다. "곧 입학식이야."

나는 케이티와 다른 신입생 1,200명과 함께 초록 등나무가 드리워진 퍼걸러 아래 앉았다. 입학 선서를 낭독할 때는 등 뒤로 검지와 중지를 꼬았다.

그날 저녁, 다시 아빠에게 전화를 걸어 집에 가는 걸 허락해달라고 말했다. 아빠의 목소리에서 실망감이 느껴졌다. 아빠의 말투는 이게 바로 지난 수년간 내가 여름 캠프와 파자마 파티를 갈 때마다 아빠가 나를 데리러오고, 나를 받아준 결과라고 말하는 것 같았다. 하지만 지금 안 된다고 할 거면 그때 단호하게 안 된다고 했어야 옳았다. 주디 선생님에게 전화할 생각은 하지 못했다. 그건 가라앉는 배 안에서 치료사에게 전화로 도와달라고 하는 것과 다를 바가 없어 보였다.

"아빠가 대학 시절 보트 레이스를 할 때, 결승선에 도착할 때쯤 되면 몸이 너무 힘들어서 기진맥진했어. 온몸이 안 아픈 데가 없고, 1분 1초도 더 버틸 수 없을 것 같았지. 그때는 모든 걸 다 포기하고 쉬고 싶다는 생각밖에 들지 않았어. 하지만 노를 계속 저었다. 안 그러면 배가 물살에 휩쓸려버리고 마니까. 아무리 힘들어도 내 앞에 있는 사람, 내 뒤에 있는 사람과 보조를 맞춰 노를 젓다 보면 배는 앞으로 나아가게 되어 있어. 다른 일도 마찬가지야. 우리는 생각보다 많은 걸 할 수 있어."

우리 집 현관에는 아빠가 상으로 받은, 동료 선수들의 이름이 새겨진 커다란 노가 걸려 있었다. 나는 아빠가 말하고자 하는 의미를 이해했지만 동시에 의아했다. 배가 올바른 길로 가고 있다는 건 어떻게 확신할 수 있을까?

"그웨니, 넌 해낼 수 있어." 아빠가 말했다. "넌 엄마의 딸이잖아."

나는 뺨을 한 대 맞은 것 같았다. 아빠가 엄마 얘기를 꺼내는 건 드문 일이었다. 재혼 이후로는 더더욱 엄마를 언급하지 않았다. 아빠가 한 말은 다른 상황에서 내가 수없이 듣고 싶었던 말이었지만 지금은 아빠가 나를 제압하기 위해 그 말을 이용하는 것 그 이상도 이하도 아니었다. 들고 있던 전화기를 툭 떨어뜨렸다. 보스턴에 온 지 이틀밖에 되지 않았는데 벌써 내가 그림자처럼 느껴졌다. 이렇게 어떻게 4년을 더 버틸 수 있을까?

존 아저씨가 옆으로 다가와 전화기를 들었다. "아저씨가 잠깐 얘기 좀 해도 될까?"

나는 멍하니 앉아 두 사람 사이에 오가는 대화의 한쪽 이야기만 들었다. 평소 부드러웠던 존 아저씨의 목소리가 점점 격앙되더니 아저씨가 단호하게 말했다. "맞아! 그웨니는 크리스티나의 딸이지. 그래서 제 엄마처럼 의지가 강한 아이야. 그리고 지금 그웨니의 의지는 지금 여기에 있지 않겠다는 거야!"

존 아저씨에게서 다시 전화기를 건네받자 아빠는 이렇게 말했다. "그웨니, 넌 이미 이번 학기 용돈으로 우리가 준 돈을 받았으니 그 돈으로 비행기표를 사고 싶다면 네 뜻대로 해. 더는 말리지 않을 테니."

아빠는 멀 오베론과 로런스 올리비에 주연의 영화 〈폭풍의 언덕〉을 좋아했다. 그 영화에는 주인공 캐서린이 폭풍우가 쏟아지는 밤에 연인 히스클리프를 잃고, 비를 맞으며 그의 이름을 외치고 다니는 장면이 있다. 영화는 두 주인공이 죽어서 함께 황야를 걸어가는 장면으로 끝난다. 아빠는 나와 한동안 떨어져 있다가 다시 만날 때면 두 팔을 활짝 벌려 "캐서린!"이라고 외치곤 했다. 그러면 나는 "히스클리프!"라고 답하며 달려가 아빠에게 안겼다.

샌프란시스코에 도착해 비행기에서 내리면서 아빠가 공항에 왔을지, 왔다면 나를 보고 뭐라고 할지 불안해졌다. 아직도 내게 화가 나 있을까? 내가 앞으로 어떻게 할지를 생각해 보는 동안 집에 있게는 해줄까? 나는 긴 에스컬레이터를 타고 내려오면서 수하물을 찾는 곳에서 기다리고 있는 사람들의 얼굴을 초조하게 바라보았다.

아빠는 나를 발견하자마자 두 팔을 활짝 벌렸다.

"캐서린!"

삶을 놓치다

집으로 돌아오고 며칠이 지나 주디 선생님의 소파에 앉아 그동안 무슨 일이 있었는지 생각해 보았다. 기억을 되살려 집으로 돌아와야만 했던 이유를 떠올려 보았지만 막상 돌아와 보니 내가 너무 바보 같았다는 생각밖에 들지 않았다. 너무 부끄럽고 막막했다. 고등학교 시절 내내 느꼈던 산타로사의 장밋빛, 미국의 한쪽 끝에서 반대쪽 끝으로 여행하는 내내 간직했던 그 빛깔도 산타로사 경계선 안으로 다시 발을 들여놓는 순간 사라지고 말았다. 함께할 친구와 학교가 없는 도시의 풍경은 텅 빈 것처럼, 아무 색깔도 없는 것처럼 느껴졌다. 내가 삶을 붙잡는 데 실패하는 바람에 삶이 나를 버리고 떠나고 말았다.

주디 선생님은 12년 만에 처음으로 내게 '우울증'이라는 단어를 썼다. 맞는 말 같았다. 아무것도 하기 싫고, 세상이 온통 흐릿해 보이고, 뼛속까지 피곤한 그런 증상들은 내가 느끼는 기분과 정확히 일치했다. 하지만 내가 왜 지금 그런 감정을 느끼는지 이해할 수 없었다. 엄마가 세상을 떠났을 때나 제이미 오빠가 떠났을 때, 아빠가 다른 사람과 재혼했을 때도 이렇게까지 우울하지는 않았다. 그런 일들을 겪었을 때 뾰족하고 강렬하고 압도되는 감정은 느꼈어도 다음날을 마주해야 한다는 암울한 공포심이 나를 덮친 건 처음이었다.

처음 몇 주는 집에서 마음을 추스르면서 일상을 되찾기위해 발버둥 쳤다. 아는 사람은 되도록 피해 다녔다. 왜 아직 집에 있는지 이유를 설명하기가 부끄러웠다. 규칙적으로 만나는 사람은 주디 선생님밖에 없었다. 생각해 보니 매주 주디 선생님을 만나 엄마 이야기만 하고 있었다. 예전에는 엄마의 투병 생활을 생각했을 때 내 관점에서만 생각했는데, 집에 돌아오고 몇 달 동안은 처음으로 '엄마'의 관점에서 죽어가는 삶이 어땠을지가 너무 궁금했다. 오빠와 함께 본 영상으로 엄마의 마음을 조금은 더 이해하게 되었지만, 어린 두 자식을 남겨두고 죽음을 맞는 기분이 어땠을지 생각해 보려 노력했다. 주변 사람은 모두 살아 있는데 혼자 죽어가는 삶은 얼마나 외로웠을까?

잭과는 10월에 헤어졌다. 잭과 떨어져 있는 게 싫었지만 터프츠대학에서 도망쳐왔다는 사실이 너무 부끄러워 스탠퍼드에 있는 잭을 만나러 갈 수가 없었다. 잭은 나를 설득하려 들지 않았다. 잭 역시 새로운 정체성을 쌓는 시기를 보내고 있었기 때문에 대학 생활과 고등학교 때 여자친구, 양쪽을 다 생각하기가 어려웠을 것이다. 1년이 되지 않아 잭은 게이로 커밍아웃했다. 처음에는 그 소식을 듣고 너무 놀랐지만 결국 우리가 헤어진 연인에서 평생의 친구로 발전하는 계기가 되었다. 잭과 헤어지는 일은 나를 정상 상태로 묶어두는 끈을 하나 더 끊어내는 것과 같았다. 나에게는 학교 수업도, 직업도, 남자친구도 없었고, 친구들은 대부분 멀리 떨어져 있었다. 바다에 혼자 표류하는 기분이었다.

하지만 머물 곳은 있었다. 아빠와 새엄마가 내 방을 계속 쓰게 해주면서 방세도 받지 않았고, 식료품 목록에 내가 원하는 게 있으면 뭐든 추가할 수 있게 해주었다. 하지만 쫓겨난다고 해도 기꺼이 도와줄 사람들이 많다는 걸 알았다. 그들이 없었다면 나도 내가 어떻게 됐을지 모르겠다.

집에 돌아온 지 6주가 지났을 때, 고등학교 때 연극 선생님과 다시 연락이 닿았다. 선생님은 아내가 시내 극장에서 〈분노의 포도〉를 연출하고 있는데 내가 합류할 자리가 있을 것 같다고 알려주었다. 보수가 없는 일이었지만 적어도 매일 집 밖으로 나갈 수는 있었다. 저녁에 극장에 가보니 리허설이 한창 진행 중이었다. 그 공연은 출연 배우가 많았는데, 몇몇은 내가 어릴 때부터 지역 극장에서 공연하는 모습을 보고 자란 아는 얼굴들이었다. 친숙한 조명과 친숙한 소리, 친숙한 냄새로 가득한 극장 안에 있으니 기분이 조금 나아지면서 내 안에 뭔가가 안정되는 느낌이 들었다. 존 스타인벡의 작품은 읽은 적이 없었지만 그 후 몇 주 동안 프랭크 갈라티의 각색된 무대를 지켜보며 대본의 힘이 정말 대단하다는 걸 느꼈다. 세트 디자인에는 무대 폭만큼 길이가 긴 강도 있었다. 기다란 홈통에 배우들의 몸이 푹 잠길 만큼의 물이 가득 채워져 있었는데, 배우가 물에 풍덩 빠질 때 첫 번째 줄 객석까지 물이 튀는 연출은 보기에도 정말 멋졌다.

나는 대사는 없었지만 거의 공연 내내 무대 위에 있는 역할이었다. 다른 배우들이 무대 앞에서 연기할 때 나는 무대 뒤에 놓인 천막이나 모닥불 옆에 앉아 있었고, 사람들과 스퀘어 댄스를 추거나 먼지 자욱한 길가에 서서 불쌍한 사람을 연기했다. 그런 역할 덕분에 나는 이야기의 흐름을 방해하지 않으면서도 인물에 구체성과 생명력을 불어넣는 법을 배울 수 있었다.

〈분노의 포도〉가 끝나자 다시 할 일이 없어졌다. 사무 보조나 판매 보조 일 같은 아르바이트도 찾아보았지만 보스턴에서 돌아온 후로 내가 완전히 실패자처럼 느껴지지 않은 시간은 극장에서 공연이 무대에 올라가는 것을 지켜볼 때뿐이었다. 나는 차로 30분 거리에 있는 극장들을 찾아 목록을 만들어 예정된 오디션들을 찾아보았다. 그때는 이미 늦가을이라 다음 오디션은 세바스토폴의 한 극장에서 매년 상영되는 〈크리스마스 캐럴〉이라는 작품밖에 없어서 그곳을 찾아가 오디션을 보았다.

〈크리스마스 캐럴〉의 배우들은 모두 낮에 일을 해서 리허설은 저녁에만 했다. 나는 아침에 일어나 극장에 가기까지 중간에 비어 있는 여덟 시간을 채울 일이 필요했다. 그리고 공연이 끝나면 받기로 되어 있는 300달러 말고도 돈이 더 필요했다. 다행히 한 친구가 알려준 덕분에 〈이상한 나라의 앨리스〉를 2인극으로 각색해 지역 초등학교를 순회하는 공연에서 앨리스 역을 맡게 되었다. 그 공연은 낮 동안에 리허설과 공연을 했고, 공연 한 회당 100달러를 지급했다. 아빠가 집세를 받지 않고 살게 해주었기 때문에 일주일에 몇 번만 공연을 하면 생활하는 데 최소한의 비용은 충당할 수 있었다.

그해 크리스마스 시즌에 새엄마는 여성 봉사 단체인 주니어 리그에서 연례행사로 진행하는 유서 깊은 집을 방문하는 이벤트에 우리 집을 개방하기로 했다. 우리 집은 30년밖에 되지 않았지만 동네가 유서 깊었기에 그 정도만 해도 충분한가 보았다. 새엄마는 상록수 가지와 호랑가시나무, 호두까기 인형, 은색 선물 상자들로 집을 꾸몄다. 내 방문 손잡이에는 방문객이 들어가면 안 된다는 팻말이 걸려 있었다. 내가 정상적인 사회에 나가면 안 되는 전염병 환자처럼 느껴졌다. 나는 침대에 누워 집을 구경하는 사람들의 발소리를 듣다가 문 너머로 귀에 익은 목소리가 들려 살짝 문을 열고 밖을 내다보았다. 데이비드가 복도에서 우리 가족의 지인과 이야기를 나누고 있었다. 데이비드는 지역전문대학에 다니면서 아직 이 집에 살고 있었다. 나도 그랬다면 좋았을 텐데.

데이비드와 이야기를 하던 사람이 내 안부를 물었다.

"그웨니는 대학 잘 다니고 있지?"

"자퇴했어요." 데이비드가 말했다.

"그래?" 그가 걱정스러운 듯 눈썹을 추켜세웠다.

"네, 그리고 제이미 형은 여자친구가 임신해서 얼마 전에 결혼했고요."

나는 문을 닫았다. '그래, 사실이지 뭐.' 엄마가 오빠와 나의 삶을 요약한 데이비드의 말을 들으면 어떤 표정을 지었을까?

오빠의 쌍둥이 아기들은 크리스마스를 며칠 앞두고 태어났다. 나는 아기들을 보러 당장 가고 싶었지만 아빠가 새엄마와 먼저 다녀올 테니 몇 주만 기다려달라고 했다.

"사람이 너무 많으면 부담스러울 수 있으니까." 아빠가 말했다. 그리고 이렇게 덧붙였다. "우리 셋이 같이 있으면 새엄마가 소외감이 들 거야. 너와 제이미가 너무 친해서 좀 그렇거든."

나는 말없이 아빠를 쳐다보았다. 아빠가 말을 실수했다

고 말해주기를 바랐다. 하지만 아빠는 그러지 않았고, 나는 집에 남았다.

아기들은 이란성 쌍둥이라 태어난 지 얼마 되지 않아도 누가 누군지 쉽게 구별이 되었다. 둘이 함께 찍은 첫 사진에서 한 아기가 잠든 형제를 보며 눈을 동그랗게 뜬 모습이 마치 '넌 이렇게 생겼구나'라고 말하는 듯했다.

오빠는 작은 집을 임대했다. 나는 오빠 집에 갈 때면 거실에 있는 작은 소파에서 잠을 잤고, 도울 수 있는 일은 최대한 도와주려고 했다.

"사람이 한 명 더 있으니까 좋네." 오빠가 말했다. "보니까 아기를 키울 땐 아기보다 어른이 한 명 더 있어야겠더라고. 네가 오니 수가 맞다."

오빠네 가족 안에 내 자리가 있다는 게 좋았다. 부모 두 명과 자녀 두 명, 그 네 식구를 보니 오랫동안 잃어버린 무언가를 되찾은 기분이었다.

휴가가 끝나고 데이비드 마멧의 〈올레나〉에 캐스팅되었고, 뒤이어 〈길 위에서〉와 〈한여름 밤의 꿈〉에도 캐스팅되었다. 그해 나는 모두 여덟 작품에 출연했다. 아빠는 내가 고등학교에 다닐 때처럼 모든 공연을 보러 와주었고, 그때마다 항상 꽃다발을 건네며 멋지다고 말해주었다. 그 한 해 동안 나는 어떻게 오디션을 준비해야 하는지 배웠다. 리허설과 공연 에티켓을 배웠고, 배우로서 하루 리듬을 관리하는 법도 익혔다. 비노조 배우로 1년 내내 연기 일만 할 수 있었다는 건 내가 그만큼 좋은 환경적 특권을 누렸다는 증거였다. 많은 돈을 벌지는 못했지만 1달러 1달러가 미래에 대한 작은 자신감의 표시처럼 느껴졌다. 처음으로 내가 연기해서 번 돈을 우편 수표로 받았을 때는 수표를 액자에 넣어두고 싶은 걸 겨우 참았다.

어느 늦은 봄날, 다락방에 올라가 엄마의 물건들이 담긴 상자들을 뒤적였다. 특별한 물건을 찾으려던 건 아니었고 그냥 엄마의 손길이 닿은 물건들 옆에 있고 싶었다. 다락은 단열재 튜브가 시공되어 있어서 안에 먼지만 좀 쌓였을 뿐 따뜻했다. 나는 엄마의 옷이 든 상자 안을 들여다보았다. 엄마의 옷들은 대부분 버리거나 기증했지만 몇 벌은 보관하고 있었다. 엄마 침실의 낮은 책장 위에 있던 작은 장식품들도 만져보았다. 그러다가 오래된 서류 상자 안에서 플라스틱 케이스에 들어 있는 회색 녹음테이프를 발견했다. 그 테이프는 내 초경을 기념하는 편지가 녹음된 것과 똑같은 것으로 한 면에 '제이미와 그웨니'라고 쓰여 있었다. 나는 테이프를 가만히 바라보았다. 이게 왜 여기 있지? 엄마가 남긴 건가? 아니면 그냥 음악을 녹음할 때 썼던 테이프 중 하나인가? 나는 사다리를 내려와 방으로 가서 카세트 플레이어에 테이프를 꽂았다. 몇 초간 정적이 흐르고 익숙한 목소리가 흘러나왔다.

사랑하는 제이미와 그웨니에게,

엄마가 너희를 두고 어떻게 떠날 수 있을까? 그 생각만
하면 너무 견디기 힘들어 생각조차 하고 싶지 않지만 다른
건 아무것도 생각할 수가 없어. 너희는 이렇게 매 순간 엄
마의 마음을 가득 채워주는데, 엄마 없이 자랄 너희를 생각
하니 너무 가슴이 아파. 엄마는 매일 하나님께 기도한단다.
살려달라고, 너희 옆에 있게 해달라고 말이야.

엄마에게 남아 있는 시간 동안, 엄마가 아직 움직일 수
있을 때, 너희에게 줄 유품 상자를 준비하고 있어. 너희에
게 다가올 중요한 날들을 기념하는 편지와 선물을 담아줄
생각이란다. 물론 그 날들이 어떤 날이 될지, 어떤 특별한
순간을 너희가 경험할지 엄마가 지금 다 알 수는 없지만,
일반적인 날들은 생각해 볼 수 있을 것 같아. 너희가 10대
가 되는 순간이라든지 처음 운전면허증을 따는 날이나 고
등학교 졸업식, 약혼식, 결혼식, 첫 아이를 낳는 순간처럼
엄마가 너희와 함께하고 싶은 그런 모든 순간들 말이야.

유행이 변하듯 너희와 너희의 관심사도 변하겠지. 그게
어떤 모습일지 지금은 알 수가 없구나. 그러니 엄마가 준
비한 선물이 너희 마음에 꼭 들지 않더라도 선물들을 보면
서 엄마의 사랑과 마음을 느낄 수 있으면 좋겠다. 엄마는
알 수 없는 미래를 정신적으로 너희와 함께하려고 해. 엄
마가 온 마음을 다해 너희 둘을 사랑한다는 것만 알아주길

바란다.

그리고 이것 한 가지는 기억해 주렴. 이 물건들은 추억이 담긴 물건이라 소중하기는 하지만, 그래도 그냥 물건일 뿐이야. 엄마의 사랑을 전하고, 너희의 과거를 기억하게 해주는 물건일 뿐이란다. 어떤 건 잃어버리기도 하고, 망가지기도 할 거야. 그래도 너무 걱정하지는 마. 그 물건들을 잃어버린다고 해서 엄마를 잃어버리는 건 아니니까. 엄마는 너희의 일부라서 잃어버릴 수가 없거든. 스스로를 너무 힘들게 하지 않았으면 좋겠구나. 그게 엄마의 행복을 가로막는 큰 장애물 중 하나였지. 엄마는 엄마를 너무 힘들게 했어.

엄마가 죽고 나면 너희가 어떤 감정을 느끼고 어떻게 행동해야 할지, 높은 기대를 정해둘지 모르겠구나. 그 기대가 충족되지 않으면 자신을 가혹하게 대할지도 모르겠어. 하지만 전혀 그럴 필요가 없단다. 너희는 그냥 지금처럼 밝고, 멋지고, 즐겁고, 사랑스러운 모습 그대로 살아가면 돼. 너희가 어떤 감정을 느끼든, 그건 그 순간 너희가 느끼는 감정이니 그 순간에 적절한 감정인 거야. 너희는 다양한 감정을 느끼게 될 거야. 너희 둘이 느끼는 감정이 서로 다를 거고, 아빠와도 다를 거야. 엄마의 죽음에 대해 느끼는 너희의 감정이 '단번에' 정리되진 않을 거란다. 너희가 느끼는 감정들은 시간이 지나면서 계속 변할 거야. 너희도 변하고 너희의 삶이 변하듯이. 그러니 스스로를 믿고 사랑하렴.

테이프에 담긴 목소리는 감정에 북받친 듯 조금씩 갈라졌다. 나는 스피커 앞으로 바짝 당겨 앉아 목소리를 가다듬는 엄마의 목소리에 귀를 기울였다.

식탁에 앉아 이 글을 쓰는 내내 눈물이 난다. 너희는 수영장 옆에서 두 번째 포켓 스쿨에 참석하고 있지. 모든 게 평범하게 느껴지지만, 시시각각 되돌릴 수 없는 순간들이 지나가고 있는 게, 너희와 함께하는 시간이 계속 사라지고 있는 게 느껴져. 엄마는 왜 좀 더 현명하지 못할까? 너희와 함께할 시간이 얼마 남지 않았다는 걸 알면서도 어떻게 이렇게 시간을 허비할 수 있을까? 지금 이 순간조차 말이야. 엄마는 하루하루 우리 삶에서 가장 중요하고 가장 필요한 부분만 골라서 그걸 너희에게 선물로 줄 방법을 왜 배우지 못했을까? 엄마에겐 그럴 만한 지혜와 능력이 없는 것 같구나. 엄마가 아는 건 죽을 힘을 다해 버티는 게 전부란다. 하지만 지금 이 순간에도 너희를 꼭 안고, 너희를 얼마나 사랑하는지, 너희가 얼마나 소중한 존재인지, 너희와 얼마나 함께하고 싶은지 말해주고 싶어.

하지만 깨어 있는 모든 순간을 너희 둘에게만 매달려 살 수는 없어. 엄마는 너희가 성장하고, 배우고, 준비하고, 너희가 경험할 수 있는 것들을 경험하도록, 너희가 너희의 삶을 살도록 놓아주어야 해. 엄마는 그저 곁에서 너희를 돕고, 사랑하고 싶을 뿐이야. 부모라면 이 정도 꿈은 바랄 자격이 있을 텐데, 왜 엄마에겐 그게 그렇게 닿기 어려운 일일까?

엄마는 '삶은 산 자들의 몫'이라는 말을 지금도 이해할 수 없구나. 자신이 산 자라고 생각하고 죽음은 먼 미래의 일이라고 생각하면 모든 게 가능해 보이거든. 그러면 어떻게 사는지는 생각하지 않고 시간을 아무렇게나 낭비해 버릴 수 있지. 하지만 자신이 죽어간다는 걸 아는 사람은 세상에서 살아가기 위해 분주히 움직이고 활동하는 그 모든 싸움에 남아 있기 어렵단다. 모든 게 의미 없고 부질없는 일처럼 보이니까. 자신이 쌓아 올린 그 모든 노력과 성과는 죽음에 아무런 영향을 주지 못하니까. 우리는 매 순간을 가치 있게 보내는 법을 배우지 못했어. 사회는 끊임없는 활동과 소비로 우리 삶을 채워야 모든 순간을 가치 있게 보낼 수 있다고 말하지. 그리고 자기 과시적인 능력으로 남들과 차별화될 수 있으면 더 좋다고들 하곤 해. 하지만 아무리 돈이 많고 재능이 뛰어나고 권력이 높아도, 혹은 아무리 선해도 죽음은 막을 수가 없단다.

그렇다면 결국에 가장 중요한 건 뭘까? 엄마는 우리가 자신에게, 그리고 서로에게 진실한 모습으로 사는 거라고 생각해. 사랑하고 사랑받는 것, 친절, 연민, 행복한 감정으로 기억되는 것, 고통과 아픔은 최소한만 남기고 떠나는 것, 그런 것들이라고 생각해. 일과 성취는 어떠냐고? 그건 잘 모르겠구나. 엄마가 남기고 가는 것 중에 엄마가 이룬 중요한 건 아무것도 없어. 엄마가 남기고 가는 진짜 보물은 너희 둘뿐이고, 너희는 너희 스스로 이루었으니까.

삶의 교훈이 우리를 변화시키고, 그 교훈으로 우리의 삶과 지각이라는 납을 우리 자신의 영혼이라는 금으로 변화시키기 위해 우리에게 주어진 시간은 정말 짧아. 그래도 어떻게든 엄마에겐 충분한 시간이 주어졌다고 믿어야겠지. 불가능해 보이긴 하지만. 어쩌면 엄마에게 시간이 주어졌는데, 그걸 최대한 잘 활용하는 법을 몰랐는지도 모르겠어.

엄마는 너희 둘에게 사랑에 대해 아는 모든 걸 가르쳐주었단다. 너희는 정말 훌륭한 스승이었어. 너희 둘의 진실하고 멋진 모습 그 자체가 엄마가 온 힘을 다해 너희를 사랑할 방법을 가르쳐주었던 거야. 너희는 엄마와 아빠, 그리고 너희 삶에 초대된 모든 이로부터 사랑받고 존중받고 인정받고 돌봄을 받을 자격이 있어.

사랑한다, 애들아.

1996년 7월, 엄마가

열두 살 때와 똑같이 나는 침실 바닥에 누워 테이프의 정적 소리를 들으며 눈물을 흘렸다. 지난 6년 동안 방은 많이 달라져 있었다. 바닥에 깔린 러그는 오트밀 색으로 바뀌었고, 고등학교 어느 시점에 벽도 적갈색으로 새로 칠했다. 소본푸 아주머니와 함께 만든 제단은 이제 없었다. 거울 옆에는 검은색 졸업 모자가 우스꽝스럽게 놓여 있었다.

엄마를 잃고 몇 년 동안 나는 상자의 내용물을 적절한 시기에 하나씩 충실하게 열어보았다. 엄마가 준비한 선물들에 감탄하며 카드와 편지를 읽고, 그것들을 잘 정리해서 안전하게 보관하려고 했다. 나는 엄마의 말을 따르기는 했지만 수동적으로 듣기만 했다. 그 말 뒤에 숨어 있는 더 넓은 의미는 생각하지 않고, 엄마가 주는 선물과 말을 있는 그대로만 받아들였다. 하지만 테이프를 다시 들으려 되감는 동안 새로운 사실에 눈을 떴다.

엄마는 우리가 상실감을 극복할 수 있게 그 상자가 우리를 위로하기를 원했다. 하지만 그게 전부는 아니었다. 엄마는 녹음테이프에서 상자에 든 물건들이 중요한 건 아니라고, 잃어버려도 괜찮다고 분명하게 말했다(그 말을 들었을 때 끊어진 산호 목걸이가 떠오르며 마음속에 오랫동안 꽉 막혀 있던 무언가가 뻥 뚫리는 기분이었다). 그러면 중요한 건 뭘까?

엄마는 알 수 없는 미래를 정신적으로 너희와 함께하려고 해.

엄마는 우리 삶에, 그리고 모든 삶에는 힘든 도전들이 있다는 걸 알았고, 우리가 그 도전에 맞서도록 도와줄 수 없다는 사실을 몹시 마음 아파했다. 그래서 엄마는 우리가 살면서 감당하기 힘든 어려운 일을 만났을 때 의지가 될 뭔가를 남겨주고 싶어서, 동화 속 바실리사처럼 우리가 지니고 다닐 수 있는 물건에 엄마를, 엄마의 정신을 담아두려 한 것이다. 내 인생의 엉클어진 실타래를 풀기 위해 내가 도움을 청해야 하는 사람은 미소 짓는 얼굴로 내 선물들을 포장한 상냥한 엄마가 아니었다. 내게 필요한 사람은 그 테이프 속의 여자, 비디오 속의 여자, 내가 세상에 태어나기 전에 무언가를 위해 싸우고, 상처 입고, 한 인생을 살았던 사람이었다. 나는 어렸을 때 엄마가 보여준 부드러운 모습뿐 아니라 엄마의 모든 모습이 필요했다. 엄마는 나를 미래로 이끌고, 엄마 쪽으로 이끄는 빵 조각들을 남겼지만, 그것들을 모두 찾으려면 훨씬 더 자세히 살펴보아야 했다. 나는 묻고 싶은 게 많았다.

주디 선생님과 만나는 다음 회기에서 나는 그 테이프에 관해 이야기했고, 주디 선생님은 엄마도 몇 년 동안 치료사를 만났다는 사실을 알려주었다. 나는 놀라움에 눈을 동그랗게 떴다.

"제가 그 선생님과 얘기를 나눠볼 수 있을까요?"

"내가 전화를 걸어보면 어떨까?" 주디 선생님이 천천히 답했다. "환자가 죽어도 비밀 유지는 지켜져야 하지만 일반적인 얘기 정도는 나눌 수 있을 거야."

일주일 뒤, 나는 엄마의 치료사가 뭐라고 답했는지 얼른 듣고 싶어서 상담실로 가는 계단을 껑충껑충 뛰어 올라갔다.

"어떻게 됐어요?" 소파에 엉덩이를 대자마자 내가 물었다.

"정말 희한했어." 주디 선생님이 말했다. "꼭 내 전화를 기다리고 있던 사람 같았어. 내 말을 듣자마자 곧바로 그렇게 얘기하더구나. '네, 맞아요. 크리스티나 씨는 자녀들이 엄마에 대해 알고 싶어 찾아오면 뭐든 말해주라고 했죠.'"

흉터

벨 박사의 진료실은 주디 선생님의 진료실과 아주 비슷해 보였다. 단순하고 현대적인 가구가 놓여 있었고 벽에는 멋진 추상화가 걸려 있었다. 벨 박사는 어린이는 진료하지 않았기 때문에 놀이방이나 모래 상자는 없었다. 나는 안락의자에 앉았다. 자리에 앉는 순간부터 손바닥이 따끔거렸다.

"자, 제가 뭘 도와드리면 될까요?" 벨 박사는 우리가 전에 여러 번 만난 사이인 듯 나를 보며 환하게 웃었다.

나는 질문이 너무 많아 뭐부터 시작해야 좋을지 몰랐다.

"엄마가 여길 왜 오게 된 건지 알고 싶어요?" 대신 벨 박사가 물었다.

"네."

"어머니는 결혼생활에 만족하지 못했어요."

아는 사실이었지만 머리를 한 대 맞은 듯 아팠다. 벨 박사의 말은 그 사실을 더 부정할 수 없게 만들었다.

"엄마가 여기 처음 온 게 언제였죠?" 내가 물었다.

벨 박사는 무릎에 놓인 폴더를 살펴보더니 연도를 말해주었다.

'내가 태어나기 전이라고?' 그 생각이 들자 자연스럽게 다음 질문이 떠올랐다. '그러면 왜 나를 낳았을까?' 엄마가 부모님의 결혼생활을 지키려고 태어났지만 실패했다고 했던 말이 생각났다.

"엄마는 왜 결혼생활에 만족하지 못하셨어요?" 내가 다시 물었다.

"어머닌 성격이 강한 분이었어요. 어머니가 아버지와 결혼했던 건 아버지가 좋은 부모가 될 것 같아서였죠. 아버지는 장난기가 많고 다정하지만 아이 같은 면이 있는 사람이었어요. 아버지로서는 훌륭한 자질이지만 남편으로서는 바로 그런 점이 어머니를 힘들게 했죠. 어머니는 집에서 항상 혼자 어른 노릇을 해야 하는 사람 같다고 생각했어요."

나는 고개를 끄덕였다. 모든 말이 다 납득이 갔다.

"어머니는 평등하기를 원했어요. 그래서 아버지가 어머니에게 맞서주기를 바라면서 아버지를 계속 밀어붙였던 것 같아요. 하지만 그럴수록 아버지는 점점 더 뒤로 물러났어요. 처음에는 어머니를 맞춰주고 따르다가 나중에는 결국 폭발해 버렸죠.

어머니는 암에 걸렸다는 사실에 분노했어요. 그 분노를 다스리기 위해 노력했지만, 그런 일이 왜 자신에게 일어났는지, 왜 가족이 그런 일을 겪어야 하는지 받아들이기 힘들어했어요. 어머니의 계획에 없던 일이었으니까요."

다시 머리를 끄덕였다. 엄마는 계획이 중요한 사람이었다. 아침과 점심 메뉴를 고르던 작은 메뉴판이 떠올랐다.

벨 박사와 몇 분 더 이야기를 나누다 보니 가장 궁금했던 질문을 할 용기가 생겼다.

"엄마가 아프지 않았다면 두 분은 이혼하셨을까요?"

"네." 벨 박사는 주저하지 않고 답했다.

"어떻게 그렇게 확신하세요?"

"이혼을 했었으니까요."

순간 방이 살짝 기울어져 보였다. 나는 의자 팔걸이에 팔꿈치를 밀착시켰다. 박사는 엄마의 파일을 몇 페이지 더 뒤로 넘겼다.

"어머니와 아버지는 오랫동안 힘든 결혼생활을 유지했어요. 두 사람은 같이 사업체를 운영하고, 아이들을 키우고, 어머니의 병도 치료하면서 관계를 개선하려고 오랫동안 애를 썼어요. 그러던 중 어머니가 어떤 영적 단체에 가입하셨죠. 거기 이름이 아마 빌리지였던 것 같아요.

제가 알기론 어머니는 그 단체의 리더들과 상의한 끝에 아버지와 부부로서 관계를 유지하려는 노력을 그만두면, 두 사람이 한 팀으로서 그 외 모든 다른 부분은 감당하기가 더 쉬울 거라고 판단했어요. 다시 말해 어머니와 아버지는 둘 사이의 관계에서 로맨틱한 부분은 내려놓기로 한 거죠. 아버지가 그 결정을 어떻게 생각했는지는 잘 모르겠지만 동의는 하신 걸로 알아요.

부모님은 결혼 서약으로부터 서로를 놓아주는 의식을 치렀죠. 어머니가 아프기 때문이기도 했지만 두 사람 사이엔 오랫동안 육체적 관계가 없었어요. 어머니는 아버지가 다른 사람과 육체적 관계를 맺어도 가족에게 영향만 주지 않으면 괜찮다고 했어요. 하지만 제가 알기로 아버지는 그 제안을 받아들이지 않으셨어요."

머릿속에서 질문들이 뒤죽박죽 떠올랐다. 방의 윤곽이 이상할 정도로 흐릿해 보였고, 바닥에 깔린 카펫의 보풀이나 벨 박사가 쥐고 있는 금색으로 된 펜 끝부분 같은 특정한 물체는 신기할 정도로 도드라져 보였다.

"그게 언제쯤이었나요?"

"1997년에서 1999년 사이쯤이겠군요." 벨 박사가 노트를 훑어보며 대답했다. "어머니 가족 소유의 멘도시노 근처 농장에서였죠."

황금빛 건초 밭, 아름드리 산나무, 계곡을 감싸는 새벽안개 같은 이미지가 머릿속에 떠올랐다. 오빠와 나는 어렸을 때 그곳에 있는 목장식 단층집에서 여름을 보냈다. 단열재

없이 벽난로 하나만 있는 집이었지만, 초원에서 소들이 풀을 뜯어 먹는 멋진 풍경을 볼 수 있는 곳이었다. 그 땅은 엄마의 할머니, 할아버지가 1920~1930년대에 산 이후로 계속 외갓집 소유로 되어 있었다. 티피도 한때 양과 소를 키우던 그곳 목장에서 태어났다. 나는 머릿속으로 이끼 낀 좁은 흙길을 지나 천 년 된 나무들이 수십 미터 높이로 우뚝 솟아 있는 대성당 숲Cathedral Grove을 떠올렸다. 어떤 나무는 불에 타 속이 텅 비어 있었는데, 트럭 한 대가 지나갈 만큼 커다란 구멍이었다. 사촌 중 몇몇은 그 숲에서 결혼식을 올렸다. 나는 엄마와 아빠가 이혼을 공식화하는 장소로 어디를 택했을지 궁금했다.

"사람들이 알았나요?"

"몇몇은요. 가까운 친구들은 알았을 거예요. 하지만 그건 거의 두 사람만을 위한 결정이었던 것 같아요. 새로운 출발을 위한 결정이었고, 두 사람의 관심사나 목표가 이전과는 달라질 거라는 의미였죠."

주스 회사가 팔리고 어느 오후에 엄마가 나를 방으로 부른 적이 있었다. 아빠가 병원 침대맡에 앉아 팔로 엄마의 어깨를 감싸 안고 있었다.

"왜요?" 나는 문 앞에 서서 물었다.

"그냥 이런 모습을 좀 보여주고 싶어서." 아빠가 엄마의 머리에 뺨을 대고 말했다. 두 사람은 사진 포즈를 취하는 사람들처럼 서로에게 다정하게 기댔다. 나는 엄마와 아빠의 말대로 마음속 셔터를 눌러 그 모습을 찍어 간직했다.

그 마지막 몇 년 동안 엄마와 아빠가 다정한 모습으로 지냈던 다른 순간들도 떠올랐다. 아빠는 얼마나 오랜 시간 엄마와 허울뿐인 상태로 보낸 걸까.

"엄마는 수긍하셨는데… 아빠가 받아들이지 않으셨고요?"

"제가 알기론 그래요."

아빠는 결혼생활이 끝난 지 몇 달 만에 다시 연애를 시작한 게 아니었다. 아빠의 결혼생활은 이미 몇 년 전에 끝나 있었다. 엄마를 잃은 내 슬픔이 엄마가 죽은 날 시작되었다면 아빠의 슬픔은 그보다 훨씬 오래된 것이었고, 상처보다는 흉터에 가까웠다. 갑자기 아빠에 대한 슬픔과 연민이 무겁게 나를 짓눌렀다. 아빠는 왜 내게 그 사실을 말하지 않았을까? 엄마는 내게 알려주고 싶었다면 왜 직접 말해주지 않았을까? 내가 너무 어려서 말하지 못했다면, 왜 적당한 시점에 벨 박사가 내게 연락하도록 말해놓지 않았을까? 하지만 질문과 동시에 답도 떠올랐다. 그 정보들은 내가 먼저 원해야 했고, 내가 직접 물어보아야 했다.

벨 박사의 진료실 계단을 내려오며 나는 내 기억의 가장 오래된 구석에 새로운 공간이 펼쳐지는 것을 느꼈다. 나는 시간과 변화가 내 과거를 빼앗아 갈까 봐 너무 두려운 나머지 내가 아는 과거에만 매달려 살았다. 하지만 그 과거가 내가 알았던 과거와 다르다면 도대체 나는 지금까지 무엇을 붙들고 있었던 걸까?

오빠에게는 조용하고 멋지게 장식되어 있던 그 진료실에서 알게 된 사실들을 말하지 않았다. 이제 막 아빠가 된 오빠는 자기 일만으로도 충분히 버거울 터였다. 아빠와도 내가 알게 된 사실들에 관해 이야기하지 않았다. 아빠에 대해 알게 된 새로운 사실과 아빠에게 느끼는 새로운 애정은 너무 새롭고 부서지기 쉬운 상태여서 대화나 언쟁으로 그 감정을 시험하고 확인하기에 적합하지 않았다. 나는 우리 둘 중 누군가는, 불가능한 상황에서도 최선을 다한 우리 가족의 다정한 이미지를 더럽히는 말을 할 수밖에 없다는 걸 알았다. 다른 여자를 만나도 된다는 엄마의 제안을 아빠가 받아들인 적이 있는지는 알고 싶지 않았다. 그러기에는 우리 가족이 가라앉고 있는 순간에도 우리를 꼭 붙들고 있었던 아빠의 모습이 너무 애틋했다.

엄밀히 말하면 터프츠대학을 휴학한 것이었지만 그곳으로 다시 돌아갈 수 없다는 걸 알았다. 갭 이어를 보내던 겨울에 캘리포니아대학교 연기공연예술학과에 지원했고, 다음 해 봄에 버클리 캠퍼스에서 합격증을 받았다. 버클리 캠퍼스는 차만 막히지 않으면 집에서 한 시간 거리였다. 벨 박사와의 대화로 몇 달간은 어느 정도 기운을 찾았지만, 가을학기가 시작될 무렵이 되자 내 안의 오랜 불안감이 다시 고개를 들었다. 9월쯤엔 보스턴에 갈 때보다 약간 덜 불안할 뿐이었다.

아빠는 스턴 홀의 3인실 기숙사로 짐을 옮기는 것을 도와주었다. 스턴 홀은 여자 전용 기숙사로 수녀원이라는 별명이 붙은 곳이었다. 같은 방을 썼던 밝은 성격의 두 룸메이트는 이름과 얼굴도 기억나지 않는다. 온종일 메스꺼움과 두려움에 휩싸여 거의 대화를 나눌 수가 없었기 때문이다. 내가 하고 싶은 건 그저 자는 것뿐이었다. 학교에서 하는 모든 오리엔테이션과 아침 친목 시간, 스턴 홀의 여학생과 그리스 극장 건너편에 있는 볼스라는 남자 전용 기숙사의 남학생들이 만나는 사교의 장이 열릴 때도 나는 잠만 잤다. 하루에 한 번 침대에서 겨우 일어나 식당에 가서 우유나 샌드위치 같은 음식을 들고 나와 방에서 혼자 먹었다. 혼자 있는 건 끔찍했지만 사람들과 같이 있는 건 더 끔찍했다. 낯선 얼굴들 사이에서 내 다섯 친구들의 얼굴이 계속 보이는 것 같았다. 환상의 6인조는 여름 방학 때 해변 별장에 모여 이번에도 그때 있었던 일들을 적어서 파스타 소스 병에 넣었다. 가을이 되어 다시 각자의 학교로 뿔뿔이 흩어질 때는 또 한 번 마음이 무너지는 걸 견뎌야 했다.

수업 시간은 내가 유일하게 정신을 차리는 시간이었다. 강의 시간표에 수업으로 표시된 시간에는 뇌 안의 무언가가 나를 잠들지 못하게 했다. 나는 좀비와 기계 인간의 중간쯤 되는 모습으로 침대에서 일어나 언덕을 내려가 강의를 들었고, 수업이 끝나면 다시 책들을 챙겨 기계처럼 그 언덕을 올라 침대로 기어들었다.

그렇게 암울한 시간을 보내던 학기 초에 빌 밸리 근처에 사는 엄마의 친구 앤 이모가 나를 저녁 식사에 초대했다. 우리는 중간 지점인 리치먼드의 한 식당에서 만났다. 나는 내 볼보를 몰고 리치먼드 다리를 건너기 전 마지막 고속도로 출구까지 갔다. 처음에 아빠는 내가 차를 몰고 다시 집으로 돌아올까 봐 학교에 차를 가져가지 못하게 했지만 차가 없으면 아예 학교에 갈 수 없어 어쩔 수 없이 허락해 주었다.

앤 이모와 나는 레스토랑의 희미한 조명 아래 테이블을 가운데 두고 마주 앉았다. 내 앞에는 브리오슈 번으로 된 커다란 햄버거가 놓였지만 한 입도 먹을 수가 없었다.

"아, 우리 예쁜이" 이모가 나를 보며 말했다. 이모는 나를 늘 그렇게 불렀다. 우리 집 차고 앞에서 돌멩이나 마른 씨앗을 숫자가 쓰인 네모들 위로 던져 분필로 그린 선들을 뛰어다니며 돌 차기 놀이를 할 때도 그렇게 불렀다. 이모가 우리 집에서 하룻밤 자고 가는 날에는 다음 날 아침에 내가 이모의 짧은 머리를 손질할 수 있게 해주었다. 그러면 이모는 '그웨니의 헤어숍'에 왔다며 농담을 하곤 했다.

앤 이모의 위로는 나를 원래 상태로 완전히 되돌려놓았다. 나를 사랑하는 많은 사람이 나를 돕고 싶어 했지만 나는 어둠 속에서 길을 잃어 미래의 내 모습이 도저히 그려지지 않았다. 내가 원하는 건 돌 차기와 미용실 놀이를 하던 그때로 돌아가는 것뿐이었다(몇 년 뒤 내가 앤 이모에게 그날 저녁 일을 다시 이야기했을 때, 이모는 어두운 표정으로 고개를 끄덕이며 '그 햄버거는 세상에서 제일 슬픈 햄버거'였다고 했다).

며칠 뒤 햇살이 눈부시게 아름다운 어느 날, 학교 안 스프라울 광장 벤치에 앉아 오빠에게 전화를 걸었다. 정말 말도 안 되게 화창한 날씨라 주변의 모든 학생이 햇살을 즐기고 있었다. 나는 만화처럼 내 머리 위에만 먹구름이 가득한 모습을 상상했다.

"난 왜 이럴까, 오빠?" 수천 킬로미터 떨어진 곳에 있는 오빠에게 물었다. "난 대학생활이 왜 이렇게 힘들까?"

"글쎄. 나도 모르겠어."

전화기 너머로 아기들 울음소리가 들렸다. 스스로가 너무 한심했다. 오빠가 해결해야 할 도전이 진짜 도전이라면, 내 도전은 전적으로 내가 만들어낸 도전이었다. 난 도대체 뭐가 문제였을까? 좋은 학교에 입학했고 미래도 창창했다. 그런데 왜 어두컴컴한 상자 안에 갇힌 기분이었을까? 이미 오래전에 해체된 가족에 대한 집착을 멈추려면 대체 어떻게 해야 했을까? 나는 그대로 잠들었다가 졸업식이 끝난 후에야 눈을 떴으면 싶었다.

"어쩌면 말이야," 오빠는 완전히 새로운 생각이 떠오른 듯한 목소리로 말했다. "대학이 시련의 시간이 되어야 할 필요는 없을 거야. 이렇게 힘들어할 문제는 아닌 것 같아."

버클리에서 첫 학기를 시작한 지 몇 주 만에, 나는 다시 내 책과 소지품, 침대 시트를 싸서 차에 실었다. 룸메이트에게는 가족에게 급한 일이 생겼다고 거짓말했다. 그리고 차를 몰아 집으로 갔다.

아빠는 내가 대학에 가기 위해 집을 떠나는 데 처음 실패했을 때는 화를 냈지만 두 번째는 두려운 것 같았다. 나는 아빠에게 집에서 학교까지 통학하면서 수업은 빠짐없이 계속 듣겠다고 했다.

"이런 식으로 너를 고립시켜선 안 돼. 그건 너에게도 좋지 않아." 아빠가 말했다.

"알아요. 하지만 저도 달리 어떻게 해야 좋을지 모르겠어요."

나는 아빠와 다툴 힘도 없었지만 내가 다시 기숙사로 돌아가지 않으리란 것도 알았다. 인내심의 한계를 다 써버린 것 같았다. 나를 어린 시절 집에 묶어둔 감정의 밧줄들이 사라진 게 아니라 더 길어진 것 같았고, 이제는 그 늘어진 감정의 밧줄들마저 다 써버린 것 같았다.

그 학기에 나는 차로 수백 수천 킬로미터를 달렸다. 우리 집에서 학교 앞 주차장까지 이어진 길을 내가 연주할 곡의 악보처럼 속속들이 알게 되었고, 월 정기권을 사서 그곳을 지나다녔다. 속도는 빨라지기도 느려지기도 했지만 연주할 음표들은 항상 같았고, 모든 음표를 기억했다.

학교 안에서 나는 진짜 대학생도 그 무엇도 아닌 반 괴물처럼 느껴졌다. 친구는 사귀고 싶지 않았다. 어떤 친밀감의 표시도 나를 불안정하게 만들 것만 같았고, 겨우 정상적인 사람의 모습으로 붙들고 있는 줄을 끊어버릴 것 같았다.

집에서 통학을 하던 그 몇 달 동안 내 인생에서 가장 격렬하게 아빠와 싸웠다. 아빠가 새엄마를 만나기 시작했을 때보다 더 자주, 더 심하게 싸웠다. 아빠가 내게 그렇게 화를 내는 모습은 처음이었다. 아빠는 내가 침대에서 너무 긴 시간을 보내는 것도 싫어했다. 아빠가 내가 학교에서 지내도록 차를 가져가겠다고 협박하면, 나는 학교에 가지 않고 집에서 일을 찾겠다고 대들었다. 집으로 돌아올 수 있다는 위안이 없으면 진심으로 살아남지 못할 거라고 믿었다. 집에 대한 그리움으로 나는 정말로 죽어버릴지도 몰랐다.

나는 지금도 가끔 산타로사에서 버클리까지 운전하는 꿈을 꾼다. 마린으로 향하는 긴 고속도로와 리치먼드 다리로 이어지는 커브길과 한쪽은 너무 흉측하고 다른 쪽은 너무 아름다운 길을, 샌프란시스코만 위에 떠 있는 태양을, 대학로를 따라 늘어선 허름한 상점들과 캠퍼스까지 걸어서 20분 거리인 거대한 주차장까지. 몇 블록 떨어진 곳에서는 스트로베리 크리크를 따라 무성하게 자라는 유칼립투스 냄새도 맡을 수 있었다. 내가 학교에 머무는 시간은 학교를 오가는 데 걸리는 시간보다 조금 더 길었다. 집으로 돌아와 차를 세우고 나면, 나는 다시 내 방으로 올라가 침대로 기어들었고, 아직 해도 지지 않은 시간에 잠이 들었다.

희망의 제스처

그해 겨울, 나는 주디 선생님의 제안대로 정신과 의사를 만났다. 옅은 금발 머리의 콜린스 박사는 금속 테 안경을 끼고 있었고 호감이 가는 인상이었지만 조용한 카리스마가 느껴졌다. 나는 그에게 엄마의 암 투병과 죽음, 집을 떠나지 못하는 내 상태와 대학 진학으로 인해 나의 이해할 수 없는 오랜 기질이 심각한 장애가 돼버린 현재 상황까지 내 삶의 요약본을 들려주었다.

"그럼, 제너비브 씨가 지금 바라는 건 뭔가요?" 박사가 물었다. "눈을 감고 한번 상상해 보는 겁니다. 이 문제에 대한 해결책을 말이죠."

나는 박사의 말대로 해보았다.

"대학 과정이 끝나 있으면 좋겠어요. 앞으로 4년의 시간을 건너뛰고 싶어요. 그러면 산타로사로 돌아와서 아파트를 빌리고, 일을 구하고, 앞으로 어딘가로 떠날 필요 없이 남은 인생을 거기서 쭉 살 수 있을 테니까요."

"흥미롭군요." 박사가 말했다.

"왜요?"

"어떤 면에서 제너비브 씨는 자기 실제 나이보다 훨씬 많아 보이기도 하고 적어 보이기도 하니까요. 제너비브 씨가 방금 말한 그런 소원은 어린아이가 바랄 만한 소원이에요. 제너비브 씨는 마법 같은 시간 여행이 일어나기를 바라고 있어요."

그 말을 들으니 속이 뜨끔했다.

"그러면 어른이 바라는 소원은 뭔가요?"

"어른이라면 장애를 극복할 힘을 바라겠죠. 성숙한 사람이라면 상황을 바꾸는 게 아니라 그 상황에 대한 자신의 반응을 바꾸려고 할 겁니다."

나라고 그런 생각을 안 해본 건 아니었다. 남들처럼 집을 떠나 자연스럽게 대학생활을 시작하고 싶었다. 하지만 아무리 생각해도 나는 도저히 감당할 수가 없었다. 내가 원하는 건 계속 집에 있는 것, 모든 게 예전으로 돌아가는 것뿐이었다.

"아주 적은 양의 항우울제를 처방해 줄게요. 효과가 나타나려면 몇 주는 걸릴 겁니다. 그럼 그때 가서 다시 이야기를 나눠보죠." 내가 짐을 챙기며 일어서는데 박사가 물었다. "그런데 혹시 전공이 뭔가요?"

"공연예술이요." 나는 외투를 입으며 말했다.

"네?" 그가 날카롭게 물었다. "그럼 배우인 거예요?"

"네. 왜요?"

"여기서 한 시간 동안 나와 얘기했는데 왜 그 얘길 하지 않았어요?"

"무슨 차이가 있나요?"

"내가 한 시간 내내 얘기한 사람이 연기자니까요. 이러면 모든 정보를 다시 판단해야 해요."

나는 그 말이 농담인지 아닌지 확신하지 못한 채 자리를 떠났다. 의사는 연기 기술과 거짓말 기술을 혼동하고 있는 게 아닐까. 아니면 나를 단지 자신의 드라마에 빠져 있는 사람으로 취급했던지.

처방받은 첫 번째 항우울제는 밤새도록 나를 깨어 있게 했고, 두 번째 약은 하루 종일 나를 재웠다. 하지만 세 번째 약은 마치 골디락스가 완벽한 죽 한 그릇을 찾은 것처럼 10밀리그램의 약이 내 발밑으로 땅을 다시 나타나게 만들었다.

약이 모든 문제를 해결해 주지는 못했지만 신경화학적 변화는 다시 일어설 토대가 되어주었다. 약은 내가 경험한 마술 중에서도 가장 진짜에 가까웠다. 겨울 방학이 되자 나는 다시 버클리로 돌아갈 준비가 된 것 같았다. 그렇게 간단하게 해결될 문제가 아니었는데 그렇게 돼버렸다.

아빠는 내가 캠퍼스 밖에 있는 셰어 하우스를 구할 수

있게 도와주었다. 우리가 찾은 집은 학생들과 젊은 직장인으로 구성된 여자 다섯 명이 쓰는 집으로, 기숙사보다 저렴했고, 힘들 때 혼자 조용히 쉴 수 있는 내 방이 따로 있었다. 방에는 더블 침대 프레임도 있었는데, 그건 내가 한 번도 경험해 보지 못한 호사였다. 아빠는 크리스마스트리를 싣고 올 때처럼 제이미 오빠의 오래된 더블 사이즈 매트리스를 토요타 위에 묶어 버클리까지 옮겨주고, 버클리에 있는 오래된 가구점에서 1인용 가죽 소파도 사주었다. 오빠의 매트리스는 내가 쓰던 것보다 더 단단해서 아빠가 커다란 메모리폼과 전동 조각칼로 더블 사이즈에 맞게 잘라주었다. 아빠가 바닥에 무릎을 꿇은 채 윙윙거리는 칼을 들고 메모리폼을 잘라내는 모습을 지켜보면서 뭐라 설명할 수 없는 벅찬 감정을 느꼈다. 아빠는 내가 있는 곳이 더 편안하고, 안전하고, 나은 환경이 될 수 있도록 할 수 있는 건 다 해주고 싶어 했다.

아빠가 떠난 뒤 새 방을 둘러보았다. 벽은 부드러운 회색으로 칠해져 있었다. 나는 처음으로 한동안 지낼 만한 곳을 찾았다는 느낌이 들었다. 나도 오빠처럼 판지 상자를 학교로 가져가지 않았다. 상자가 잘못되지 않을까 걱정이 되기도 했고, 어린 시절의 방에서 상자를 치우는 건 내가 진짜로 거기 살지 않는다는 걸 인정하는 것 같았기 때문이다. 그냥 상자가 내 옷장 속에서 안전하게 나를 기다리고 있다고 상상하는 편이 나았다. 버클리에서 지내는 몇 년 동안은 생일 선물을 챙기러 며칠, 혹은 몇 주 전에 집에 갔다. 내가 그 셰어 하우스로 정식으로 이사 나가던 날, '대학 졸업식'이라고 표시된 포장물을 꺼내 손에 쥐었다. 지난 18개월, 아니 지난 19년간 나는 내가 그걸 절대 열어볼 일이 없으리라고 믿었는데 이제는 내 여행 가방에 넣고 있었다. 그건 내가 노력해야 할 목표이자 희망의 제스처였다.

퍼즐 조각

대학교 3학년 겨울 방학 때 집에 돌아온 나는 아빠가 평소와는 다르다는 걸 곧바로 알아보았다. 아빠는 주변 환경을 잘 인식하지 못하는 사람처럼 가구에 부딪히거나 발을 헛디딜 때가 많았다. 나를 바라보는 눈빛에는 우리 둘 중 한 사람이 거기 없는 것처럼 이상하고 묘한 기운이 느껴졌다.

아빠는 일 때문에 마음이 힘들다고 했다. 수년째 재무 관리자로 근무한 사립 가톨릭 고등학교가 학생 모집에 어려움을 겪고 있었다. 아빠가 학교의 재정 문제를 담당한 것은 맞지만 부모들이 종교계 사립학교에 자녀를 보낼지 말지는 아빠가 어떻게 할 수 있는 문제가 아니었는데도, 그해 학기가 끝나면 학교가 문을 닫아야 한다는 소식이 전해지자 아빠는 그 일을 개인적인 실패로 받아들였다.

방학이 시작된 지 얼마 되지 않아 아빠와 새엄마는 수제 스콘과 멕시코 음식을 파는 한 레스토랑에 나를 앉혀놓고 아빠가 아침에 일어나는 데 어려움이 있다고 설명했다. 아빠도 나처럼 불안과 우울증으로 치료를 받으며 약을 복용하고 있었다. 내가 보기에 학교가 문을 닫는 문제는 아빠의 현재 상태를 설명하기에 전혀 충분해 보이지 않았다. 그 일은 아빠의 잘못이 아니었을뿐더러, 다른 직업을 구할 동안 경제적 손실을 감당할 만큼 경제적으로도 충분히 여유가 있었기 때문이다. 아빠는 어떤 부채나 대출 없이 아빠 소유로 된 집이 있었고 저축한 돈도 있고 새엄마의 수입도 괜찮은 편이었다. 나는 중요한 퍼즐 조각을 놓치고 있다는 생각이 들었지만 더 캐묻지는 않았다.

"얘기해 주셔서 고마워요." 나는 대신 이렇게 말했다. "엄마가 아팠을 때는 제가 너무 어려서 엄마에게 별로 도움이 되지 못했어요. 아빠에게 도움이 될 수 있다면 그건 저에게도 큰 의미가 있을 것 같아요." 나는 단어들을 신중하게 선택했다. 아빠를 가르치려 드는 것처럼 보이고 싶지 않았다. 나는 나의 암울했던 시간과 내가 가치 없는 사람인 것만 같고 음식과 산소만 축내는 사람처럼 느꼈던 시간을 기억했다. 그 몇 달 동안 아빠가 내게 얼마나 화가 났었는지도 기억했고, 어쩌면 아빠가 느끼는 분노가 인정과 관련이 있을지 모른다는 생각이 들었다.

"고맙구나." 아빠가 말했다. 아빠의 파란 눈동자에 물기가 어렸다. "그렇다면 우리 할 얘기가 많을 것 같은데?"

"아빠는 좋은 아빠였어요. 아시죠?" 나는 말을 내뱉는 순간조차 그 말이 너무 진부하다고 느꼈다.

"선의의 방관, 알지?" 아빠가 웃으며 말했다. 그 말은 아빠의 양육 스타일에 대한 우리만의 오랜 농담이었다.

아빠는 침몰하는 배를 지키는 충직한 일등항해사처럼 일주일에 5일은 계속 학교에 나갔다. 나는 10대 때도 여름방학이면 학교 행정실에서 서류들을 복사하고 정리해 봉투에 넣으며 용돈벌이를 했었다. 거기서 일하는 친절하고 유능한 직원들의 이름과 커피 취향까지 속속들이 알았다. 아빠는 내가 집에 있는 동안 '정신적 지원'을 위해 학교에 와서 일을 좀 도와달라고 부탁했다.

크리스마스를 앞둔 몇 주간 나는 월요일부터 금요일까지 학교 행정실로 출근해 서류들을 정리하거나 안내 직원을 대신해 전화를 받았다. 할 일이 없을 땐 직원 컴퓨터로 카드게임을 했다. 가끔 아빠 사무실에 찾아가면 아빠는 허리가 불편해서 구입한 스탠드형 책상에서 독수리 타법으로 키보드를 두드리고 있을 때가 많았다. 나는 고개를 빼꼼 내밀고 서류들의 위치를 물어보거나 아빠의 서명이 필요한 서류들을 내밀었다.

"고마워." 아빠는 그럴 때마다 내가 선물이라도 가져다준 것처럼 눈시울을 붉혔다. "잘하고 있구나."

오후 두 시면 우리는 근처 식당에서 늦은 점심을 먹었

다. 아빠는 주로 프랑스식 양파 수프를 주문했고 나는 터키 샌드위치를 먹었다. 예전에 목요일 저녁마다 아빠의 여자친구를 만나 치즈 토스트와 아이스크림선디를 먹던 게 떠올랐다. 지금은 아빠와 나 둘뿐이라 훨씬 좋았다. 아빠는 식당 직원이 음식을 내려놓고 가면 빵 조각이 든 수프를 한입 가득 떠서 먹고는 옛날이야기를 들려주었다.

아빠는 할아버지가 토목 기술자로 일했던 예멘과 싱가포르에서 보낸 어린 시절과, 나중에 영국으로 와서 일곱 살 때 기숙학교에 보내진 일들에 관해 이야기했다. 오빠와 내가 어릴 때 아빠가 들려준 기숙학교 이야기는 늦은 밤 몰래 식당에 숨어 들어가서 음식을 훔쳐 먹거나 아무것도 모른 채 잘 자는 아이들을 베개로 때리고 매트리스를 뒤집는 것 같은 말썽부린 이야기나 신기한 이야기뿐이었다. 하지만 이제는 외로움과 부모님에 대한 그리움에 대해, 우는 것이 허락되지 않았던 시절에 대해 이야기해 주었다.

아빠는 20대 때 런던을 떠나 샌프란시스코로 오게 된 일과 엄마를 만나게 된 과정에 관해서도 이야기했다. 아빠는 결혼 초기에 음료 회사를 사서 운영하던 시절과 제이미 오빠와 내가 어렸을 때 아무도 아픈 사람이 없던 시절을 떠올리며 추억에 잠겼다. 아빠는 늦은 밤 우리 집 벽을 통해 울려 퍼진 그 모든 다툼을 까맣게 잊어버린 사람처럼, 마치 우리가 인생의 가장 좋은 시절을 방금 지나온 것마냥 지나온 시간을 아름답게만 묘사했다.

나는 귀를 기울이며 아빠를 위로해 주기 위해 애썼다. 아빠는 내면에 있는 수문이나 둑 같은 게 무너진 사람처럼, 솟구쳐 나오는 과거의 기억들과 그 모든 말들을 쏟아냈다. 아빠의 말들은 내가 오래전부터 듣고 싶은 말이었다. 정말 간절하게 언젠가는 아빠도 우리가 함께한 시간이, 우리의 과거가 때로는 정말 아름다웠다고 인정하는 모습을 보고 싶었다. 하지만 아빠 입에서 나오는 말들은 시간상으로도, 내용상으로도, 혹은 다른 어떤 논리로도 정리가 되어 있지 않았다. 아빠는 하나를 말하다가 갑자기 다른 말을 하고, 했던 말을 또 하며 말의 흐름을 쉽게 놓쳤다. 홍수처럼 터져 나오는 아빠의 이야기들은 앞으로 쭉 나아가는 게 아니라, 어둡고 텅 빈 중심을 향해 점점 좁아지는 원을 그리며 빨려 들어가는 것 같았다.

평생 아침형 인간으로만 살아왔던 아빠는 주말이 되면 낮까지 침대에 누워 피터 잭슨 감독의 영화인 〈반지의 제왕〉 시리즈를 보았다. 아빠의 방문 너머로 인간과 엘프, 드워프들이 악의 요새를 공격하고 악의 세력과 싸우는 소리가 새어나왔다. 새엄마에게 아빠에 관한 이야기를 물어볼 생각은 하지 않았다. 그건 새엄마가 나보다 아빠를 더 잘 안다는 사실을 인정하는 것과 같았다. 크리스마스 전 마지막 일요일에 나는 11시쯤 아빠의 방문을 노크하고 트리를 사러 갈 때가 되었다고 말했다. 2주 전부터 얘기를 했지만 아빠는 나중에 가자며 미뤄왔었다.

일단 농장에 도착하자, 아빠는 차가운 공기를 맞으며 한 손에는 톱을 들고 주머니에는 철제줄자를 넣고 예전처럼 나무를 둘러보았다. 한창 우울감에 깊이 빠져 있을 때 예전부터 익숙하게 해왔던 일들, 심지어 하기 싫어했던 일들도 하고 나면 기분이 조금 나아진다는 걸 나도 경험으로 알고 있었다. 아빠와 나는 우뚝 솟은 소나무를 또 한 번 쓰러뜨려 차 지붕에 실었다. 집으로 돌아오는 길에 우리는 킹스 칼리지 합창단의 CD를 들었고, 아빠는 제일 좋아하는 캐럴인 〈옛날 임금 다윗의 성에서Once in Royal David's City〉를 따라 부르기도 했다. 하지만 집에 도착하자 아빠는 나무를 차고 앞에 그대로 세워둔 채 방으로 들어가버렸다. 오빠와 내가 어렸을 때는 손에 묻은 끈적한 송진을 씻고 핫초코 물을 끓이는 동안 항상 아빠 혼자 그 거대한 나무를 집안으로 들여와 세워두어서 나중에 보면 모든 일이 끝나 있었다. 하지만 그 해는 나무가 사흘 동안 비를 맞으며 차고 앞에 그대로 서 있었다.

"아휴, 하는 수 없지. 내가 세우는 수밖에." 넷째 날이 되어 내가 더는 기다리지 못하고 말했다. "하지만 도와주는 사람이 없으면 나도 어떻게 될지 모르겠단 말이지." 아빠에게 어떻게 이야기해야 좋을지 몰랐기 때문에 아빠가 예전에 내게 말하던 방식대로 어린애처럼 애교 섞인 말투를 썼다. 아빠는 내 말을 듣고 웃더니 나와 함께 커다란 나무를 집안으로 들여놓았다. 비를 맞아 여전히 물기를 머금은 소나무의 뾰족한 잎들이 불빛에 야단스럽게 반짝였다.

제이미 오빠는 크리스마스 전날, 저녁 늦게 가족과 함께 도착했다. 그날 밤, 나는 새언니 샐리와 함께 이제 막 세 살이 된 쌍둥이들을 위한 양말에 선물을 채워 넣었다. 우리는 부모님이 늘 해오던 방식대로 사탕과 장난감을 하얀 박엽지로 감쌌다. 다른 누군가를 위해 우리 집의 익숙한 전통을 따르는 내 모습이 낯설면서도 좋았다.

손주들의 존재는 아빠의 기분을 북돋아 주는 것 같았다. 아빠는 손주들을 한 명씩 어깨에 올려서 집안을 돌아다니거나 뒷마당에서 아장아장 걸어다니는 아이들 뒤를 따라다녔다. 쌍둥이들은 이제 우리가 처음 그 집에 이사왔을 때의 내 나이에 가까웠다. 아빠에겐 재미만 있고 훈육은 필요 없는 할아버지 역할이 딱 맞는 것 같다는 생각이 들었다. 오빠와 나는 예전처럼 옛날 사진들을 뒤적이는 대신 쌍둥이들을 예전 오빠 방에 재우고 샐리 언니와 함께 밤늦도록 와인을 마시며 이야기꽃을 피웠다. 그때 오빠와 나는 고작 스물다섯, 스물한 살밖에 되지 않았지만—오빠에겐 두 아이가 있긴 했지만—나는 우리가 아주, 아주 어른이 된 것 같았다.

나는 오빠와 새언니에게 아빠가 오전 늦게까지 침대에

누워 영화를 보는 것에 대해서 이야기했다. 아빠가 이상할 정도로 건망증이 심해 보이거나 기분이 갑자기 좋았다 나빴다 하는 모습을 보일 때마다 오빠와 나는 서로 동그랗게 눈을 뜨고 '아빠 좀 이상한 거 맞지?' 하는 눈빛을 교환했다. 하지만 우리는 아빠가 잠시 힘든 시기를 겪고 있을 뿐, 날씨처럼 그 시기가 곧 지나갈 거라고 생각했다.

오빠네 가족은 새해 초에 떠났고, 나는 2주 정도 집에 더 머무르며 아빠가 학교로 일을 나갈 때 따라나섰다. 아빠와 나는 전처럼 서류를 정리하고 문서를 작성하며 똑같은 일상을 반복했다. 그리고 나는 아빠와 늦은 점심을 먹는 내내 아빠의 두서없는 이야기들을 들었다.

집에서 보내는 마지막 날 밤, 학교가 문을 닫은 뒤 아빠의 계획에 대해 이야기했다. 아빠는 비영리단체를 시작해 볼 생각이라고 했다. 영국에는 병원 대기실에 시집을 비치하는 게 유일한 설립 목적인 단체가 있었다. 그 아이디어의 단순함과 인간적인 면이 아빠의 마음을 끌었나 보았다. 아빠는 미국에서도 그런 단체를 시작해 볼 수 있을 것 같다고 했다.

"어쩌면 먼저 여행을 좀 다닐지도 모르겠어." 아빠가 말했다. "그러면 너를 보러 버클리로 더 자주 찾아갈 수 있겠지."

"그럼, 3월에 연극을 시작하니까 그때 오세요." 내가 말했다.

다음 날 오후, 버클리로 돌아가기 위해 차에 짐을 싣고 있는데 아빠의 흰색 토요타가 차고 앞으로 날카로운 소리를 내며 들어왔다. 깜빡 잊고 두고 간 게 있어서 가지러 왔다고 했다. 우리는 길에 서서 포옹을 나누었다. 영국인인 아빠는 내가 원하는 방식대로 나를 안아주는 걸 항상 힘겨워했다. 아빠가 몇 초 동안 나를 품에 안았다가 놓아주려 하면, 나는 아빠의 가슴에 더 오래 머리를 기대고 아빠 냄새를 맡고 싶어서 계속 붙잡았다. 그러면 아빠는 잠시 더 나를 안아주었다가 팔을 밀어냈다. 그날 나는 그 익숙한 동작을 네 번인가 다섯 번 반복하는 내내 아빠를 꼭 붙잡고 있었다.

그날 아침에 양치질을 하다가 화장실 세면대 옆에서 아빠가 남겨둔 메모를 발견했다. 아빠는 종종 식탁이나 주방 조리대 위에 메모를 남겨두었다. 아침 일찍 내 방문 밑으로 밀어 넣거나, 내 차 와이퍼에 끼워두기도 했다. 메모들은 '식기 세척기 정리 부탁해' '티피 산책 좀 시켜줘' '자정까진 집에 들어와'처럼 주로 내게 어떤 것을 지시하는 내용일 때가 많았다. 내가 더 나이가 들고 우리의 생활 스케줄이 달라지면서 메모는 아빠의 주요한 의사소통 수단이자 양육 방식이 되었다. 문자 메시지 한 건당 10센트밖에 들지 않던 시절에도, 아빠는 아빠의 이름이 인쇄된 5×7인치 크기의 메모지에 검은색 볼펜으로 메모를 쓰는 걸 더 좋아했다. 메모 마지막에는 항상 '사랑하는 아빠가'라고 썼다. 그럴 때 '아빠'라는 글자는 다른 글자들과 다른 글씨체로 쓰여 있을 때가 많았다. 아빠는 아빠라는 단어가 마치 아빠의 이름인 것처럼 메모 끝에 서명하듯이 '아빠'라고 썼다.

Gwenny,

I love you. Have a bold return to Berkeley. Looking Forward to seeing your new play. Love Deddy.

그웨니,

학교생활 씩씩하게 잘하렴.

너의 다음 공연 기대하고 있을게.

　　　　　　　　　　　사랑하는 아빠가

3부

빛을 향해 나아가다

아빠의 자살

상상도 못한 그 끔찍한 일은 화요일 오후에 일어났다. 봄 학기가 시작된 지 이틀째 날, 데이비드의 이름이 휴대폰 액정에 떴다. 데이비드가 전화를 거는 건 드문 일이라 대본과 물병, 열쇠를 챙기던 중 멈칫했다. 아빠에게 말한 다음 공연의 첫 번째 대본 읽기 모임에 나가려고 집을 나서던 참이었다. 처음엔 '수신 거절' 버튼을 눌렀다가 다시 벨이 울리자 전화를 받았다.

"여보세요?"

"그웨니, 집에 일이 생겼어. 정말 큰일이야."

나는 데이비드가 집에 불이 났다고 말하려나 했다.

"무슨 일인데?"

"아빠가 목을 매셨어hung."

'hanged'라고 해야지. 속으로 생각했다. 열한 살 때 E. L. 코닉스버그의 『퀴즈 왕들의 비밀The View from Saturday』이라는 책을 읽고, 'hang'이라는 동사는 그림, 수건, 장식품 같은 '물건을 매다'라고 할 때는 과거형으로 'hung'을 쓰고, 사람이 (혹은 이럴 때처럼 아빠가) '목을 매다'라고 할 때는 'hanged'를 쓴다는 걸 배웠다. 나는 이런 상식들을 알고 있는 게 똑똑한 사람처럼 느껴져서 좋았다.

"농담이지?" 내가 물었다. 계단에서 발을 삐끗한 사람처럼 속이 울렁거렸다. 머릿속으로는 데이비드의 말이 사실이 아니라고, 그럴 리가 없다고 생각했다. "농담이면 재미없어."

"아니야, 정말이야."

"그럼, 네 말은, 아빠가…" 입 안에서 맴도는 다음 말을 차마 내뱉지 못했다. "…돌아가셨어?"

"그런 것 같아."

내 마음은 데이비드의 목소리에서 느껴지는 불확실함에 매달렸다. "집에 경찰이 와 있어?"

"응."

"좀 바꿔줘."

잠깐 정적이 흐른 뒤, 좀 더 깊고 권위 있는 목소리가 들렸다. "여보세요?"

"여보세요?" 나는 연극 대사를 읊는 것처럼, 아니면 상대방이 경찰이고, 내가 딸인 역할 놀이를 하는 것처럼 느껴졌다. "경찰이세요?"

"네. 그렇습니다."

"데이비드 말로는 아빠가, 피터 킹스턴 씨가" 이번에도 그 단어가 입 밖으로 나오지 않았다. "죽었다고 하는데, 그게 사실인가요?"

"유감스럽게도 그렇습니다."

회색 벽과 중고 가구들, 옷과 책들이 잔뜩 펼쳐진 내 방에 서 있던 나는 갑자기 무릎이 휘청거리는 느낌이 들었다. 그 집에 이사 오던 날 아빠가 사준 갈색 가죽 소파에 털썩 주저앉았다. 전화를 끊고 잠시 앉아 있다가, 다시 데이비드에게 전화를 걸었다.

"미안. 아까 그 경찰과 다시 통화 좀 할 수 있을까?"

아까 들었던 굵은 목소리가 전화기 너머로 다시 들렸다.

"죄송해요. 또, 저예요. 그러니까 아빠가 죽은 게 확실한가요? 확실하게 확인하신 건가요?"

"네, 그렇습니다."

"알겠어요. 감사합니다."

나는 전화기를 내려놓았다.

내 안에서 엄청난 소리가, 삐걱대고 귀를 찌르는 날카로운 소리가 터져 나왔다. 그 소리는 나보다도 더 크게 느껴져서 내가 소리를 만드는 게 아니라 소리가 나를 만들고 있는 것 같았다. 그 소리는 내가 사는 집의 방 여섯 개에 모두 들릴 만큼 크게 메아리쳤지만, 늦은 오후였고 집에는 아무도 없었다. 나는 소리를 지를 수도 있었다. 아무리 소리를 질러도 듣는 사람은 없었을 것이다. 하지만 나는 소리를 지르는 대신 조용해졌다. 그리고 여기서 빠져나갈 방법을, 시간을 되돌릴 방법을 생각했다. 그 일이 조금 전에 일어났다면 되돌릴 기회가 있을지 몰랐다. 시간이 지날수록 되돌리기 힘들어질 것이다. 나는 평생 시간의 질주를 막지 못했다. 하지만 가죽 소파에 앉아 있으니, 시간이 점점 느려지다가 멈춘 것 같았다. 어찌 된 일인지 내 방에 물이 가득 찬 것처럼, 혹은 뿌연 안개가 잔뜩 낀 것처럼 느껴졌다. 흐릿한 형체의 물체들이, 어디서 본 듯한 특이한 물고기인지 혹은 지금까지 내가 놓친 기회들인지, 아니면 생각만 하고 내뱉지 못한 말들인지 모를 것들이 사방에 둥둥 떠다녔다. 익숙하면서도 낯선 풍경 속으로, 꿈속에서 혹은 다른 삶에서 본 듯한 도시 속으로 빨려 들어가는 기분이 들었다. 방에 있는 모든 물건이 내 주위를 빙빙 돌았다. 내 책들, 내 신발들, 다가오는 향수병을 물리치기 위해 부적처럼 정리해 둔 사진들, 그리고 내가 속한 곳을 떠났을 때 생길지 모를 일들에 대한 두려움까지. 하지만 난 이미 떠났고, 그 일은 이미 벌어진 일이었다.

뿌연 안개 속에서 점점 하나의 생각이 떠올랐다. 처음에는 그 생각이 멀리 떨어진 도로 표지판처럼 흐릿하게만 보였다. 그러다 점점 뚜렷해지며 시야 안으로 들어왔다. 그건 오빠였다. 그리고 다음 생각이 떠올랐다. '맞아. 오빠에게 전

화해야지.'

당연했다. 오빠는 자기만큼 아빠를 사랑하지 않는 데이
비드나 경찰한테서 아빠의 사망 소식을 듣는 게 아니었다.
오빠가 그 소식을 전해 듣게 될 사람은 나였다. 하지만 소파
에 앉아 전화기를 들고 오빠의 전화번호를 누르는 손가락의
움직임이 느려졌다. 오빠의 세상에선 아직 아빠가 살아 있었
다. '조금만… 몇 초만 더… 오빠를 그 세상에 머물게 하자.'

전화기 너머로 오빠의 밝고 평범한 목소리가 들렸다. 오
빠가 반갑게 내 전화를 받은 순간 갑자기 엄청난 의심이 밀
려들었다. 내가 뭔가 오해하고 있는 건 아닐까? 어쩌면 나와
통화한 사람이 진짜 경찰이 아니었다면? 내가 착각하고 있
는 거라면? 그 정보가 사실인지 내가 정말 책임질 수 있을
까? 아빠의 시신을 본 것도 아닌데?

나는 오빠에게 새언니와 같이 있는지 물었다. 내 목소리
는 뾰족한 바위 위를 조심조심 걷는 것처럼 불안정했다.

"응, 바로 옆에 있어." 오빠가 말했다.

"오빠. 실은 내가 방금 경찰하고 통화를 했는데, 그 사람
이 하는 말이…" 나는 내가 그 정보를 직접 아는 사람이 아
니라 가운데서 전달만 하는 사람인 것처럼 들리게 하려고
애썼다. "아빠가… 아빠가 돌아가셨대."

"아…" 오빠의 그 한 마디는 내가 티피를 묻어주었다고
말했을 때 했던 말과 같았지만 이번에는 충격과 공포가 담

겨 있었다. "뭐라고?"

"그 사람들이 하는 말이" 나는 다시 말했다. "아빠가 스스로 목숨을 끊었대. 목을 매셨대."

저 멀리 미국 반대편 어딘가에서 오빠의 울음소리가 들려왔다. 엄마의 방에 들어가 돌아가신 엄마 옆에 앉아 있던 그날 밤 이후로 10년이 흘렀다. 평소 좀처럼 울지 않는 오빠는 그날처럼 마음껏 소리 내 울고 있었고, 툭하면 눈물을 보이는 나는 울 방법을 찾지 못하고 있었다.

"미안해, 오빠" 내가 말했다. "정말 미안해."

"응." 오빠가 목소리를 찾고 나서 말했다. "나도."

"우리 집에 가봐야 할 것 같아." 나는 우리가 자란 곳을 아직 그렇게 불렀다.

"그래." 오빠가 말했다. "표 구해서 최대한 빨리 갈게."

"사랑해." 우리는 서로에게 그렇게 말하고 전화를 끊었다.

다음으로 나는 킴 아주머니에게 연락했다. 킴 아주머니는 내가 대학 원서 쓰는 걸 도와준 사람이자 아빠의 오랜 친구였다. 지방 검사로 일하는 킴 아주머니의 사무실로 전화를 걸자 아주머니는 처음에 내가 잘못 안 게 틀림없다고, 내 말을 믿지 않으려 했다. 아주머니의 마음은 이해가 되었지만 아빠의 죽음이 사실이라고 재차 주장해야 하는 건 괴로운 일이었다.

"그래," 마침내 아주머니가 말했다. "내가 데리러갈게.

넌 운전하지 마.”

“아주머니도 운전하시면 안 돼요.” 내가 말했다.

“난 괜찮아.” 아주머니는 단호하게 말하고 전화를 끊었다.

다음은 연극 대본에 있는 연락처 페이지에 적힌 번호로 전화를 걸었다. 그날 저녁 대본 읽기 모임에는 참석할 수 없을 것 같았다. 나는 전화를 받은 사람에게 누가 죽었다고 설명했다.

마지막으로 뉴욕에 있는 프리지아에게 전화했다.

“어떡해야 좋을지 모르겠어.” 나는 조용히 읊조렸다. 잠시나마 찾았던 통제력이라는 통제력은 다 빠져나가고 있었고, 내 숨소리는 정신없이 날뛰는 동물의 숨소리 같았다.

“할 수 있는 건 아무것도 없어.” 프리지아가 말했다. “그냥 숨만 쉬어.”

“무서워.” 내가 말했다.

“뭐가?”

나는 숨을 크게 몰아쉬었다.

“내가 못 견딜까 봐.”

‘그건 그냥 감정일 뿐이야.’ 주디 선생님은 그동안 늘 그렇게 말했다. ‘감정이 널 죽일 순 없어.’ 하지만 그 순간 나는 주디 선생님의 말이 틀렸을지도 모른다는 생각이 들었다.

“이렇게 생각해 봐.” 프리지아가 말했다. “30년 뒤면 우리 부모님들도 전부 다 돌아가실 텐데, 그때 넌 슬퍼하지 않아도 되잖아."

"그건…" 나는 어이가 없어 말을 잇지 못했다. "그건 네가 할 수 있는 말 중에서 가장 위로가 안 되는 말 같은데."

"나도 알아." 프리지아가 한탄하듯 말했다. "너를 웃기든, 화나게 하든, 내가 뭐라도 하면 네게 좀 도움이 되지 않을까 해서."

도움은 되지 않았다. 그 순간 아무것도 나를 도울 순 없다는 건 확실했다.

킴 아주머니는 순식간에 도착했다. 그렇게 빨리 온 걸보면 제한 속도를 지키지 않은 게 분명했다. 아주머니는 산타로사에서 버클리까지 말 그대로 날아오셨다. 나라도 그랬을 거고, 아빠였어도 그랬을 것이다.

나는 현관문을 열어주며 말했다.

"아주머니의 어머니가 아시면 엄청나게 화내셨을 거예요."

한때 우리 가족이 살았고 지금은 새엄마와 그 사람의 아들이 사는 집에 도착하니 밤이었다. 현관 탁자 위에 아빠의 서류 가방이 놓여 있었다. 아빠가 아주 예전부터 늘 가지고 다녔던 가방이었다. 그 낡은 황토색 가죽 가방에는 엄마와 내 생일 날짜로 번호가 맞춰진 잠금장치가 달려 있었다. 어린 시절에는 현관 탁자 위에 서류 가방이 놓여 있는지 아닌지를 보고 아빠가 집에 계신지 알 수 있었다. 하지만 지금은 가방은 있지만 아빠가 없었다. 아빠는 늘 가방 안에 업무 서류와 자동차 수리 명세서, 오래된 허가서들까지 챙겨야 할 모든 걸 보관했는데, 아빠가 유서를 썼다면 분명 그 안에 있을 거라는 생각이 들었다.

엄마가 준 판지 상자처럼 아빠의 서류 가방에도 걸쇠 두 개가 달려 있었다. 생각해 보니 엄마가 준 상자 안엔 '아빠의 죽음'에 열어볼 포장물은 없었다. 엄마는 정말 하나도 빠짐없이 모든 걸 준비했지만 이것만은 준비하지 못한 것 같았다. 아빠의 가방 속에는 예상과 달리 별다른 게 없었다. 아빠가 삶의 마지막 순간에 어떤 생각들을 했는지 알려줄 만한 단서도 아무것도 없었다. 아빠는 살아 있는 동안 내게 그렇게 많은 메모를 써주었는데 마지막 순간에는 침묵을 선택했다. 나는 판지 상자 안에 아직 남아 있는 편지와 선물을 떠올리며, 아빠가 몇 줄 끄적여 쓴 메모가 한 장이라도 있다면 그것들과 전부 바꿀 수 있을 것 같다고 생각했다.

그날 밤, 킴 아주머니는 나를 아주머니 집으로 데려가 따뜻한 욕조 물에 몸을 담그고 있게 했다.

"오늘은 여기서 자고 가면 안 되겠니?" 집에서 음식을 나르고 의자에 앉아 함께 있어주던 많은 지인과 친척들을 따라 집을 나서자 새엄마가 눈물 젖은 얼굴로 나를 붙잡았다. 하지만 어린 시절 내 방을 마주할 자신이 없었다. 아빠가 천장에 걸어준 알록달록한 새 인형도 마주할 자신이 없었고, 여름이면 시원하게 자라고 매일 밤 아빠가 열어두었던, 그리고 아침 안개가 피어오르기 전에 닫아주었던 창문도 마주할 자신이 없었다. 그 방은 오랫동안 내가 세상에서 제일 안전하다고 느낀 유일한 장소였다. 하지만 이제 마법은 모두 사라지고, 방에 들어가면 그 사실을 인정해야만 했다. 나는 킴 아주머니의 욕조 안에서 견딜 수 있을 때까지 뜨거운 물을 계속 틀어두었다. 얼마 안 가 욕조의 수위만큼 피부가 빨갛게 달아올랐다. 욕조 위로 쏟아지는 물이 폭포 같은 소리를 내며 수면을 두드렸다.

아주머니와 나는 소파에 앉아 잠옷 차림으로 영화 〈보디 히트Body Heat〉를 보았다. 우리 둘 다 아직 잠들 수 있는 상태가 아니었다. 그날 처음 본 영화였지만 캐슬린 터너의 긴 다리와 깊은 목소리, 한쪽 어깨로 머리를 넘겼다가 다시 다른 쪽으로 머리를 넘기는 모습 외에는 거의 기억에 남는 장면이 없다. 영화를 보는 내내 머릿속으로 지난 몇 달간 아빠와 나누었던 모든 대화를 반복해서 재생했다. 대화 속의 단어와 문장들을 따로 떼어내 숨겨진 의미는 없는지, 내가 놓친 단서가 뭔지 생각하고 또 생각했다. 아빠는 내게 무슨 말을 하고 싶었던 걸까?

몇 년 전 아빠가 일하는 학교 행정실에서 서류를 복사하고 있는데 안내 직원이 다가와 아빠가 병원에 있다고 말해 준 적이 있었다.

"아버지는 괜찮으셔." 그녀가 말했다. "그래도 몇 가지 검사가 더 필요해서 병원에 더 있을 것 같다고 점심을 좀 가져와주면 좋겠다고 하셨어."

나는 카이저 퍼머넌트 병원까지 3킬로미터를 운전해 가면서 바로 몇 걸음 떨어진 곳에서 일하고 계신 줄로만 알았던 아빠가 어떻게 나도 모르는 사이에 병원에 있게 된 건지 의아했다. 구급차 소리도 들리지 않았다.

근처 식당에서 산 터키 샌드위치를 손에 들고 형광등이 환하게 켜진 넓은 병원 복도를 지나 아빠가 있는 작은 병실로 들어갔다. 아빠는 종이 더미가 쌓여 있는 검사대 위에 앉아 있었다. 나를 본 아빠가 멋쩍은 표정으로 싱긋 웃어 보였다.

"어떻게 된 거예요?"

"가슴에 약간 통증이 있어서 검사받으러 온 거야."

"심장에 통증이 있어서 병원에 가면서 직접 운전을 하셨다고요?" 내가 씩씩거렸다. "몇 발짝만 걸으면 제가 있는데 저한테 운전해 달라고 하시지 않고요."

"네가 걱정할 것 같아서 그랬지." 아빠는 병원에서 아무 문제가 없다는 걸 확인한 뒤에야 나를 부른 것이었다. 아빠는 상표가 인쇄된 포장지를 벗기며 고맙다는 몸짓으로 터키 샌드위치를 한입 가득 베어 물었다. "너에게 아빠까지 아픈 모습을 보여줄 순 없잖아."

킴 아주머니의 소파에 앉아 생각해 보니 내가 기억하는 아빠는 상황이 아무리 나빠도 내게 그 사실을 절대 알려줄 사람이 아니었다. 아빠는 본능적으로 항상 나를 지켜주려 했다.

병원에서는 아빠를 러닝머신에서 뛰게 한 뒤 스트레스 검사를 했고, 아빠의 심장에는 아무 이상이 없다고 했다.

다음 날 아침에 새엄마와 함께 아빠의 시신을 보러 갔다. 나는 아빠가 쓰러진 현장을 직접 보고 싶었지만 전날 내가 도착하기 전에 경찰이 아빠의 시신을 가져가서 그럴 수가 없었다. 나는 사람이 목을 매고 죽으면 어떤 모습이 되는지 몰랐기 때문에 시신을 보는 게 겁이 났다. 사실 아빠가 목이 졸린 건지, 부러진 건지도 몰랐다. 그리고 그걸 어떻게 물어보아야 할지도 몰랐다. 테이블 하나가 가운데 놓인 커다란 방에 들어가기 전, 잠시 문 앞에서 머리를 벽에 기대고 숨을 얕게 들이켰다. 마치 얼음같이 찬 호수 안으로 걸어 들어가는 기분이었다.

"자, 가야지." 새엄마가 내 손을 끌어당겼다.

새엄마는 테이블을 향해 성큼성큼 걸어가 누워 있는 시신 위로 몸을 기울였다. 갑자기 새엄마가 몇 년간 병원 목사로 일해 시체를 본 경험이 많다는 사실이 기억났다.

아빠는 내가 걱정한 것처럼 핏발이 서 있는 모습이 아니라 밀랍처럼 창백한 모습이었다. 턱까지 덮인 흰 천이 목에 난 자국을 가리고 있었다. 입은 내가 처음 보는 모습으로 굳게 닫혀 있었고, 입술은 치아 위로 내려앉아 있었다.

"아빠는 여전히 아빠야." 새엄마가 어깨 너머로 말했다. "그냥 좀 차가운 것뿐이야." 그러고는 전혀 망설임 없이 고개를 숙여 아빠의 입에 입을 맞추었다.

'새엄마는 아빠를 사랑했구나.' 몇 발짝 뒤에서 서성이던 나는 생각했다. '정말 많이 사랑했어.'

아빠는 취미로 종종 로프 코스를 만들었다. 어릴 때 보이스카우트로 활동했던 아빠는 근사한 매듭법을 많이 알고 있었고, 그중 몇 개는 오빠와 내게도 가르쳐주었다. 아빠는 외가가 소유한 참나무 숲에 아빠의 첫 번째 로프 코스를 만들었다. 아빠가 사다리 위에서 보낸 그 며칠간은 무성한 나뭇잎 사이로 아빠의 나이키 테니스화와 긴 흰색 양말만 보였다. 아빠는 나무 몸통에 강철 아이볼트를 깊숙이 박아 넣고, 나무와 나무 사이에 긴 밧줄을 연결했다. 곧 지상에서 3 미터 높이에 거미줄 다리가 만들어졌고, 그 다리는 한 번에 대여섯 명이 들어갈 수 있는 거대한 해먹으로 연결되었다. 그 아래로는 나무에 긴 나사를 박아 고정시키고 플랫폼 두 개를 쇠 케이블로 연결해서 만든 작은 집라인이 달려 있었다. 여름이 되면 오빠와 나, 사촌들과 친구들은 아빠가 만든 놀이터에 다람쥐처럼 몰려들어 나무와 나무 사이에 연결된 밧줄 위를 걸어 다니거나 공중에 매달린 그물망 위에 누워 시간을 보냈다.

아빠는 그 후로도 로프 코스를 몇 개 더 만들었고, 그중 하나는 우리 집 뒷마당에 만들었다. 아빠는 튼튼한 흰색 밧줄을 엮어 만든 그물망으로 우리 집 뒷마당에 있는 참나무와 소나무, 한쪽에 우뚝 솟은 삼나무를 연결했다. 오빠가 화살 끝에 낚싯줄을 매달아 가장 큰 소나무의 가장 높은 가지로 쏘아 올리면 아빠가 가지 위로 줄을 넘겨 도르래를 이용해 나뭇잎들 사이로 해먹을 높이 매달았다. 해먹에 앉으면 우리 동네 집들의 지붕이 훤히 내려다보였다. 밧줄과 나무. 아빠는 그런 것들을 좋아했다. 아빠는 풀리지 않게 매듭을 묶을 줄 알았고, 중력의 힘을 거슬러 공중으로 사람을 들어 올리고 그 자리에 고정해 두는 법을 알았다.

한편으로 나는 아빠가 어느 이름 모를 호텔에서 약을 먹거나 높은 다리 위에서 차가운 강물 아래로 뛰어내리지 않은 것에 감사했다. 아빠는 늘 좋아하던 곳을 선택했다. 아빠가 마지막으로 본 풍경은 아빠가 가꾸던 정원이었고, 마지막으로 들은 소리는 우리 집 뒷문에 걸린 풍경 소리였을 것이다.

아빠가 죽던 날, 나는 데이비드에게 아빠를 발견하게 된 과정을 설명해 달라고 했다. 머릿속으로 상세히 그림을 그려보아야 했다. 데이비드는 처음에 멀리서 보고 아빠가 나무들 사이에 가만히 서 있는 줄 알았다고 했다. 거기서부터 이상했다. 아빠는 가만히 서 있는 사람이 아니었다. 항상 여기저기를 돌아다니며 울타리를 수리하거나 나무를 심거나 나뭇가지를 손질하느라 바빴기 때문이다. 데이비드는 큰 소리로 아빠를 불렀지만 아무런 대답이 없었다. 데이비드는 더 가까이 다가간 후에야 아빠의 발이 공중에 떠 있다는 걸 알게 되었다.

현실은 간혹 연극보다 더 연극 같은 법

나는 언제나처럼 공항으로 오빠를 데리러갔다. 오빠와 샐리 언니는 쌍둥이들을 친정에 맡겨두고 둘이서만 왔다. 오빠의 목을 감싸 안을 때 내 볼에 닿은 오빠의 까끌까끌한 수염이 신기할 정도로, 끔찍할 정도로 현실적으로 느껴졌다. 나는 백 번째로 생각했다. '그래, 이건 모두 꿈이 아니야.'

나는 오빠와 다시 영안실을 찾았다. 그런데 영안실 안으로 들어가다가 깜짝 놀라고 말았다. 내가 다녀간 지 이틀 만에 누군가 아빠에게 정장을 입히고, 얼굴에는 진하게 화장을 해두었기 때문이다. 아빠의 얼굴엔 파운데이션이 두껍게 발려 있었고, 입술은 분홍색으로 칠해져 있었다.

"원래는 이렇지 않았는데…" 내가 변명하듯 말했다. 알았다면 오빠에게 미리 언질을 해주었을 것이다. 죽은 사람의 얼굴에 화장한 모습을 본 건 나도 처음이었다. 살아 있을 때 한 번도 화장하지 않은 남자가(오빠의 생일 파티 때 카드의 여왕으로 분장했을 때만 빼고) 죽고 나서 이렇게 두껍게 화장을 해야 한다는 게 너무 이상했다. 나는 아빠의 머리 쪽에 서고 오빠는 아빠의 다리 쪽에 섰다.

"오빠, 위에서 보니까 좀 덜 이상한 것 같은데 자리 바꿀래?" 내가 말했다.

우리는 자리를 바꿨다. 오빠는 별로 도움이 되지 않는다고 했다.

반대쪽에 서니 아빠의 한쪽 구두 밑창에 긁힌 자국이 보였다. 아빠에게 신발이 왜 필요할까? 테이블 위에 누워 있는 사람은 신발부터 양복, 화장까지 그 모든 것이 내가 알던 아빠와 너무 동떨어져 있었다.

아주 옛날, 부모님의 주스 회사가 파산하기 직전에 엄마가 총을 든 아빠를 발견했었다던 이야기가 뒤늦게야 내 기억에서 천천히 되살아났다. 처음에는 내가 그 이야기를 꾸며낸 게 아닌가 생각했다. 그 이야기를 누가, 언제 내게 해주었는지 기억이 나지 않았기 때문이다. 하지만 숙모와 삼촌, 부모님의 친구들이 모두 그 이야기가 사실이라고 확인해 주었다. 내 안에서 또 다른 후회가 밀려들었다. '아, 결국 조짐이 있었는데.' 새엄마도 그 이야기를 알고 있어서 몇 달 전에 이미 아빠의 사냥총을 전부 치워두었다고 했다. 나는 그 말을 듣고 한 달이나 집에 와 있었으면서 상황을 제대로 파악하지 못했던 나 자신이 놀라울 뿐이었다. 나는 아빠에게 우울증이 있다는 것도 알았고, 15년 전 사업이 실패했다고 느꼈을 때 자살을 기도했던 것도 알았다. 곧 아빠의 학교가 문을 닫는다는 것도 알았다. 그렇게 많은 사실을 알고 있었는데도 정작 그 모든 점들을 하나로 연결하지 못했다.

그 후 몇 년간 나는 아빠의 마지막 몇 주를 들추어내서 이런저런 공식적·비공식적 인터넷 사이트에서 찾은 자살지표 목록과 아빠의 행동을 비교해 볼 필요를 느꼈다. 나는 허물 벗은 뱀의 빈껍데기를 조사하듯 아빠의 삶을 하나하나 되짚어보며 아빠가 죽기 몇 년 전부터 아빠의 세계가 조금씩 좁아지고 있었다는 걸 알아차렸다. 먼저 오빠와 내가 집을 떠났고, 얽히고설킨 엄마 쪽의 많은 친척도 아빠의 재혼 이후 대부분 멀어졌다. 어떤 관계는 심한 다툼으로 아예 연락이 끊어졌고, 어떤 관계는 자연스럽게 멀어졌다. 아빠와 가깝게 지낸 엄마 쪽 친척은 Q 삼촌 부부뿐이었다. 아빠의 아버지와 여동생, 조카 등 얼마 안 되는 아빠의 가족은 전부 영국에 살았고, 그나마 1~2년에 한 번밖에 보지 못했다. 아빠는 친한 친구의 아내가 지방 정부의 직책을 두고 새엄마와 부딪히는 바람에 그 친구마저 잃었다. 그리고 킴 아주머니와는 10년 넘게 아침마다 같이 개를 산책시켰는데, 어느 날 새엄마가 두 사람이 바람을 피운다는 (근거 없는) 소문을 걱정해 그것도 갑자기 중단하고 말았다. 아빠가 일했던 학교는 아빠가 하는 사회 활동의 대부분을 차지했지만 거기도 곧 문을 닫을 예정이었다.

나는 꾸준히 주디 선생님, 제이미 오빠, 그 외 많은 친구와 친척들과 차나 와인을 앞에 두고 밤늦도록 이야기를 나누면서 아빠가 자신이 죽음에 이르고 있다는 사실을 한 달 전이든, 일주일 전이든, 하루 전이든, 어느 시점에는 알았을지 추측해 보았다. 엄마의 암 투병이 암묵적으로 아빠에게 부여한 과제, 즉 아이들이 클 때까지는 살아 있어야 한다는 관점에서 아빠의 죽음을 이해하려고도 해보았다. 어쩌면 아빠는 우리를 세상으로 내보낸 뒤 임무를 다했다고 생각했는지 몰랐다. 어쩌면 우리와는 전혀 관계가 없는 일인지도 몰랐다. 어쩌면 아빠는 감정의 파도를 타는 것에 지친 건지도, 깊은 수렁에서 자신을 또 한 번 끌어올릴 힘이 없었던 건지도 몰랐다. 하지만 그 어떤 분석도 만족스러운 답을, 아빠를 되찾을 답을 찾아주지는 못했다. "왜?"라는 질문은 완전히 잘못된 질문이었지만 그럼에도 그 질문을 멈출 수가 없었다.

우리가 함께한 마지막 크리스마스에 오빠와 나는 무릎밑까지 내려오는 부드러운 촉감의 파란색 목욕 가운을 아빠에게 선물했다. 백화점에서 가운을 살 때 점원에게 '드레싱

가운'이 있는 곳을 알려달라고 했다.

"뭘 찾으신다고요?" 점원은 눈썹을 찌푸리며 다시 물었다.

"드레싱 가운이요." 나는 허리에 무언가를 묶는 시늉을
했다. "왜, 샤워하고 나왔을 때 입는 옷 같은 거 있잖아요."

"목욕 가운을 말하는 거예요." 프리지아가 옆에서 내 말
을 통역해 주었다. 볼일이 있어 함께 백화점에 왔던 프리지
아의 말을 듣고서야 점원이 길을 안내해 주었다.

나는 태어나서 줄곧 미국에서만 살았지만 특정 단어들,
가령 lift, lorry, jumper와 같은 단어들을 쓸 때는 여전히 버벅
거렸다. 이런 소소한 의사소통 문제는 항상 나를 당황시켰
고, 내가 미국이 아닌 다른 나라에서 온 사람 밑에서 자랐다
는 사실을 또 한 번 일깨워주었다.

크리스마스 날 아침에 아빠는 가운이 아주 마음에 든다
며 고마워했다. 그러더니 선물 더미에서 이상한 형태의 포
장을 꺼내 내게 건넸다. 포장지 속에는 펼쳐 놓은 백과사전
크기만 한 금속 나비가 있었다. 강철로 된 나비의 날개 부분
은 무지개색으로 반짝였고, 기다란 더듬이는 만질 때마다
파르르 진동했다. 뒷날개의 가장자리는 깡통 뚜껑처럼 얇고
날카로웠다. 크리스마스 아침의 밝은 분위기와는 맞지 않는
상당한 무게의 나비를 들고 나는 당혹감을 느꼈다.

"고마워요, 아빠." 기대에 찬 아빠의 표정을 보며 나는
달리 할 말이 없었다. 나비의 가슴 부위에는 데크 난간이나

나무줄기에 나사로 고정할 수 있는 구멍이 두 개 나 있었다. 나는 여자 여섯 명이 함께 사는 집에서 방 하나를 빌려 살았기 때문에 그렇게 커다란 물건을 달아둘 만한 데가 없었다. 아기 침대 위에 매달아 아기가 무지갯빛 날개를 감상하면 좋을 법도 했지만 그러기에 그 나비는 너무 크고 무겁고 위험했다.

"정원용품점에 갔다가 이걸 보니 네 생각이 나더라고." 아빠가 말했다. 아빠는 정원용품점에 가는 걸 좋아했다. 우리 집의 넓은 뒷마당을 어슬렁어슬렁 돌아다니는 것도 좋아했고, 뒷마당에 아빠만의 동물 모양 장식품들을 수집하는 것도 좋아했다. 제비꽃밭에는 돌로 된 작은 토끼들이 고개를 내밀고 있었고, 나무를 조각해서 만든 구불거리는 기다란 뱀은 뒷문 근처에, 도자기로 된 멕시코산 수탉은 뒤쪽 테라스의 삼나무 계단을 지키고 서 있었다. 아빠는 그 나비가 내 동물 컬렉션의 첫 번째 수집품이 되기를 바랐던 걸까? 이제 내가 성인이 되었으니, 나중에 정원이 있는 집을 위해 미리 준비해 두라는 의미였을까? 아니면 내가 나비를 좋아한다고 아빠에게 언젠가 말한 적이 있었던가?

여덟 살인가 아홉 살 때 맨손으로 나비를 잡고 논 적이 있긴 했다. 내가 다닌 초등학교 잔디밭에는 제왕나비, 작은 멋쟁이나비, 배추흰나비 같은 나비들이 많이 날아다녔다. 나는 양손을 오므려 나비를 잡은 다음 아주 조그만 모터처럼 펄럭이는 나비의 움직임을 손바닥으로 느꼈다. 그렇게 나비를 쫓아다니는 여자애들이 항상 네다섯 명은 더 있었고, 누구 한 명이 나비를 잡았다고 큰 소리로 외치면 나머지 아이들이 우르르 몰려가 행운의 주인공이 된 그 아이의 손을 부러운 눈으로 쳐다보았다. 나비를 잡은 아이는 자신이 잡은 나비를 다른 아이들에게 보여줄 수가 없었다. 손을 펼치는 순간 나비가 날아가 버리기 때문이다. 나는 가끔 나비를 잡은 척하면서 아이들 앞에 공기밖에 없는 손을 오므린 채 부러운 시선을 즐겼다. 그러다 수업 종이 울리면 우리는 나비를 다시 하늘로 날려 보내고 운동장을 가로질러 교실로 뛰어 들어갔다. 그렇지만 그건 10년도 넘은 옛날 일이었고, 그 후로는 나비를 잡아본 적이 없었다.

"고마워요." 나는 다시 아빠에게 그렇게 말하고 아빠를 안아주었다.

버클리로 돌아와 나비를 내 옷장 안쪽에 대충 던져 놓고 까맣게 잊고 지내다가, 며칠 뒤 아빠의 장례식에 입고 갈 옷을 찾으려고 옷장을 뒤지다 다시 보게 되었다. 나비를 꺼낼 때 나비의 금속 날개가 어딘가에 부딪혀 '쨍!' 하는 소리가 났다. 나는 연극 대본이나 악보를 넣어둔 큰 바인더를 들 듯 나비의 날개를 받쳐 들었다. 아빠가 내게 준 마지막 선물이었다.

구멍을 메우는 법

장례식에는 거의 500명에 가까운 인원이 참석했다. 모퉁이를 돌자 주차장이 1월 말의 햇살을 받아 번쩍이는 차들로 꽉 차 있는 모습이 보였다. 높은 천장으로 된 강당 로비에 들어서자 내가 아는 거의 모든 사람이 거기 다 모여 있었다. 그 사람들이 한 주만 더 일찍 모였다면, 아빠가 죽은 다음이 아니라 죽기 전에 모였다면 얼마나 좋았을까 하는 생각이 들었다. 그럴 수만 있다면 사람들이 아빠에게 '자, 보라고! 우리가 당신을 얼마나 소중하게 생각하는지, 당신을 얼마나 사랑하는지'라고 말해줄 수 있었을 것이다.

7년 전 아빠와 새엄마의 주례를 섰던 장발의 목사가 이번에는 아빠의 장례식을 집전했다. 목사가 어떤 도덕적 비난이나 설교 없이 아빠의 죽음을 애도하는 말만 해준 것에 감사했다. 뒤이어 다른 사람들도 추모의 말을 전했고, 그 말들은 모래알처럼 쌓여 텅 비어 있는 거대한 공간을 채웠다.

생각지도 않게 데이비드도 앞에 나와 아빠를 힘들게 한 일이 있다면 그게 무엇이든 미안하게 생각한다고 말했다. 나는 문득 아빠의 시체를 처음 발견한 데이비드가 그것에 대해 누군가와 이야기할 수 있게 신경 쓰는 사람이 있는지 걱정이 됐다.

나는 엄마의 진주 목걸이를 하고, 옆 솔기가 손톱만큼 찢어져 안이 살짝 비치는, 옷장에서 찾은 유일한 검은색 치마를 입고서 오빠와 맨 앞줄에 앉았다. 집을 나서기 전 출력해 온 종이를 손에 들고 접었다 폈다 했다.

그날 아침에 오빠와 나는 워드 삼촌과 함께 복잡하게 얽힌 길을 지나 엄마의 무덤까지 걸었다. 겨울이라 꽃은 없고 낙엽만 쌓여 있었다.

워드 삼촌이 비석 맞은편의 낮은 콘크리트 담장에 앉아 우리를 바라보았다. "너희는 이번 생애에 정말 좋은 일과 힘든 일을 다 겪는구나."

그날 아침은 화창하면서도 추웠다. 묘지는 온통 짙은 초록색 그림자로 얼룩져 있었다. 나는 발밑에 쌓인 뾰족한 낙엽들을 발로 차며 삼촌이 한 말에 대해 생각해 보았다. 오빠와 나는 감사하게도 좋은 부모님 밑에서 태어나 안락한 환경 속에서 많은 것을 누리며 살았다. 우리는 우리를 사랑해주고 부족하지 않게 키워준 부모님과 어린 시절을 보냈다. 그들을 잃는다고 해도 달라지는 것은 없었다. 고려할 가치도 없는 말이지만, 우리가 받은 물질적 선물을 부모님과 울고 웃으며 더 많은 시간을 보내는 것과 바꿀 수 있다면 당연히 그렇게 했을 것이다. 하지만 그건 불가능했다.

나는 장례식에서 할 말을 종이에 옮겨 쓰느라 며칠간 글을 썼다가 지우고, 또 썼다가 지웠다. 그러는 동안 사람들로부터 아빠가 한 일에 대해 화를 내도 괜찮다는 말을 수없이 들었다. 내가 어렸을 때 임종시설에서 나온 여자가 '화나요'라고 적힌 작은 쿠션을 보여주었던 일이 생각났다. 이번에도 내 앞에 '분노'라는 선택지가 놓였지만 이번에도 그 선택지로 무엇을 해야 할지 알 수 없었다. 나는 아빠에게 전혀 화가 나지 않았다. 내가 느끼는 감정은 아빠를 보호하고 싶은, 거의 광적인 수준에 가까운 깊은 슬픔뿐이었다. 그건 마치 나와 함께 길을 걷던 아빠가 갑자기 돌아서서 내가 전혀 인식하지 못한 치명적인 상처를 내보인 것과 같았다. 아빠의 깊은 절망과 내가 그걸 인지하지 못했다는 사실을 떠올릴 때마다 깊은 무력감을 느꼈다. 나는 아빠를 죽음에 이르게 한 올가미나 그 올가미를 묶은 손이 아닌, 아빠의 깊은 절망이 목숨을 버린 원인이라고 생각했다. 아빠의 죽음은 삶이 더 이상 견딜 수 없는 수준이 되었다는 증거였고, 아빠가 죽기로 결심했다는 건 다른 선택의 여지가 없다고 느꼈다는 충분한 증거였다.

나는 점퍼 주머니에 손을 더 깊숙이 집어넣었다. 공기

중에서 희미하게 타는 냄새가 났다. 누군가가 낙엽을 태우는 모양이었다.

"무슨 말을 해야 할지 모르겠어요." 내가 말했다.

"그렇겠지." 워드 삼촌이 말했다. "하지만 알았다면, 어떤 말을 하고 싶었을까?"

장례식 리셉션 때 환상의 6인조는 소파 하나에 팔다리를 포개 앉았다.

"강아지 여섯 마리가 포개져 있는 것 같네." 지나가던 사람이 우리를 보고 말했다.

우리는 여전히 1년에 한 번 이상은 만났고, 어릴 때 친해진 친구들 사이에서 흔히 볼 수 있는 신체적 친밀감을 유지했다. 나는 친구들 사이에 파묻혀 나 자신을 잊을 수 있다는 사실에 감사했다. 친구들은 자신들의 존재가 내게 필요하냐고 묻지 않았다. 그냥 내 옆에 있을 뿐이었다.

그날 밤 나는 레드 와인을 몇 잔 마시고 오빠를 찾으러 갔다.

"내가 나중에 멍청하게도 누군가와 결혼하게 되면 신부 입장할 때 오빠가 나 데리고 들어가줄 거야?" 나는 술에 취해 오빠에게 물었다. 결혼한 지 3년이 지난 사람에게 묻기엔 이상한 질문이었지만 오빠는 빙긋 웃어주었다.

"물론이지." 오빠가 내 어깨에 손을 올리며 말했다.

"고마워."

그 질문은 내 감정의 반사작용에서 나온 말이었다. 나는 아빠의 빈자리를 채워줄 사람들이 주변에 있다는 확신을 얻고 싶었다. 하지만 그런 이야기를 아무렇게나 쉽게 꺼낼 수는 없었다. 결혼이라는 계획은 내게 점점 더 저주로 다가왔다. 아빠는 두 번의 결혼을 했지만 두 번 모두 누군가의 이른 죽음으로 끝났다. 내가 얻을 수 있는 교훈은 분명해 보였다. '내가 가족을 만들면 세상이 우리 가족을 가만히 내버려두지 않을 것이다.'

우리는 초록 잔디밭과 알록달록한 조화들이 있는 묘지의 새 구역에 아빠를 묻었다. 나는 엄마처럼 아빠도 화장을 할 줄 알았는데 새엄마가 매장을 원했다.

우리는 관이 아래로 내려갈 때 구덩이 주위에 서 있었다. 무덤 바닥에는 시멘트가 부어져 있었다. 시신과 땅 사이에 너무 많은 장애물을 두는 게 이상했다. 아빠의 몸은 관에, 관이 들어가는 구덩이에는 다시 콘크리트가 깔려 있었다. 아빠가 분해되는 데 시간이 얼마나 걸릴지에 대해서는 생각하지 않기로 했다.

무덤에는 열 명 정도의 사람이 모였다. Q 삼촌은 작은 플라스틱 장난감 개구리를(입에 난 구멍으로 물을 쏠 수 있었다) 관 뚜껑에 내려놓으며, 장난과 놀이를 좋아했던 아빠를 위한 선물로 마지막 인사를 건넸다. 내 차례가 되었을 때 나는 알프레드 테니슨의 「샬롯의 여인The Lady of Shalott」에서 몇 줄을 낭독했다. 아빠는 내가 기억하는 아주 어릴 때부터 침실 밖 복도 벽에 샬롯이 배를 타고 캐밀롯으로 향하는 모습을 그린 존 윌리엄 워터하우스의 그림 액자를 걸어두었다. 그 긴 시에는 아빠가 중요하게 생각하는 낭만과 기사도, 명예와 같은 내용이 가득 담겨 있었다. 그리고 샬롯의 여인도 스스로 죽음을 택했다.

하지만 랜슬롯은
잠시 생각에 잠긴 뒤 말했다.
아름다운 얼굴이구나.
자비로우신 하나님
은총을 내려주소서
샬롯의 여인에게.

집으로 오기 전, 오빠와 나는 아빠의 무덤에서 5분 거리에 있는 엄마의 무덤에 다시 들렀다. 생각해 보니 아빠와 엄마는 그랬어야 했다. 나란히 묻힌 남편과 아내가 아니라 5분 거리에 사는 다정한 이웃이었어야 했다.

오빠와 내가 우리 인생의 대부분을 보낸 집에 있는 물건들을 살펴보는 데는 일주일이 걸렸다. 우리는 어린 시절을 지냈던 방에 묵으며 어렸을 때 보송보송한 두꺼운 양말을 신고 미끄러지듯 다녔던 복도를 걸어 다녔다.

우리는 다락방에서 종이 상자 더미 사이에 자리를 잡고 앉아 과거를 정리했다. 따뜻한 다락방에서 갈라진 나무 냄새가 났다. 먼지가 잔뜩 쌓인 한 상자를 열었더니 오빠가 어릴 적 그린 미술 작품들과 내가 처음으로 쓴 단편 소설이 나란히 놓여 있었다. 어떤 상자에는 내가 산타클로스에게 쓴 편지들과 유치가 들어 있었고, 다른 상자에는 우리가 직접 만든 크리스마스 장식과 부모님의 혼수 그릇, 은쟁반 세트가 있었다. 20대의 우리가 살고 있던 집은 우리가 찾은 물건들을 보관하기에 너무 좁았다. 오빠네 가족은 작은 월세 집에 살았고, 나는 방 한 칸을 빌려 지내고 있었다. 그래도 우리는 거기서 찾은 물건들을 손에 들고 서로에게 "이게 뭘까?" "이거 기억나?"라고 물어보며 게임 같은 그 시간을 즐겼다.

우리는 다락방으로 이어지는 낡은 계단을 아주 가끔 올라갔었다. 거기는 늘 쥐가 우글거려서 구석구석 덫이 놓여 있었고, 밤이 되면 쥐들이 벽에 달라붙은 등나무로 우르르 뛰어가는 소리가 자주 들렸다.

"네 방 창문 쪽에도 야행성 다람쥐가 있어?" 오빠가 열

일곱, 내가 열세 살일 때, 어느 밤에 오빠가 방문을 노크하고 들어와 물었다.

"아니, 쥐 몇 마리만 있는데." 내가 대답했다.

"어, 그래." 초록색 수면 가운을 입은 오빠가 내 대답을 듣고 안심한 듯 싱긋 웃었다. "맞아, 그거 쥐야. 혹시 네가 놀랐을까 봐."

우리는 편지들과 반쯤 쓴 일기장이 들어 있는 상자도 발견했다. 부모님의 손 글씨가 담긴 것이라면 무엇이든 소중하게 느껴졌다. 한 상자에는 엄마의 15년 치 플래너가 들어 있었는데, 쓰인 내용이래봐야 '더그와 점심 약속', '오후 두 시 치과' 같은 별다를 게 없는 내용이었지만 한 장 한 장 넘기며 엄마가 남긴 글자들을 손으로 짚어봤다. 나는 그 플래너들을 모두 가져가서 계속 보관하다가 내가 죽고 나서 누군가 다시 그것을 발견하고 어떻게 처리할지 고민하는 모습을 상상해 보았다. 하지만 우리 둘 다 그 플래너들을 버릴 수도, 가져갈 수도 없어서 있던 자리에 그대로 놓아두었다. 우리의 수년 치 추억을 간직하고 있는 그 다락방이 없었다면 오빠와 나는 추억을 간직하는 법을 따로 배워야 했을 것이다. 아빠는 집을 전부 아내에게 남기겠다는 유언을 남겼다. 유언 집행자였던 워드 삼촌이 그 이야기를 전했을 땐 잠시 충격을 받았다. 나는 살아 있는 생명체로 생각했을 만큼 그 집을 좋아했고, 그곳에서 많은 시간을 보냈는데 내게는 아무런 소유권이 없다는 사실이 믿기지 않았다. 하지만 한 편으론 내가 그 집에서 다시 살 수 없으리라는 것도 알았다.

우리는 사진 앨범과 할머니의 동판화, 증조할아버지의 그림들을 상자에 따로 담았다. 내화 금고에 있던 비디오테이프들도 꺼내왔다. 그 테이프들은 샐리 언니가 DVD로 변환해 주기로 했다. 나는 아빠의 테디 인형을 챙겼다. 버튼이 달린 체크무늬 옷에 빨간 신발을 신고 에드워드라고 불린 그 곰 인형은 이제 털이 거의 빠지고 가운데 부분은 시멘트처럼 딱딱했다. 오빠와 나는 엄마가 준 상자도 각자 챙겼다. 새엄마는 우리가 이야기하면 어떤 물건이든 보관해 주겠다고 했지만 나는 소중한 것과 나머지를 구별해 정말로 소중한 것이 아니면 버릴 줄도 알아야 한다는 생각이 들었다.

아빠의 서재에 있는 책상 서랍에서는 오빠와 나의 고등학교 성적표와 상장들, 그리고 내 연극 공연의 안내문을 발견했다. 아빠가 그것들을 보관하고 있을 줄은 전혀 몰랐다. 서랍 속 물건들은 내가 미처 생각하지 못했던 질문에 대한 답처럼 느껴졌다. 우리는 모두 제자리에 두고 다시 서랍을 닫았다.

학교로 돌아가기 전 데이비드가 나를 한쪽으로 불렀다.

"조심해서 가." 데이비드의 목소리에서 진심이 느껴져 놀랍기도 하고 감동스럽기도 했다. 데이비드는 조언도 덧붙였다. "되도록 운동 많이 해. 기분 전환에는 운동이 최고야. 이런 일들을 넌 어떻게 다 견뎌내는지 모르겠어. 나였다면…" 데이비드는 잠시 진지하게 생각하더니 이렇게 말했다. "아마 결혼했을 거야."

데이비드가 나를 안아주었다. 이제 우리가 서로를 볼 일이 거의 없으리라는 것을 우리 둘 다 느끼는 것 같았다. 10대 시절 내내 우리는 서로의 존재를 애써 무시했다. 완전히 다른 곳에 존재하던 우리의 삶을 가늘게 이어주던 끈이 완전히 끊어졌고, 마침내 우리는 서로를 자유롭게 놓아줄 수 있게 되었다. 나는 데이비드가 행복하기를 빌었다.

오빠와 나는 차에 짐을 싣고 떠날 준비를 마쳤다. 그 후로도 그 집에 몇 번 더 가기는 했지만 다시는 우리 집이 될 수 없었다.

슬픔의 연대

오빠는 나와 함께 버클리로 와서 우리 집에서 며칠을 더 지냈다. 새언니는 아이들 때문에 먼저 돌아갔지만 오빠에게 는 좀 더 있다 오라고 권했다. 나는 한 학기를 쉴까도 생각 했지만 이미 수업료를 내기도 했고, 쉰다고 딱히 할 일도 없 어서 그냥 다니기로 했다. 엄마와 아빠는 내가 대학까지, 심 지어 원한다면 대학원까지 마칠 수 있도록 충분한 돈을 남 겨주었다. 나는 부모님께 크게 감사했다. 내가 아는 한 대학 친구는 부모님이 두 분 다 돌아가시고 대학 기금에 의존해 책과 식료품을 샀다. 그 친구는 대학을 졸업하면 아무런 보 호막 없이 혼자 세상으로 나가야 했다.

내가 학교에 가 있는 동안 오빠가 종일 혼자 집에 있는 게 마음에 걸렸지만 오빠는 괜찮다며 나를 안심시켰다.

"모르는 소리 마. 책도 읽고, TV도 보고, 아기들 밥 먹이 고 똥 치워달라는 사람도 없고, 얼마나 좋은데."

나는 수업이 머릿속에서 빙빙 도는 생각들을 차단해 줄 수 있음에 감사했다. 틈만 나면 밧줄과 나무와 공중에 매달린 다리가 떠올랐다.

저녁에는 오빠와 넷플릭스에서 하는 〈파이어플라이Firefly〉 시리즈를 보았다.

"우주 카우보이에 관한 내용이야." 오빠는 첫 번째 에피소드를 보여주며 말했다. "당연히 재밌겠지?"

오빠는 일주일간 머물다가 노스캐롤라이나로 돌아갔다.

"알지? 넌 언제든 우리와 같이 살아도 돼. 네가 원하면 말이야." 오빠는 공항으로 가기 전 짐을 싸며 말했다.

오빠가 무심히 얘기했다. 오빠는 어떤 대단한 행동을 하려는 게 아니라 그냥 가볍게 사실을 말한 것이었다. 나는 오빠를 끌어안았다. 물론 그건 말이 되지 않았다. 그 집은 오빠 식구 넷이 살기에도 비좁았다. 하지만 오빠가 그렇게 말해준 게, 아직 내가 속할 곳이 있다는 걸 알려준 게 고마웠다.

나는 몇 주 늦게 리허설에 합류했고, 감독은 다른 역할을 제안했지만 나는 저녁 시간에 다른 사람들과 함께 있는 것에 감사했다. 내 역할은 영국식 억양을 구사할 수 있어야 했기 때문에 제작진이 고용한 발음 지도 코치에게 젤러바흐 홀Zellerbach Hall의 지하 연습실에서 며칠에 한 번씩 영국식 억양을 지도받았다. 나는 자라는 내내 영국 출신 사람들의 말을 들으며 자랐지만, 코치는 아빠가 구사한 억양보다 더 비음이 많이 나는 특정 시대의 상류층 특유의 억양을 원했다. 대사를 연습할 때마다 내 말에서 익숙한 아빠의 억양이 묻어나는 바람에 코치가 나를 아빠로부터 조금씩 떼어놓아야 했다. 코치는 내가 옛날 기억에서 벗어나 새로운 억양을 자연스럽게 발음할 수 있도록 몇 시간씩 친절하게 지도해 주었다.

준비하던 연극은 필립 칸 고탄다Philip Kan Gotanda 작가가 쓴 새로운 각본으로, 창과 앵 벙커라는 유명한 샴쌍둥이의 삶을 다룬 이야기였다. 나는 쌍둥이들과 우정을 쌓아 그들을 영국 상류 사회에 소개하는 괴짜 귀족 부인을 연기했다. 아직 각본이 완성되지 않은 단계여서 고탄다 씨는 때때로 리허설 중간에 "자네라면 여기서 뭐라고 할 것 같은가?" "어떻게 행동할 것 같은가?"라고 배우들에게 물어보았다. 매일 저녁 나는 코르셋과 크리놀린을 입고 아직 내 삶이 시작되지도 않은 1830년대 런던으로 시간 여행을 떠났다.

1874년, 쌍둥이 중 창 벙커가 먼저 죽음을 맞았다. 앵 벙커는 죽은 쌍둥이 형제와 몇 시간 동안 몸이 연결된 채 살아 있다가 자신도 죽는다. 매일 밤 나는 무대 한쪽 구석에서 연극의 마지막 장면을 지켜보았다. '그래, 슬픔이란 그런 거야. 잃어버린 또 다른 자신을 계속 지니고 있는 것.'

오빠가 떠난 뒤 나는 아빠가 아직 살아 있는 꿈을 꾸기 시작했다. 꿈에서 나는 상점이나 슈퍼마켓에서 아빠를 우연히 만나고 처음에는 매우 기뻐하다가 나중에는 심한 죄책감을 느꼈다.

"맙소사!" 나는 아빠의 목을 끌어안고 말했다. "사람들한테 아빠가 죽었다고 말했는데. 말도 안 되죠? 죄송해요, 아빠! 제가 미쳤나 봐요."

그다음엔 아빠와 함께 뒷마당에 있는 꿈을 꾸기 시작했다. 나는 아빠의 손을 잡고 아빠가 얼마나 힘든 고통을 겪고 있는지 이해한다고 했다. 아빠를 말릴 수 없으면 내가 직접 아빠를 도와주었다. 어떤 때는 밧줄로, 어떤 때는 칼로. 아빠를 혼자 있게 하고 싶지 않았다.

하루는 앙투아네트 이모가 버클리에 와서 내게 저녁을 사주었다.

"정말 이상해요." 나는 비트 샐러드를 포크로 찌르며 말했다. "엄마가 살기 위해 그렇게 애쓰는 모습을 다 봤으면서 아빠가 그랬다는 게 믿기지 않아요. 엄마가 얼마나 힘들게 싸웠는데…"

"그치만," 이모는 내 비트를 포크로 찍어 먹으며 말했다. "아빠가 엄마만큼 열심히 싸우지 않았다고 생각할 이유가 있을까?"

선택되지 않은 삶의 환영

아빠가 세상을 떠난 지 3주 뒤, 엄마의 10주기가 돌아왔다. 그날을 어떻게 기념해야 좋을지 몰랐다. 엄마가 살아 있었다면 아직 예순이 되기 전이었다.

다락방의 먼지 쌓인 상자들 가운데 한 상자 안에는 1975년 《피플》지의 과월호가 노란 서류 봉투에 담겨 보관되어 있었다. 잡지에는 엄마가 스물세 살 때 산타크루즈에서 공동으로 설립한, 빈곤층 노인들에게 유기농 농산물을 무상으로 제공하는 비영리단체를 소개하는 세 페이지 분량의 기사가 실려 있었다. 커다란 흑백 사진 안에는 자수가 놓인 흰색 튜닉 블라우스를 입고 머리를 낮게 묶은 엄마가 옛날 회전식 전화기에 대고 통화하는 모습이 담겨 있었다. 나는 사진을 손으로 만지며 '나보다 고작 한 살 더 많은 나이였는데' 하고 생각했다. 엄마가 워싱턴 D.C.로 가기 전에 비영리 활동과 사회운동을 했다는 건 알았지만 정확히 어떤 일을 했는지는 그때까지도 잘 몰랐다. 조그만 지역 단체를 운영한 정도로만 생각했지, 국민적 관심을 끌 만한 일을 했을 줄은 전혀 몰랐다. 사진을 보며 엄마에 관해 물어볼 기회를 놓친 것에 대한 그 모든 안타까움이 다시 무겁게 느껴졌다. 잡지에서 보이는 엄마의 삶은 목적 의식이 가득해 보였다. 내가 보스턴에 있을 때 아빠와 존 아저씨가 한 말이 사실인지, 엄마처럼 강한 의지가 내게도 정말 있는지 생각해 보다 관두었다.

《피플》지가 들어 있던 봉투 안에는 1977년에 발행된 《마드모아젤》지도 한 부 있었는데, 거기에는 몇 페이지에 걸쳐 '12인의 위대한 여성'을 다룬 기사가 소개되어 있었다. 엄마의 사진 아래에 '크리스티나 마이야드'라는 이름과 사회운동가라는 타이틀이 적혀 있었고, 엄마 옆으로 배우 메릴 스트립과 극작가 엔토자케 샹게Ntozake Shange가 앉아 있었다. 코팅된 페이지들은 엄마의 다이어리에 있는 항목들처럼 엄마의 존재를 증명하며 엄마를 특정 시간대에 속하도록 고정해 두었다. 나는 엄마의 삶이 모두 이렇게 공식적인 기록으로 자세히 남아 있으면 좋겠다고 생각했다.

아빠의 죽음은 엄마의 과거에 대한 내 갈망을 더욱 깊어지게 만들었다. 엄마에 이어 아빠까지 잃고 나니 내 안의 어떤 줄이 끊어진 것 같았고, 내 삶이 뿌리를 잃고 표류하는 듯했다. 나는 나를 묶어줄 수 있는 배경이 있다면 무엇이든 갈망했다. 엄마는 유럽에서 돌아온 뒤 산타크루즈에 있는 대학에 진학해 거기서 10년을 더 보냈다. 그 시기에 엄마와 당시 엄마의 남자친구는 그레이 베어Grey Bear라는 비영리단체를 만들었다.

《피플》지 기사의 두 번째 페이지에는 턱까지 내려오는 긴 머리에 콧수염을 기르고 카키색 반바지를 입은 30대의 키 큰 남자와 엄마가 입맞춤하는, 좀 더 작은 사진이 실려 있었다. 사진의 제목은 엄마와 엄마의 공동 창립자가 본사에서 "머리를 맞대고 있다"라고 설명했다. 나는 사진 속의 남자를 알아보았다. 그 남자는 엄마가 아주 많이 아팠던 어느 해 크리스마스 무렵에 우리 집에 왔던 남자였다. 그 남자와 우리 집 차고 앞에서 농구도 한 적이 있었다. 그는 우리 집을 드나들던 다른 많은 사람들과는 어딘지 모르게 달라 보였다. 그때는 어렴풋이 느꼈지만 이제는 확실히 알 것 같았다. 옛 연인에겐 엇갈린 현실의 흔적이, 선택되지 않은 삶의 환영이 항상 따라다닌다는 것을 말이다.

나는 잭과 헤어진 후에도 두 명의 남자와 진지한 만남을 가졌다. 초경을 기념하는 편지에서 엄마는 내가 사랑받을 가치가 없다고 느끼지 않을까 걱정된다고 했지만 내가 만난 두 사람은 모두 내게 따뜻하고 다정했다. 하지만 내가 연상의 남자에게 끌릴 거라던 예측은 엄마의 말이 맞았다. 나는 자기 집과 책, 가구와 차고가 있는 사람을 만날 때 느낄 수 있는 안정감이 좋았다. 하지만 그런 애착 관계가 주는 안전함과 안정감을 갈망하면서도 결혼에는 관심이 없었고, 결국 두 관계 모두 그들이 바라볼 수 있는 미래가 없었기에 어느 순간 끝나버리고 말았다. 나는 서로에게 헌신할 수 있는 관계를 원하는 남자를 선택했지만, 나중에 보니 내가 그것을 줄 수 없는 사람이었다. 두 관계 모두 우리가 함께하는 미래를 그려볼 수 있었지만 그 미래는 항상 나를 두려움에 빠뜨렸다. 나는 잡지를 보며 엄마가 다른 삶을 선택했다면 어땠을지 생각해 보았다. 엄마가 산타크루즈에 계속 살면서 사진 속 남자와 결혼했더라면 나는 이 세상에 존재하지 않았을지도 몰랐다.

엄마의 10주기가 지나고 열흘 뒤 나는 스물두 살이 되었다.

스물두 번째 생일을 기념하는 엄마의 선물은 조개 구슬 목걸이였다. 나는 스케치북을 넘겨 그 목걸이의 사진이 붙은 페이지를 찾아보았지만 사진 밑에는 아무 글도 적혀 있지 않았다. 이유는 모르겠지만 그 부분만 텅 비어 있었다. 엄마가 없는 열 번째 해이자, 아빠가 없는 첫 번째 해인 그해에는 나를 위한 아무런 말이 없었다.

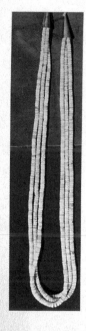

3학년이 끝난 여름, UC 버클리대학 연극학과는 학생들에게 아일랜드 더블린에 있는 트리니티대학에서 공부할 수 있는 해외 유학 프로그램의 기회를 제공했다. 가을 학기에 그 프로그램이 발표되었을 때, 나는 익숙한 얼굴들과 함께 비행기에 올라 머나먼 낯선 땅에서 몇 개월을 보내는 모습을 동경하듯 상상했다. 아빠의 추모식에서 돌아온 다음 주에 나는 연기공연예술학과의 건물 밖 게시판에 있는 신청자 명단에 내 이름을 적어넣었다.

내가 향수병에서 벗어나게 될 거라곤 전혀 예상하지 못했다. 나는 죽을 때까지 어떤 형태로든 향수병을 안고 살아갈 거라고 믿었으니까. 내가 있는 장소와 집까지의 거리에 집착하지 않은 적이 없었고, 내가 사랑하는 사람들과 나 사이의 거리를 끊임없이 측정했다.

하지만 데이비드의 전화를 받은 뒤로 모든 게 달라졌다. 내가 얻은 자유는 서서히 찾아온 게 아니라 단 한 번의 대화로 찾아왔다. 나는 두려움이 나를 보호해 주지 못한다는 걸 깨달은 뒤 두려움을 포기해 버렸다. 그 순간부터는 내가 있는 곳을 떠나는 게 더는 두렵지 않았다. 처음에는 그렇게 해서 얻은 자유에 즐거움이 없었다. 대가가 너무 컸기 때문이다. 덫을 벗어나기 위해 다리가 뜯겨나간 짐승처럼 그동안 잃어버린 것들과 화해하고 새로 얻게 되는 것들에 감사할 시간이 필요했다.

터프츠로 가는 비행기에 탔을 때는 내가 아는 모든 것과 사랑하는 모든 사람을 떠나는 기분이었다. 하지만 아일랜드로 가는 비행기에 몸을 실었을 때는 내가 얼마나 멀리 떠나는지는 전혀 문제가 되지 않는다는 걸 깨달았다. 어디를 가든 아빠가 없다는 사실은 같았기 때문이다.

나는 더블린이 단박에 마음에 들었다. 건물들의 높이가 적당히 높아서 시선을 위로 향하게 하면서도 하늘은 잘 보였다. 트리니티대학의 18세기 석조 건물이 거대한 고치처럼 장엄하게 나를 감싸주었고, 매일 아침 눈을 뜨면 뉴 스퀘어의 푸른 잔디밭을 볼 수 있었다. 친할아버지도 수십 년 전에 트리니티대학에서 토목 공학을 공부했다. 할아버지는 아일랜드 농부 집안에서 태어나 7남매 중 유일하게 대학에 갔다. 그곳은 시간에 풍화된 내 과거의 작은 조각을, 나의 삶과 아빠의 삶에 이어 시간을 거슬러 올라가는 끈을 간직하고 있었다.

트리니티대학의 커리큘럼은 연극을 읽고, 연극을 보고, 연극 무대에 서고, 연극을 쓰는 것까지 모든 게 연극과 관련되어 있었다. 이런 과다한 지적 활동은 동네 펍에서 매일 먹은 탄수화물 요리와 기네스 맥주처럼 내게는 낭만적인 경험으로 다가왔다. 아일랜드 극작가를 대하는 아일랜드 사람들의 반응도 나로서는 신선한 충격이었다. 아일랜드 관객들은 연극 대사를 거의 배우처럼 외우고 있었다. 한번은 아일랜드 국립 극장인 애비Abbey에서 브라이언 프리엘Brian Friel의 〈번역Translations〉을 관람했는데, 주변에 앉아 있는 사람들이 입 모양으로 배우들의 대사를 따라 읊고 있었다. 마치 교회 안에 앉아 있는 기분이었다.

어느 비 오는 날 저녁, 일행과 함께 템플 바 거리에 있는 작은 극장에서 새로운 연극을 관람했다. 연극 2막 중간에 교수형 장면이 나왔는데, 올가미를 보자마자 손바닥이 따끔거렸다. 배우가 올가미 앞에 다가섰을 땐 눈을 감아버렸다.

나는 공연장을 빠져나와 서늘한 밤공기로 몸을 식히며 극장 복도에 서서 일행들을 기다렸다. 아빠의 죽음 이후 다섯 달 동안 책이나 영화, 소셜미디어 등에서 자살을 암시하는 장면을 본 적은 있었지만 이 정도로 나에게 영향을 준 적은 없었다. 문제는 올가미였다. 올가미를 보자 그동안 밀쳐냈던 수많은 질문이 다시 머릿속에 떠올랐다. 아빠의 마지막 순간, 그 행위 직전과 그 행위가 일어나는 순간이 내 의식의 가장자리에서 아우성쳤다. 나는 아빠가 어디 위에서 뛰어내렸는지, 아니면 발로 무언가를 차서 떨어뜨렸는지, 어느 나무에 밧줄을 묶었는지 몰랐다. 이런 질문은 사고가 있었던 직후에는 묻기 어려웠고, 시간이 갈수록 더 어려워졌다. 내가 그 질문들에 대한 답을 아는 것이야말로 아빠에게 그 일이 일어나는 동안 내가 아빠와 가장 가까이 있는 유일한 방법처럼 느껴졌다.

우리 일행을 인솔한 박사 과정의 학생이 나를 찾으러 밖으로 나왔다.

"무슨 일이에요?" 그녀가 물었다. 노란 가로등 불빛을 받은 짧은 머리카락이 밝게 빛났다. "괜찮아요?"

"네." 나는 그렇게 답하고 잠시 뒤 다시 말했다. "교수형 장면을 못 보겠어요."

"아, 미안해요. 몰랐어요."

"괜찮아요. 저도 몰랐어요."

고모는 1월에 캘리포니아로 오지 못한 사람들을 위해 런던에서 아빠의 두 번째 추모식을 열었다. 할아버지는 이미 90대의 나이여서 비행기를 타는 게 힘들었다. 나는 트리니티대학 프로그램을 마치고 런던으로 갔고, 거기서 다시 남쪽으로 차를 몰아 할아버지가 사는 작은 마을을 찾아갔다. 할아버지의 집은 내가 마지막으로 본 5년 전 모습과 하나도 달라진 게 없었다. 잔디밭은 정원에서 시작해 작은 계곡 아래로 이어지는 비탈진 길까지 깔끔하게 펼쳐져 있었다. 몇 년 전만 해도 할아버지는 수동 잔디깎이로 직접 잔디를 깎았다. 할아버지는 직접 만든 점심을 주방 식탁 위에 매트와 냅킨까지 챙겨 내어주었다. 식사 후에는 디저트로 냉동실에서 이튼 메스Eton mess(생크림, 과일, 머랭 등을 층층이 올려 먹는 영국식 디저트-옮긴이)를 꺼내주었고 샴페인도 따주었다.

햇빛을 받으며 샴페인 잔을 들고 앉아 있는 할아버지를 보니 아빠와 정말 닮아 보였다. 세월이 흐르면 아빠도 할아버지를 점점 더 닮아갔겠구나, 생각했다. 아빠도 할아버지처럼 머리숱이 적어지고 손등에는 검버섯이 하나둘 생겼겠지. 독서용 안경은 이미 쓰고 있었으니, 90대쯤이면 아빠도 안경을 계속 쓰고 있었을 것이다. 아빠도 샴페인을 좋아했는데.

나는 할아버지에게 트리니티대학과 거기서 본 아름다운 건물, 그곳이 주는 평화로운 느낌에 대해 이야기했다. 내 이야기를 듣고 수십 년 전 할아버지의 대학 시절을 이야기해주길 바랐지만 할아버지는 별다른 말이 없었다. 할아버지는 과묵한 분이었고 감정적인 부분은 잘 드러내지 않는 전형적인 영국인이었다. 나중에 알게 된 사실이지만 할아버지의 대학 생활은 여러 가지 문제로 복잡했다. 할아버지는 난독증이 있었지만 당시에는 몰랐고, 시골에서 교육받고 자란 것에 대한 불안감이 컸으며 고향에 있는 누나가 시샘이 많아 어른들을 설득해 할아버지에게 돈을 보내지 못하게 했다. 나는 더블린에서 보낸 시간이 할아버지와 나 사이의 연결고리가 되기를 바랐는데, 할아버지에게 더블린은 삶에서 잊고 싶은 일부였다.

할아버지를 본 김에 아빠 얘기를 물어보고 싶었다. 아빠에게 일어난 일에 대해 할아버지는 뭔가 알고 있는 게 있지 않을까 생각했다. 하지만 어떻게 물어보는 게 좋을지 적당한 질문이 떠오르지 않았다.

"아빠가 돌아가셨을 때 할아버지도 많이 놀라셨죠?" 나는 한참 만에 그렇게 물어보았다.

할아버지는 한동안 가만히 앉아 멀리 있는 나무들을 바라보았다.

"재혼은 잘 되기 힘들지." 얼마 뒤 할아버지는 그렇게 이야기했다. 그리고 그게 전부였다.

오빠의 런던행 비행기가 갑자기 취소되는 바람에 내가 오빠를 대신해서 아빠의 첫 번째 추모식 때 오빠가 낭송한 글을 읽었다. 오빠가 선택한 글은 J. R. R. 톨킨의 『반지의 제왕』의 마지막 몇 줄이었다.

"프로도 나리, 어디로 가시는 거예요?" 마침내 무슨 일이 일어날지 알게 된 샘이 소리쳤다.

"항구로 가, 샘." 프로도가 말했다.

"전 함께 갈 수 없는 건가요?"

"그래, 샘. 아직은… 하지만 네 시간도 올 거야. 너무 슬퍼 마. 네가 항상 두 쪽으로 갈라져 있을 수는 없지 않겠어? 앞으로는 오랫동안 하나로 합쳐진 삶을 누리게 될 거야. 네겐 즐길 일도, 존재할 이유도, 할 일도 너무 많아."

"하지만 그 큰일을 다 해내셨으니, 나리도 샤이어에서 오랫동안 즐거운 나날을 보내실 거라고 전 생각했어요." 샘은 눈물을 글썽이며 말했다.

"나도 한땐 그렇게 생각했지. 하지만 내 상처는 너무 깊어, 샘. 난 샤이어를 구하려고 노력했고, 이제 구했지만 그건 나 자신을 위한 게 아니었어. 무엇인가 위험에 빠졌을 때 이런 일은 종종 있지. 누군가는 포기하고 잃어버려야 다른 이들이 그것을 지킬 수 있어. 하지만 넌 내 상속자야. 내가 가진 모든 것과 가지게 될 모든 것을 너에게 남길게. 자네에겐 로우즈와 엘라노어도 있으니…"

오빠는 낭독하며 눈물을 흘렸었다. 자신뿐 아니라 할아버지를 보지 못하고 자랄 아이들이 생각나 그랬을 것이다. 동시에 그 글에는 죽음이 무엇인지와 힘들고 긴 여정을 마친 후에 마침내 항구를 찾는다는 희망이 담겨 있는 것 같았다.

리셉션에서 사람들은 나에게 조심스러운 질문들을 했다. 아빠를 10년, 혹은 20년 넘게 보지 못했던 어떤 이들은 내가 데이비드를 찾았듯이 나를 찾아와 아빠가 자살한 이유를 알려주기를 바랐다. 하지만 나 역시 모르는 건 매한가지였다. 학교가 문을 닫은 것에 관한 이야기는 너무 근거가 불충분하고 오해의 소지가 있어 언급하고 싶지 않았다. 아빠는 학교 때문에 목숨을 끊은 게 아니었지만 한편으론 그것도 이유가 될 수 있었다. 내가 보기에 사람들의 모든 질문과 내 질문은 결국 가장 중요한 다음 질문으로 압축될 수 있었다. 아빠의 자살은 막을 수 있는 일이었을까? 아니면 어쩔 수 없는 일이었을까? 둘 중 어느 쪽이 진실인지, 혹은 어느 쪽이 나은 일인지 나는 알지 못했다.

페이드 아웃

아빠가 세상을 떠나고 1년 뒤, 새엄마가 전화로 스물세 번째 생일을 축하할 겸 같이 저녁을 먹으면 어떻겠냐고 물어보았다. 맥도날드 거리에 있는 그 집은 안 간 지가 벌써 몇 달째였다. 나는 우리 관계에 무엇이 더 남았는지 잘 이해가 되지 않았다. 그사이 새엄마에게는 새 남자친구가 생겼다.

두 사람은 아빠 차를 몰고 버클리까지 나를 데리러왔다. 창문으로 흰색 토요타가 차고 앞으로 들어오는 모습이 보였다. 나는 두 사람이 그 차에서 내리는 모습을 보고 싶지 않아 시동이 꺼지기 전에 얼른 코트를 챙겨 현관 앞으로 나갔다.

차를 운전한 사람은 새엄마의 남자친구였다. 나는 뒷좌석에 앉아 치마를 정리했다. 고급 레스토랑에 가기로 되어 있어서 내가 제일 좋아하는 흰 종이학 무늬가 있는 검정 원피스를 입었다.

"안녕하세요." 우리는 서로 인사를 나누었다.

남자는 차고 앞을 후진해서 나온 뒤 스튜어트 거리를 따라 샤턱으로 차를 몰았다. 조수석에 앉은 새엄마는 아빠가 운전했을 때처럼 팔을 뻗어 운전석의 머리 받침대에 손을 얹었다.

그 모습을 보니 내 안에서 무언가가 갈라지며 옛날 기억들이 물밀듯 밀려들었다.

… 엄마와 아빠, 제이미 오빠와 그 차를 타고 음악회를 보러 가는 날이었다. 오빠가 내 등 뒤로 팔을 비틀어 내가 소리를 질렀다.

"그웨니, 그만해." 앞좌석에 있던 엄마가 소리쳤다. 엄마는 아빠가 앉아 있는 운전석 등받이에 손을 얹고 나를 돌아보았다.

"오빠가!" 나는 억울함을 호소하기 시작했다.

"누가 먼저 시작했든 상관없어!"

오빠가 나를 보며 씩 웃었다…

… 아빠가 오빠와 나를 태우고 과속으로 차를 몰아 학교로 가는 길이었다. "제길, 꽉 잡아라!" 아빠가 외쳤다. 우리 뒤에서 갑자기 경찰차의 빨간불과 파란불이 번쩍였다…

… 새엄마, 아빠와 함께 그 차를 타고 티피를 동물병원에 데려가던 날, 검은색과 흰색이 섞인 티피가 반쯤 눈을 감고 내 무릎을 베고 있었다…

… 새엄마가 모는 그 차를 타고 묘지로 갔던 날에 나는 솔기에 구멍이 난 검정 치마를 입고 조수석에 앉아 있었다…

그 많은 세월이 흐른 뒤, 이제는 내가 처음 보는 남자가 그 차를 운전하고, 새엄마는 조수석에, 나는 뒷좌석에 앉아 있었다. 신호등에 빨간불이 들어온 순간, 뒷문을 열고 차에서 내리고 싶은 충동이 일었지만 그대로 앉아 무릎에 있는 종이학 무늬만 가만히 바라보았다.

레스토랑에서 우리는 예의 있게 대화를 주고받았다. 새엄마의 남자친구는 착하고 지적인 사람 같았고, 다른 상황에서 만났다면 좋은 관계로 지냈을 사람 같았다. 새엄마에게 새로운 사람이 생긴 게 기뻤다. 어쩌면 이제 우리 관계의 얽힌 실타래를 풀고, 여전히 그녀 앞에서는 때때로 불만에 찬 10대가 되는 나를 놓아줄 수 있을 것 같았다.

열여섯 살 때, 새엄마의 비싼 염색 샴푸를 몰래 훔치려다 들킨 적이 있었다. 새엄마는 아무 말도 하지 않고, 나중에 똑같은 샴푸를 내게 선물해 주었다. 그 모습은 품위 있고 너그러운 사람의 행동이었고, 나 역시 그런 품위 있고 너그러운 사람이 되는 나만의 길을 찾고 싶었다. 나는 테이블 건너편에 앉아 있는 아빠의 아내와 그 아내의 남자친구를 바라보았다. 두 사람은 행복해 보였다. 저녁을 먹고 두 사람은 나를 집까지 태워준 다음 다시 그 흰 차를 타고 떠났다.

내가 열 살 때, 아빠가 가죽으로 된 빨간 보석함을 선물해 주었다. 보석함 안쪽은 칸막이가 있어 귀걸이와 목걸이, 반지 등을 분리해서 보관할 수 있었고, 끼웠다 뺐다 할 수 있는 작은 케이스가 달려 있어 여행할 때는 그 케이스만 따로 빼서 여행 가방에 담아갈 수 있었다. 보석함 뚜껑에 달린 작은 황동 명판에는 '그웨니에게, 사랑을 담아'라고 새겨져 있었다. 시간이 흐르며 엄마의 선물들로 보석함이 차곡차곡 채워져 대학 졸업식 날쯤에는 안이 거의 꽉 찼다.

이 반지는 엄마가 무척 아끼는 반지란다. 아빠가 선물해 준 반지였지. 가운데 있는 보석이 깨지는 바람에 엄마가 그 부분만 다시 교체한 거야. 결혼반지를 낄 수 없게 된 후로는 이 반지를 자주 꼈단다. 이 반지는 언제 봐도 질리지 않더구나. 이 반지보다 더 마음에 드는 반지는 본 적이 없어. 왜 이 반지가 그렇게 좋은지는 잘 모르겠어. 취향이란 건 참 재밌는 거 같아. 아무튼 너도 이 반지가 마음에 들었으면 좋겠다! 졸업 축하해! 기특한 내 딸.

사랑해. 엄마가

나는 대학 졸업식 날 입을 옷으로 하얀 실크 바탕에 보라색 동그라미가 그려진 새 원피스를 샀다. 엄마의 선물 상자 안에서 찾은 반지는 양옆에 작은 큐빅이 박혀 있고, 가운데 짙은 보라색 자수정이 들어 있어 새로 산 원피스와 잘 어울렸다. 내게도 그 특별한 상자를 열 자격을 얻는 날이 오리라고 오랫동안 생각하지 못했다.

나는 졸업식이 끝난 뒤 아빠가 반지를 낀 내 손을 잡아주는 모습을 상상했다.

"잘했어." 아빠는 분명히 그렇게 말했을 것이다. 아빠는 항상 그랬다. 내가 학교에서 상을 받아왔을 때도, 넘어져 무릎을 긁혔을 때도 늘 그렇게 말했다. "잘했어."

나는 아빠가 반지를 알아볼 때까지 기다렸을 것이다. 아빠의 첫 번째 결혼반지는 레드, 옐로우, 화이트 골드가 정교하게 꼬여 있는 모양이라 황금빛 밀을 엮어 만든 것처럼, 혹은 아빠의 붉은 금발 머리카락을 땋아 만든 것처럼 보였다. 나는 엄마가 죽고 아빠가 책상 서랍 제일 위 칸에 넣어둔 그 반지를 가끔 꺼내 보았다. 반지를 손가락에 끼워 돌려보며 꼬인 가닥이 접합되는 부위를 찾아보았지만 그 동그란 반지는 끝나는 부분도 없고 시작되는 부분도 없이 매끈하게 연결

되어 있었다.

나는 엄마가 써준 글에 대해, 원래 있던 자수정이 깨져서 다시 교체했고, 나중에는 엄마가 결혼반지처럼 끼게 되었다는 이야기를 아빠에게 해주었을 것이다.

"그렇군." 아빠는 그렇게 말했을 것이다. 아빠가 혹시 잊고 있었대도 상관없었다. 대신 내가 아빠의 기억을 떠올려주는 기쁨을 누릴 수 있을 테니 말이다.

졸업식 날 오후에 나는 연기공연예술학과 동기들의 가족과 친구들 앞에서 학생 연설을 했다. 제이미 오빠부터 샐리 언니, 쌍둥이 조카들, 엄마의 형제들까지 우리 가족이 강당 한 줄을 꽉 채웠다. 그들을 보고 있으니 엄마를 보고 있는 것 같은 느낌을 받았다. 엄마는 처음부터 내가 해낼 줄 알았을 것이다. 그리고 내가 마침내 해낸 이 순간을 절대 놓치지 않았을 것이다.

졸업 후에도 나는 버클리에 있는 방을 계속 임대해서 살았다. 그사이 다른 방들은 세입자가 여러 번 바뀌었다. 나는 여전히 길을 잃은 것 같았고 모든 것에 확신이 없었다. 스물세 살의 나는 앞으로 어떻게 살아야 할지 조언해 줄 엄마도, 아빠도 없었다. 외부의 기대에서 완전히 벗어난 자유는 어떤 면에서 약간 좋았을 뿐, 무섭고 두렵고 겁이 날 때가 훨씬 많았다.

나는 내가 유일하게 할 줄 안다고 여긴 일에 다시 매달렸다. 대학 동기 몇 명과 함께 샌프란시스코에서 작은 극단을 공동 설립했다. 우리는 저작권 비용을 부담할 돈이 없어서 첫 시즌에는 거의 친구들로 구성된 여성 작가들의 작품으로 무대를 선보였다. 그 시즌에 나는 토네이도가 덮치기 직전인 한 작은 마을에서 세 자매가 자살한 그들의 아버지의 부고 기사를 쓰느라 고군분투하는 이야기를 담은 첫 장편극을 쓰고 연출했다. 그 작품이 어느 정도 성공을 거둔 덕분에 우리는 조금 더 큰 극단 안에서 영구적으로 활동할 수 있게 되었고, 나는 그 안에 속한 작은 극단의 예술 감독을 맡게 되었다.

그해 크리스마스는 제이미 오빠네 가족과 시간을 보냈다. 이제 다섯 살이 된 쌍둥이 조카들은 에너지와 장난기가 넘쳤다. 오빠네 부부는 사우스캐롤라이나주 찰스턴에 새집을 장만했다. 우리 다섯 명이 (보통 크기의) 크리스마스트리에 둘러앉아 있으니 나는 앞으로도 이들 가족에 속할 수만 있으면 충분할 것 같다는 생각이 들었다. 생각지도 않게 이른 나이에 가정을 일구게 된 오빠와 오빠의 식구들은 혼자 남겨졌다고 생각한 내게 집이 되어주었다. 나는 더는 예전처럼 집에 집착하지 않게 되었지만, 여전히 집이라는 공동체는 내가 소속감을 느낄 수 있는 곳이었다.

새해가 되기 전 마지막 3일은 보데가 베이의 별장에서 환상의 6인조와 시간을 보내기 위해 시간 맞춰 캘리포니아로 돌아갔다. 그해로 다섯 번째가 된 그 모임에서 누군가 5년 뒤 우리의 모습을 종이에 써서 타임캡슐에 넣어두자고 제안했다. 나는 5년 뒤에는 아일랜드에 살면서 연극 대본을 쓰고 있을 거라고 썼다. 식료품 봉투에서 찢어낸 갈색 종이 조각을 접어 병에 넣으며 생각해 보니 미래를 그려본 건 그때가 처음이라는 사실을 깨달았다.

　그렇게 스물다섯 살 생일을 맞았다.

　　다소 평범하지 않은 대학 시절을 보내던 어느 날, 나바호족, 호피족, 주니족, 산토도밍고족이 사는 남서부 지역의 인디언 보호구역을 방문한 적이 있단다. 각각의 조개에는 그 팔찌를 만든 예술가의 이름이 서명되어 있어. 수집가들이 이 팔찌를 본다면 마음에 들어 했을 것 같아.

　　　　　　　너의 스물다섯 번째 생일에, 엄마가

새로운 시작과 만남

　나는 대학원에 진학했다. 로드아일랜드주 프로비던스에 있는 학교에 입학하기 위해 비행기에 올라탔을 때 양옆에는 샌디 이모와 앤 이모가 앉아 있었다. 두 사람은 며칠간 나와 함께 지내면서 페더럴 힐에 있는 작은 집을 구할 수 있게 도와주었고, 집주인은 이모들에게 내가 잘 지낼 수 있게 살펴주겠다고 약속했다. 판지 상자를 포함한 나머지 물건들은 트럭으로 미국을 가로질러 천천히 뒤따라오고 있었다. 두 사람은 대형 할인점인 타겟에 가서 도마와 청소용품, 화장지도 사주었다. 우리 셋은 홀리데이 인의 더블룸에서 침대를 번갈아 쓰며 며칠을 묵었다.

　"정말 괜찮겠어?" 이모가 공항으로 돌아가기 전 렌터카에 짐을 실으며 다시 물었다. "괜찮아요." 나는 진심으로 답했다. 대학 진학을 위해 동부로 떠났다가 실패하고 돌아간 게 7년 전의 일이었다. 그 후로 나는 완전히 딴사람이 되었다. 어쩌면 그 일은 다른 사람에게 일어난 일이었는지도 모른다.

엄마도 20대 때 대학원 진학을 위해 동부로 떠났다. 엄마는 경영학을 전공하기 위해 떠난 것이었고, 나는 배우가 되려고 하고 있었다. 앞을 예측할 수 없는 불안한 직업을 선택하는 것을 엄마가 찬성했을지 한편으론 의문도 들었지만 엄마는 분명히 찬성해 주었을 거라는 확신이 훨씬 더 컸다.

"넌 대화를 지어내는 데 정말 소질이 있어." 내가 일곱 살 때 친구들과 연극 놀이를 하려고 쓴 짧은 대본을 읽고 엄마가 말했다. "넌 나중에 배우나 작가가 되겠어." 엄마의 말에는 힘이 실려 있었다.

뉴잉글랜드의 작은 도시인 프로비던스는 한 가지 기술을 익히며 3년을 보내기에 모든 것이 밀집된 특별한 공간처럼 느껴져 마음을 편안하게 해주었다. 나는 현관문에서 시내 극장까지 걸어가는 길을 외웠다. 한동안은 다른 길은 알 필요가 없었다. 우리 그룹의 다른 배우들의 이름을 알게 되었고, 그건 내게 필요한 유일한 이름이자 일주일에 6일, 하루 10시간씩, 마르고 닳도록 부르는 이름이 되었다.

새로운 도시에 혼자 있게 된 첫날 밤, 나는 같은 과 친구들을 만나러 월요일 밤마다 16인조 재즈 오케스트라 공연이 있는 동네 술집에 갔다. 바에서 맥주를 주문하고 돌아서는데 문 앞에 서 있는 키 큰 남자가 눈에 들어왔다. 짙은 갈색

곱슬머리에 장난기 가득한 눈빛을 지닌 그는 5개월 전 예비
석사 과정 학생들을 위한 주말 환영 모임에서 본 남자였다.
나중에 같은 과 동기로 만나면 불편한 관계가 될지도 모른
다는 생각에 그때는 그에게 애써 관심을 주지 않았었는데,
그날 있었던 사교 행사와 워크숍에 참여하는 과정에서 그의
이름이 윌이라는 것과 플로리다에서 뉴욕을 거쳐왔으며, 그
의 연기가 아주 마음에 든다는 걸 알게 되었다. 두 번째 날
밤 맥주를 몇 잔 마신 나는 시끄러운 소리들을 피해 그에게
몸을 기울여 말했다.

"가을에 여기로 올 거예요?" 몇몇 학생들은 아직 마음을
정하지 못하고 다른 학교들의 서류를 검토하던 중이었다.

윌도 내 쪽으로 몸을 기울여 말했다. "그쪽이 오면요."
그가 씩 웃었다.

나는 점점 커지는 재즈 음악 소리를 뒤로 하고 문 앞에
서 있는 남자를 향해 걸어갔고, 그도 나를 향해 걸어왔다.

"왔군요." 내가 말했다.

"그쪽도요." 우리는 가벼운 포옹으로 인사를 나누었다.

며칠 뒤 윌은 내게 커피를 마시자고 했다. 윌은 우리 사
이에 뭔가 통하는 게 있다고 했다. 그건 우리 둘 다 분명히
느끼고 있는 사실이었다.

"하지만 우리가 여기에 온 목적이 있잖아요." 그때도 규
칙을 중요하게 생각했던 나는 그의 말에 저항했다. "다른 사

람들도 생각해야죠. 난 상황을 복잡하게 만들고 싶지 않아
요."

월은 커피숍의 흔들거리는 철제 테이블 건너편에 앉아
미소를 지었다. "무슨 말인진 알겠어요. 하지만 그 말엔 동
의하기 어려운데요."

내가 가만히 있자 그가 다시 말했다. "좋아요. 그럼 몇
주 뒤 다시 얘기해 보죠."

대학원에서 받는 연기 수업은 신체와 정신을 분리했다
가 다시 합치는 것과 비슷했다. 우리는 연기하는 법을 배우
기 전에 걷고, 말하고, 호흡하는 법부터 배웠다. 허리를 의자
등받이에 기대지 않고 1시간씩 앉아 몸통 깊숙한 곳의 근
육을 단련하고, 계단을 오르내리고, 아무것도 하지 않고 가
만히 있고, 자기 이름을 편안하고 당당하게 말하고, 자신감
있게 자기를 표현하는 법 등 많은 것들을 연습하고 또 연습
했다.

첫 한 주 동안 내가 연기하는 장면을 지켜본 동작 지도
교수는 내 양쪽 어깨뼈에 손가락을 대고 등 뒤로 부드럽게
끌어당겨 가슴을 넓히고 흉부 공간을 열어주었다.

"이렇게 하는 게 훨씬 보기가 좋아. 앞으로 3년간 우리
는 이 자세를 연습할 거야."

화법 수업에서는 대서양 한가운데서 자란 사람의 말처
럼 들리는 '연극용 표준 억양'을 배웠다.

음성 수업에서는 지도 강사가 독백을 하는 내게 다가와 횡격막을 꾹 눌렀다. 그랬더니 다리 힘이 쭉 빠지면서 눈에서 눈물이 쏟아졌다.

"뭔진 모르겠지만 학생은 여기에 뭔가를 가득 붙들고 있어. 그게 뭔지 학생은 알고 있나?"

이삿짐 트럭은 예정보다 2주 늦게 도착했고, 몇몇 동기가 짐 푸는 것을 도와주었다. 짐이 어느 정도 정리되고 친구들이 하나둘 떠나 나중에는 빈 상자들 가운데 월과 나만 남았다. 버려진 뽁뽁이 더미에 앉아 있는 내게 월이 키스했다. 나는 내 안의 모든 의구심을 잊어버렸다.

아빠가 내게 남자친구가 생기면 테스트해 보겠다고 했던 그 큐빅들의 행방은 이제 알 수 없게 되었지만, 월이 신중하게 큐빅들을 분류하는 모습은 뽁뽁이 비닐이 터지는 소리 속에서도 충분히 상상할 수 있었다.

대학원 과정을 시작한 지 3개월쯤 지났을 때 집에 도둑이 들었다. 월과 극장에 있다가 밤늦게 집에 돌아와보니 뒷문이 살짝 열려 있었다. 그런 경험이 없었던 나는 처음에는 대수롭지 않게 생각했다. 하지만 2층에 올라가 누군가 내

서랍을 뒤진 흔적과 베개 커버가 없어진 걸 본 순간 갑자기 상자가 떠올랐다.

말 그대로 내 보물 상자였던 그 상자는 내 침대 아래 방 한가운데 완전히 무방비 상태로 떡 하니 놓여 있었다. 나는 상자를 뚫어지게 바라보았다. 내 안의 무언가가 끝도 없이 아래로 추락하는 것 같았다. 머릿속으로 그 안에 남아 있는 물건들을 빠르게 떠올렸다. '스물여섯 번째 생일, 스물일곱, 스물여덟, 스물아홉, 서른, 약혼, 결혼, 아기…' 윌 옆에 멍하니 서 있던 나는 갑자기 수치심이 밀려들었다. 윌에게는 아직 상자 이야기를 하지 않은 상태였다. 이미 열어본 편지들도 전부 상자 안에 보관되어 있었는데, 그 편지들마저 모두 사라졌다면 윌에게 아무 이야기도 할 수 없을 것 같았다. 어떻게 상자를 그렇게 방치해 둘 수 있었을까? 나는 충격으로 온몸이 얼어붙는 것 같았지만 윌에게 그 모습을 들키고 싶지 않았다. 내가 얼마나 심각한 실수를 저질렀는지 인정하는 꼴이 될 것 같았다. 산호 목걸이를 잃어버렸던 날이 떠올랐다. 그때처럼 내가 무엇을 잃어버렸는지 아무도 모른다면, 그 일은 실제로 일어나지 않은 일이 될 수도 있었다. 나는 최대한 자연스럽게 몸을 숙여 상자의 뚜껑을 열었다.

깔끔하게 라벨이 붙어 있는 선물들과 편지들이 나를 반갑게 맞았다. 없어진 건 아무것도 없었다. 마음속으로 온 우주에 감사했다. 침대에 걸터앉아 한숨을 돌리고 나니, 갑자기 웃음이 터져 나왔다. 그때도 계속 문 앞에 서 있던 윌이 걱정스러운 표정을 지었다.

"이런 일이 생기다니, 나도 미안해." 윌이 말했다.

나는 손사래를 치는 중에도 여전히 웃음을 주체할 수 없어 계속 깔깔댔다. "아니야, 괜찮아." 나는 진심으로 말했다. "상관없어."

도둑은 내 노트북과 구식 아이팟, 옷장 안에 있던 보석 몇 개만 가져갔고, 엄마가 준 것들은 하나도 손대지 않았다. 말도 안 되게 운이 좋았다는 생각과 함께 마치 그 선물들을 다시 받은 것처럼 기쁘고 감사했다. 나중에 경찰이 다녀간 뒤 상자를 옷장 깊숙이 높은 선반 위에 넣어두고 담요를 덮어 꼭꼭 숨겨두었다. 그리고 앞으로는 더 조심하리라 깊이 다짐했다.

봄에 윌의 부모님이 우리가 공연하는 존 패트릭 쉐인리 John Patrick Shanley의 〈지옥의 야만인Savage in Limbo〉을 보러 왔다. 관객석에서 윌의 부모님이 보고 있다고 생각하니 왠지 더 긴장되고 떨렸다.

"말씀 많이 들었어요." 공연이 끝나고 윌의 어머니에게 악수로 인사를 건네며 말했다. 작품 속 캐릭터를 표현하느라 빨간색의 기다란 아크릴 손톱이 붙어 있는 게 눈에 보였다.

"혹시나 해서 말씀드리는데요. 이거 진짜 손톱 아니에
요."

"알겠어요." 윌의 어머니가 웃었다. 또 다른 연극에서 맡
은 배역 때문에 여장을 하고 있던 연기 총괄 디렉터인 브라
이언이 우리가 공연할 때 윌 어머니의 옆자리에 앉아 자신
을 소개하고 나서 나와 똑같은 말을 했었다는 건 나중에 알
았다.

윌의 부모님은 우리에게 점심을 사주었고, 샐러드를 먹
으며 나에 대해 이런저런 사려 깊은 질문을 했다. 나도 우리
부모님에게 윌을 소개해 줄 수 있으면 얼마나 좋았을까 하
는 생각이 들었다. 부모님의 부재는 그때처럼 내 삶에 누군
가 새로운 사람이 들어왔을 때 가장 절실하게 다가왔다. 우
리 부모님은 이런 내 모습을 절대 알지 못할 거라는 사실에
마음이 저렸다. 우리 부모님도 내 어릴 적 사진첩을 꺼내 들
고 내 이야기를 해주면 좋았겠다는 생각이 들었다. 우리 부
모님과 윌의 부모님이 마주 앉아 우리가 언제 처음 말을 시
작하고, 걸음을 떼고, 글을 읽게 되었는지 이야기를 나눌 수
있었다면 얼마나 좋았을까? 윌과 나는 생일이 4개월밖에 차
이가 나지 않았으니, 두 부모님이 비슷한 연배였을 것이고,
서로 만났다면 할 이야기가 많았을 것 같았다. 그렇게 네 사
람이 둘러앉아 서로의 의향을 넌지시 떠보고 비밀스러운 계

획을 세우는 모습을 볼 수 있다면 얼마나 보기 좋았을까 생각했다.

〈지옥의 야만인〉 공연이 끝나고 몇 달이 지난 어느 날 밤에 월에게 상자 이야기를 꺼냈고, 엄마가 제이미 오빠와 나에게 남긴 비디오를 같이 보지 않겠냐고 물어보았다. 나도 열네 살 이후로 그 비디오를 본 적이 없었고 아무에게도 보여준 적이 없었다.

"보면 힘들지도 몰라. 너무 불편하면 안 봐도 괜찮아. 하지만 그걸 보면 우리 엄마에 대해 조금은 알 수 있을 테고, 나한테도 큰 의미가 있을 것 같아."

월은 망설이지 않았다.

"난 좋아."

우리는 침대에 앉아 노트북으로 영상을 보았다. 처음에는 월이 부담스러워할까 봐 중간중간 계속 월을 쳐다보았다. 하지만 서서히 영상에 빠져들어 몇 년간 운 적이 없었는데 영상을 보는 내내 눈이 새빨개지게 울었다. 월이 나를 감싸 안았다. 월도 울고 있었다. 영상이 끝나고, 우리는 침대에 앉아 눈물에 젖은 얼굴로 조용히 서로에게 입을 맞추었다.

처음부터 정해진 것은 없었다

학기가 끝나기 며칠 앞두고 오빠에게서 전화가 왔다. 오빠의 목소리를 듣는 순간 불길한 예감이 들었다.

"무슨 일이야?" 내가 물었다. 나는 연극 리허설을 마치고 쉬는 시간에 극장 로비에 서 있었다.

오빠는 결혼생활이 끝났음을 알렸다. 나는 몸을 기대고 있던 벽에서 천천히 미끄러져 털썩 주저앉았다.

"누구의 잘못도 아니야. 그냥 그렇게 됐어." 오빠가 그렇게 가라앉은 목소리로, 그렇게 침울하게 말하는 걸 듣고 있자니 갑자기 뭔가를 부숴버리고 싶었다.

'이제 제발 그만.' 신이든 우주든 어딘가에 대고 외치고 싶었다.

내가 슬픈 건 오빠 때문만은 아니었다. 지난 4년간 중요한 행사나 명절은 오빠네 가족과 함께 보냈다. 오빠네 집에 가는 게 좋았고, 그들 가족에 속할 수 있어서 행복했다. '내가 가족을 만들면 세상이 가만히 내버려두지 않을 거야.' 마음속으로 다시 그 말을 되뇌었다.

"쌍둥이들은 어떻게 할 거야?" 조카들은 이제 막 일곱 살이 되었다.

"똑같이 돌아가면서 보기로 했어. 샐리가 근처에 아파트를 구했거든."

엄마와 아빠도 살아 있었다면 그랬을 것 같았다. 이혼한 뒤 근처에 집을 사고 우리의 삶에 최대한 지장을 주지 않기 위해 최선을 다했을 것이다.

아이들을 보내고 혼자 있는 오빠의 모습은 생각하기도 싫었다. 당장 비행기를 타고 어두워지기 전에 오빠가 있는 집으로 가고 싶었다. 오빠를 안아주고, 내 몸으로 오빠를 세상으로부터 분리해 주고 싶었다. 오빠가 그 집을 계속 가지고 있을지 궁금했다. 내게는 오빠가 있는 곳이 집이었다. 이제 집은 물리적 장소의 의미가 아니었다.

대학원 3학년 때, 부모님의 죽음을 슬퍼하는 형제자매에 관한 또 다른 희곡을 썼다. 남매가 부모님의 유골을 섞어 스무디로 만들어 마신다는 내용이었다. 그 아이디어는 엄마의 메시지에서 얻었다.

어떤 이유에서인지 우리 문화에서는 삶에서 죽음을 배제하려고 해왔고, 그 결과 우리는 죽음에 대해 잘 모르는 상태가 되었지. 우리에게는 도움을 구할 수 있는 전통이 없어. 그러니 죽음을 어떻게 받아들일지는 각각의 가족이 스스로 노력해서 찾아야 해.

나는 남매가 죽은 부모의 시체를 화장이나 매장 등의 방법으로 멀리 떠나보내는 대신 그들의 삶에 더 가까이 둘 방법, 즉 살과 살이 만나는 정도로 사람에게 최대한 가까이 둘 방법을 찾고 싶었다. 그래서 얼마간 조사해 본 결과, 아시아와 남미 일부 지역에서 실제로 비슷한 의식이 행해져왔다는 걸 알게 되었다. 내가 쓴 극에서 중요한 포인트는 남매가 스스로 그런 의식을 생각해 냈다는 것이었다. 정해진 규범을 따른 게 아니라 자발적으로 생각해 낸 방법이었기에 그들에게는 진심이 담긴 행위였다. 나는 만약 아빠도 화장되었다면 오빠와 내가 그런 행위를 할 수 있었을지, 우리를 세상에 태어나게 한 몸의 일부를 우리 안으로 받아들이는 방법으로 위안을 얻을 수 있었을지 궁금했다.

졸업을 몇 달 앞둔 어느 날, 연출을 전공하던 한 친구가 극단을 창단한다며 내게 극본을 받고 싶다고 했다.

"하지만 난 배우인데," 내가 말했다.

"아냐, 넌 작가야." 친구는 진짜 그렇다는 듯 말했다.

스물여덟 번째 생일을 축하해, 그웬. 이 팔찌는 네 증
조할머니 그웬이 물려주신 거란다. 너의 원소는 광물이니,
네 맘에도 꼭 들 것 같았어.

사랑한다, 엄마가

엄마는 나를 누군가에게 소개할 일이 있으면 내 이름이
증조할머니의 이름을 따서 지은 게 아니라는 말을 항상 덧
붙였다. 증조할머니의 이름은 그웬돌린Gwendoline이고 내 이
름은 제너비브였지만 어느 순간 우리 둘 다 '그웬'이라 불렸
다. 우리 집 주방에는 증조할아버지가 그린 그림의 복제품
이 걸려 있었는데, 침대에 기대앉아 책을 읽는 젊은 여자를
그린 그림이었다. 그림 속 여자는 흰색 잠옷에 분홍색 수면
가운을 입고 긴 진주 목걸이를 하고 있었고, 1920년대에 유
행한 웨이브 단발머리에 얇은 분홍색 머리띠를 두르고 있었
다. 그림의 제목은 '침대에 있는 그웬'이었다.

리즈 할머니의 어머니는 런던에서 아름답기로 유명한
사교계 인사였고, 우리 가족 신화에서 악역의 여주인공이었
다. 그녀는 네 명의 남편에게서 각각 다른 것을 얻었다. 첫
번째 남편은 증조할머니를 젊은 전쟁 과부로 만들어주었고,

내 증조할아버지인 두 번째 남편은 그림을 그리는 사람이라 증조할머니를 모델로 그림을 많이 그려주었다. 증조할머니는 8년간 결혼생활을 하며 세 명의 딸을 낳은 뒤 이혼했고, 기사 작위를 받은 부유한 은행가와 재혼했지만 그가 2년 만에 세상을 떠나는 바람에 (다시) 미망인이 되어 많은 돈을 상속받았다. 마지막 남편은 아들을 남겨주었고, 그 역시 먼저 세상을 떠났다. 이야기들을 종합해 보면, 그웬돌린 할머니에게 결혼은 도구이자 무기였다.

증조할머니는 나의 증조할아버지가 되는 분과 이혼한 뒤 법적으로 세 딸의 성을 바꿔버렸고 증조할아버지가 딸들을 만나지 못하게 했다. 증조할아버지는 유모를 설득해 리젠트 공원에서 몰래 딸들을 만났는데, 그렇게 딸들을 몰래 만나던 마지막 날 딸들의 모습을 그림으로 남겼다. 그 그림에서 세 딸은 보닛을 쓰고 검정 구두를 신고 있고, 증조할아버지의 스파이 역할을 했던 유모는 뒤에서 앞치마를 하고 모자를 쓴 모습으로 바느질을 하고 있다. 리즈 할머니는 결혼해서 영국을 완전히 떠나기 직전인 열여덟 살이 되어서야 아버지를 다시 볼 수 있었다.

리즈 할머니는 세상을 떠나기 전까지 총 세 번의 결혼을 했다. 엄마가 결혼한 건 한 번뿐이었지만 엄마의 결혼생활은 매우 불행했고, 엄마가 죽기 전에 이미 끝나버렸다는 사실을 나는 엄마의 치료사를 통해 알고 있었다.

때때로 나는 나의 직계 모계인 우리 네 사람이 각자 자기 어머니의 삶을 되돌아보며 누군가와 삶을 꾸려나가는 방법의 답을 찾는 모습을 상상해 보았다. 상상 속에서 우리는 모두 빅토리아 시대의 고고학자처럼 피스 헬멧을 쓰고, 솔과 집게로 과거의 파편들을 뒤적이며 우리가 찾은 것들을 불빛에 하나씩 비추어 보고 있었다.

　　스물여덟 번째 생일 선물인 마노(보석으로 쓰이는 광물-옮긴이) 팔찌는 분홍색과 회색빛이 도는 마노 조각을 세공해서 만든 것이었고, 보석치고는 꽤 무겁고 투박했다. 스물여덟 살이 되던 해에 윌과 나는 대학원 마지막 학기에 접어들었다. 6월이면 대부분의 동기와 함께 뉴욕으로 가서 진정한 연극인의 세계에 발을 들여놓을 계획이었다.

　　2년 반의 시간이 흐르는 동안 윌과는 그동안 만났던 사람들과 다르게 더 깊은 관계로 발전했다. 전에 만난 남자들과는 항상 끝이 보였고, 결국엔 서로를 놓아주고 각자 다른 길을 향해 가는 모습이 그려졌다. 하지만 나는 처음으로 이 관계가 어떻게 펼쳐질지 전혀 알 수 없는, 완전히 무방비 상태가 된 기분이었다.

　　윌과 데이트를 시작한 지 몇 달이 지난 어느 밤에 윌의 아파트에서 회색 천 소파의 극세사에 대고 손톱으로 그림을 끄적거리며 말했다.

　　"난 내가 결혼을 하고 싶은지 잘 모르겠어." 나는 낙서

하나를 손바닥으로 지우고 다른 낙서를 시작했다.

"너한테 중요한 문제일 수도 있으니까, 네가 알아야 할 것 같아서… 그러니까 내 말은, 남녀가 만나서 좋은 관계로 지내는 것에 대한 믿음은 있지만 결혼이라는 제도에 대해서는 확신이 없어."

나는 윌이 생각할 동안 잠시 기다렸다.

"나도 그래." 윌은 그렇게 답했고, 우리는 거기까지만 이야기했다.

나는 나중에 무언가를 잃어버리는 일이 없도록 우리 사이에 장벽을 세워 그 장벽이 나를 보호해 주길 바랐다. 우리가 가족이 되지 않으면 가족으로 우리가 깨지는 일도 없을 거라고 생각했다. 하지만 대학원의 마지막 몇 주가 정신없이 지나는 동안 윌과 나는 의지와는 상관없이 가족이 되어가고 있었다.

우리는 여름 중에서도 가장 무더울 때, 큰 창문이 있고 한쪽 벽의 벽돌이 노출된 브루클린의 원룸으로 함께 이사했다. 이삿짐센터의 직원들이 나선형으로 된 2층 계단 위로 우리 짐을 모두 옮겼을 때 나는 상자를 보관할 옷장을 찾아보았다. 상자는 이제 아주 가벼워졌고, 안에 든 것은 대부분 공기였다. 이미 개봉한 선물들은 보석함에 딱 맞게 들어갔기 때문에 남은 선물 몇 개만 따로 보관한다면 판지 상자는 재활용 트럭이 가져갈 수 있게 도로변에 둘 수도 있었다. 상자는 미국을 가로질러 오느라 모서리 부분이 살짝 찌그러졌고, 또 다른 이사 때 누군가 상자의 뚜껑이 열리지 않게 붙여둔 투명 테이프의 흔적도 남아 있었다. 테이프를 떼려고 해도 겉면의 코팅된 부분이 같이 찢어져서 입구 부분만 칼로 잘라낼 수밖에 없었다. 걸쇠 하나도 구부러져서 잘 채워지지 않았다. 결국 판지로 된 상자일 뿐이었고, 그렇게 오랫동안 사용할 목적으로 만들어진 게 아니었다. 하지만 상자는 나와 수년을 함께하며 그 자체로 소중한 물건이 되어 있었다. 심지어 보이지 않게 옷장 속에 숨겨져 있는 상자의 존재만으로도 나와 엄마의 관계를 지켜주는 듯했다. 상자는 16년 동안 엄마와의 마지막 대화가 아직 끝나지 않았다고 안심시켜 주는 존재였다. 나는 이제 거의 바닥이 드러난 상자를 겨울 코트를 걸어둔 자리 아래에 넣어두고 옷장 문을 닫았다.

삶이라는 선물

서른 번째 생일을 위해 제이미 오빠가 여자친구인 앤을 데리고 뉴욕으로 왔다. 앤은 내 또래로, 차분한 푸른 눈동자에 짙은 금발의 곱슬머리를 한 사람이었다. 두 사람이 사귄 지는 몇 년이 되었는데, 앤은 이제 막 열세 살이 된 쌍둥이들을 진심으로 아껴주는 듯 보였다.

오빠와 윌이 처음 만나는 날 나는 두 사람이 서로를 좋아하길 간절히 바랐다. 내 인생에서 가장 중요한 두 사람이 잘 지내지 못하면 너무 난감할 것 같았다. 하지만 그건 내 기우였다. 우리가 처음 크리스마스를 함께 보냈을 때 오빠와 윌은 나와 상의도 없이 서로를 위한 크리스마스 선물을 준비해 왔는데, 그 선물은 따지고 보면 본질적으로 같은 물건이었다(하나는 중세풍의 도기 맥주잔이고, 하나는 바이킹 뿔잔이었다). 윌과 앤도 서로 죽이 잘 맞아서 오빠와 내가 그동안 못했던 이야기를 나누느라 정신이 없을 때 둘이서만 시간을 보내는 것도 즐거워했다.

"둘이 간다고? 진짜로?" 윌과 앤이 함께 헬스클럽으로 향하는 모습을 보며 오빠에게 말했다.

"그러게. 가끔 보면 너랑 나랑 같은 사람을 사귀는 것 같다니까."

프리지아도 내 생일을 함게 보내기 위해 뉴욕으로 날아왔고, 우리는 좁은 거실에 모여 내 20대의 마지막을 함께 카운트다운했다. 나는 엄마의 생일날 새벽 12시 7분에 태어났다. 나는 12시 6분에 분홍색 리본이 묶인 얇은 직사각형 가죽 케이스를 모두가 볼 수 있도록 꺼내 들었다. 엄마 옆에 앉아 그 상자에서 첫 번째 선물을 꺼낸 게 벌써 20년 전의 일이었다. 그렇게 많은 시간이 지났음에도 새로운 선물을 열기 전 마음이 설레는 건 똑같았다. 하지만 또 다른 감정도 있었다. 서른 번째 생일은 상자의 돔형 뚜껑 안쪽에 붙은 목록에 표시된 마지막 생일이었기 때문에 그 선물을 여는 건 새로운 작별을 의미했다. 커피 테이블 위에 놓인 검정 스케치북의 표지가 손때로 번들거렸다.

"10, 9, 8…" 우리는 다 같이 외쳤다. "…3, 2, 1!"

나는 분홍색 리본을 잡아당겨 푼 다음 가죽 케이스를 열었다. 상자 안에는 사파이어가 박힌 예쁜 은색 핀이 들어 있었다. 하지만 스케치북 사진 아래에는 아무런 글도 적혀 있지 않았다. 엄마가 선물에 대해 아무런 정보를 남겨두지 않

은 건 이번이 두 번째였다. 어쩌면 엄마에게 시간이 없었는지도 몰랐다.

상자에서 처음 선물을 꺼냈을 때만 해도 내 세상은 엄마의 상실로 규정되고, 엄마의 존재가 안전함을 불어넣은 몇 제곱킬로미터 안에 국한될 거라고 믿었다. 그 뒤로 오랫동안 그 상자 안에서 선물을 꺼낼 때마다 나는 모든 게 어둡고 불확실한 바다 한가운데서 작은 뗏목 하나만 붙들고 있는 기분이었다. 하지만 멀리 뉴욕의 아파트 거실에서 사랑하는 사람들에 둘러싸여 있는 그 순간, 내가 앞으로 나아가는 데 필요한 도구를 엄마는 진작 주었다는 걸 깨달았다. 엄마는 내가 한때 가능하다고 믿었던 것보다 더 크고 풍요로운 삶을 선물해 주었다. 그럼에도 나는 여전히 엄마의 글을 읽고 싶었다. 내가 아무것도 없는 흰 종이를 내려다보며 엄마의 마지막 메시지를 느끼고 있을 때 제이미 오빠와 앤, 프리지아, 그리고 윌이 말없이 옆으로 와 나를 감싸 안아주었다.

서른 번째 생일이 지나고도 판지 상자 안에는 세 개의 포장이 남아 있었다. 하나는 빨간 딸기 그림이 그려진 육각형 모양의 검은색 상자로, '약혼'이라는 라벨이 붙어 있었다. 두 번째는 수면 모자를 쓴 곰 그림이 있는 셀레셜 시즈닝스Celestial Seasonings 브랜드의 차 깡통으로 '결혼'이라고 적힌 흰색 카드가 붙어 있었다. 마지막 포장은 자그마한 보드지 상자였고, '첫 아이'라고 적혀 있었다.

엄마와 나는 언제나 엄마의 승리로 끝나는 특이한 게임을 종종 했다.

"엄마가 널 더 사랑해!" "아니, 내가 엄마를 더 사랑해!" 엄마와 나는 서로 경쟁하듯이 그 말을 주고받았다.

"아냐, 엄마가 더 사랑해." 마지막에는 엄마가 항상 내 양 볼에 손을 올려놓으며 말했다. "네가 직접 네 아이를 낳아 기르기 전까지는 엄마가 얼마나 널 사랑하는지 넌 절대 모를 거야."

나는 엄마의 말이 내가 언젠가 아이를 낳으면 진정한 사랑을 알게 될 거고, 그 사랑은 내가 엄마에게 느끼는 사랑보다 더 큰 사랑이 될 거라는 약속이자 예언처럼 들렸다. 내가 엄마에게 느끼는 사랑보다 더 큰 사랑은 상상할 수 없었지만 그렇게 될 거라는 엄마의 말은 믿었다.

'첫 아이'라고 적힌 보드지 상자는 호두 한 알 정도 크기라 손바닥 안에 쏙 들어갔다. 그 상자는 분홍색 리본으로 단단하게 묶여 있어서 상자를 열려면 가위로 리본을 잘라내야 했다. '약혼'과 '첫 아이'라고 적힌 포장은 두꺼운 봉투도 딸려 있어서 긴 편지가 들어 있을 가능성이 컸다.

나는 상자를 그렇게 오랫동안 가지고 있으면서도 상자

안에 든 포장을 일찍 풀어보고 싶다는 유혹은 느낀 적이 없었다.

"자제력이 정말 대단한데요." 내가 엄마의 편지와 선물에 관해 이야기하면 사람들은 대개 그렇게 반응했다. "저 같으면 진작에 다 열어봤을 거예요."

사실 나는 전혀 자제력이 강한 사람이 아니고 인내심도 부족하다. 하지만 어렸을 때 읽은 신화와 동화책들 덕분에 호기심이나 욕심이 지나쳐 지시를 따르지 않은 사람에게 어떤 일이 생기는지 잘 알았다. 만약 내 이야기가 동화라면 동화 속 여자아이는 엄마가 남기고 간 선물들을 적절한 시기가 되었을 때 하나씩 열어보아야 했다. 그렇지 않으면 나쁜 일이 생길 게 분명했다. 대신 엄마의 지시를 완벽하게 따르면 엄마가 남긴 선물 이상의 보상이 있을지도, 어쩌면 엄마가 돌아올지도 몰랐다. 동화책에서는 그런 이야기들이 펼쳐졌으니까. 나는 내 인생의 절반 이상을 엄마가 남긴 유언을 따르며 살았고, 이제 그 이야기는 거의 끝을 향해 가고 있었다. 그 긴 세월 동안 마지막 세 상자는 내 시야에서 아주 멀리 떨어져 있었다. 멀리서 보기에 그 상자들은 엄마와 나 사이에 새로운 친밀감과 이해를 약속하는 것 같았다. 내가 그 상자를 여는 날이 온다면 나는 마침내 엄마와 동등한 위치에서, 아내이자 엄마로서 만나게 될 거라고 상상했다. 하지만 내가 그런 삶을 선택하지 않는다면? 내 삶이 다른 곳을 향한다면? 나는 어떻게 해야 할까?

포장을 묶은 리본들은 모양이 구겨지고 색이 바래져 있었다. 나는 세상의 모든 딸들은 모방이 됐든 반작용이 됐든 어머니와 비슷한 삶을 살 수밖에 없는지 궁금해졌다. 나는 남녀관계, 결혼, 육아에 대해 질문하는 딸들과 현명하게 답하는 어머니들의 모습을 떠올렸다. 만약 엄마도 살아 있었다면 영상 통화로 유도 질문하는 그런 엄마 중 한 명이지 않았을까? 이런 편지와 선물들은 그냥 그런 모습들의 또 다른 버전이 아닐까? 그 답은 맞기도 했고, 아니기도 했다.

나는 월이 극장에 간 날 밤을 선택했다. '약혼'이라고 적힌 봉투는 단추와 끈으로 밀봉되어 있어서 봉투를 찢거나 뜯을 필요가 없었다. 나는 두툼한 봉투를 회색 소파로 가져갔다. 월과 사귄 지 몇 개월쯤이 지나 내가 결혼에 대해 확신이 없다고 말했을 때 앉아 있던 소파와 같은 소파였다. 그 후로 5년이 지났고 결혼은 내게 불행할 수밖에 없는 계획이라는 걱정은 여전했지만, 내 인생에서 누군가를 이렇게 사랑해 본 적도 없었다. 나는 엄마와 월에 대한 이야기를 나누고 싶었다. 엄마의 침대에, 내 머리를 쓰다듬는 엄마 옆에 누워 있고 싶었다. 그게 엄마와 가장 가까이 있는 방법 같았다.

봉투의 끈을 천천히 풀면서 20년 전에 엄마가 그 끈을 시계 반대 방향으로 감는 모습을 상상했다. 내 초경을 기념하는 편지처럼 그 편지도 타이핑되어 있었고, 1996년 여름이라고 쓰여 있었다. 1996년은 엄마가 시한부 인생을 선고받은 해였다. 녹음된 음성 테이프는 없었지만 내 귀에는 엄마의 목소리가 들리는 것 같았다.

나의 사랑하는 딸, 그웨니에게

물론 네가 이 편지를 읽을 때면 너는 어린아이가 아니겠지만 엄마가 이 편지를 쓰는 지금의 너는 아직 어리단다. 넌 고작 일곱 살이고, 엄마 없이 자랄 너를 생각하느라 엄마는 깊은 슬픔을 마주하고 있어.

엄마는 너무도 간절히, 엄마의 모든 걸 바쳐서라도 네가 하는 모든 중요한 일과 중요하지 않은 일을 너와 함께하고 싶단다. 너와 함께하며 너를 사랑해 주고, 보호해 주고, 감싸주고, 격려해 주고, 너의 모든 장점을 알게 해주고, 너희 행복을 가로막는 것들을 없앨 수 있게 도와주고 싶어.

하지만 너는 그 모든 힘든 과정을 견뎌내고 너만의 방향을 찾아 평생 함께할 사람과 미래를 약속할 준비가 되었구나. 지금까지 오는 동안 네가 어떤 일들을 겪었을지 엄마는 상상조차 할 수 없고, 그 모든 일이 지금은 너무 먼 미래의 일처럼 느껴져. 아마 20년쯤 지나지 않았을까? 지금으로선 누구도 알 수 없겠지.

부디 네가 자신을 충분히 사랑하는 법을 배웠길, 그리고 충분히 가치 있는 사람이라고 느끼는 법도 배웠길, 그래서 너를 정말로 사랑하고 존중해 주는 사람을 선택했길 엄마는 무엇보다 바라고, 또 그러기를 기도해.

진정한 결혼은 두 사람에게 가장 신성한 것을 결합하는 거란다. 진정한 결혼생활은 두 사람이 깊은 애정으로 서로의 영혼을 보듬어주고, 인생에서 가장 신성한 것을 탐색하고, 탐구하고, 열망하는 과정에서 서로를 존중하고 지지해 주는 거야. 만약 두 사람이 그런 신성한 불꽃을 인지하지 못하고 그것에 헌신하지 않으면, 결혼은 그저 우왕좌왕 방황하며 살아가는 과정에 불과해.

엄마와 아빠는 서로에게 그런 신성한 것을 약속하지 못했어. 그렇지만 엄마와 아빠는 여전히 책임감 있고 성실하고 너와 제이미에게 헌신적이었던 좋은 사람이란다.

너희가 자라는 동안 엄마가 너희 옆에 있을 수 있는 것 다음으로 가장 바라는 것이 있다면, 너와 제이미가 나중에 엄마와 아빠보다 더 행복한 결혼생활을 하면서 너희의 이상과 기대를 키워가는 삶을 사는 거야. 아빠가 다른 사람과 재혼했다면 그 사람과 더 안정되고 행복한 결혼생활을 했을 거고, 너희에게 더 나은 모델이 되어주었을 거라 생각해.

엄마는 엄마 자신과 너희에게 좀 더 행복하고, 활기차고, 조화로운 결혼생활을 보여주지 못한 것이 너무나 후회

돼. 만약에 아빠와 엄마가 어렵게 얻은 경험을 바탕으로 다른 사람과 새 출발을 시도했다면 어땠을까? 우리 모두 더 나은 삶을 살았을까? 그건 앞으로도 영원히 답을 알 수 없겠지. 엄마와 아빠는 절대 그런 선택은 할 수 없었으니까. 왜냐하면 우리는 너희를 너무나 사랑했고, 가정을 깨뜨리는 것은 너희에게 너무 큰 상처가 될 거라고 생각했거든. 대신 또 다른 의미에서 너희에게 상처를 주었지. 서로를 다정하게 감싸고 신뢰하며 진정으로 하나가 되지 못하고 서로의 영혼에 헌신하는 그런 관계로 남지 못했으니까.

그 선택의 결과가 어땠을지, 뭐가 더 낫고 뭐가 더 나빴을지 누가 알 수 있을까?

엄마와 아빠는 어렸을 때 있는 그대로 자신을 사랑하는 법을 배우지 못했기 때문에 너무 힘든 시간을 보냈단다. 우리 둘 다 스스로의 존재 가치에 대해 너무 자신이 없어서 자신의 가치를 계속 상대에게서 확인받으려 했고, 조그만 비난에도 크게 상처받았지. 너무 많은 상처와 불만과 실망을 쌓아두는 바람에 나중에는 넘을 수 없는 벽이 우리 사이를 가로막고 말았어. 하지만 자신의 가치는 다른 사람한테서 찾을 수 없는 거란다. 자신의 가치는 자신이 먼저 알아야 하고 소중하게 여겨야 해. 엄마와 아빠는 서로에게 좋은 점들이 있다는 건 알았지만 서로 신뢰하고 서로를 친절하게 대하는 법을 잊어버린 것 같았지. 그 패턴이 너무 굳어져서 엄마가 시한부 선고를 받은 상황에서도 빠져나올 수가 없었어. 엄마가 이 이야기를 하는 이유는 누군가와 평생을 함께하기 위해 정말로 잘 준비하는 일이 얼마나 중요한지 알려주고 싶어서란다. 가장 좋은 방법은 진정으로 자신을 알고 자신을 사랑하는 거야.

엄마의 가장 큰 바람은 엄마와 아빠가 너희에게 준 큰 사랑으로, 너희가 스스로를 위해 필요한 것들을 지혜롭고 행복하게 선택할 수 있게 되는 거야. 그리고 자신의 진정한 가치를 깨달아서 스스로 소중히 여겨질 가치가 있고, 마찬가지로 짝을 소중히 여길 수 있는 능력을 지니게 되는 거란다. 누군가를 소중히 여긴다는 건 그 사람의 능력이나 성공, 외모에 관한 게 아니야. 그건 상대방의 눈에 비친 가장 멋진 자신을, 가장 사랑스럽고 가장 신성한 자아를 보는 거지. 내가 어떠해야 한다는 타인의 생각이 아니라, 나에게 삶을 주는 신성한 불꽃을 통해 이미 나의 것이 된 것을 지지하는 것이지. 그리고 나 역시 상대를 그런 눈으로 바라보는 거야. 그건 우리 각자가 내면에 품고 있는 빛을 표현할 자유를 갖는 동시에 우리의 생명력을 다른 사람의 생명력과 결합해서 서로를 지지하고 위로해 주는 거란다. 이런 사랑을 위해 두 사람 모두 충분히 성숙하고 많이 노력해야 하지만, 먼저 자신에 대한 뿌리 깊은 이해가 기본이 되지 않으면 그것만으론 충분하지 않아. 우리는 주는 것과 받는 것을 편하게 받아들일 수 있어야 하고, 자신은 물론 상대도 용서할 수 있는 넓은 마음을 지녀야 해. 자신만의 관점을 가질 수 있도록 상대방과 적당한 거리를 유지할 줄도 알아야 하지. 또 자신의 문제는 자신이 책임진다는 생각이 필요해. 우리는 이런 힘을 모두 내면에 지니고 있단다. 우리가 얻는 행복의 원천은 다른 곳이 아닌 자기 내면에 있어야 해.

사랑하는 내 딸, 너는 네가 사랑하는 사람과 오래오래 행복하게 살길 바란다. 우리 삶에는 네가 지금 하고 있는 그런 헌신을 할 때만 얻을 수 있는 특별한 성장과 성숙함이 있어. 아이를 키우면서 느끼는 특별한 사랑이 있듯이 말이야. 모든 사람이 그걸 누리는 건 아니지만 네가 그걸 누리게 된다고 생각하니 정말 기쁘구나.

엄마는 온 마음을 다해 너를 사랑해. 너를 안아주고 너와 함께 울고 웃으며 너와 함께할 수 있었다면 얼마나 좋았을까. 나의 작은 변덕쟁이 요정이 어느새 아름다운 여자로 자라 결혼을 앞두고 있다고 생각하니 눈물이 나. 왜 이런 기쁨을 너와 함께 누릴 수 없는지, 왜 그 모든 즐거움과 슬픔을 함께 나눌 수 없는지 모르겠구나. 엄마는 어떤 의미에서 자신과 화해하려고 정말 열심히 노력하고 있어. 이 편지를 쓰는 엄마의 심정이 얼마나 괴로운지 넌 아마 상상하기도 힘들 거야. 엄마가 저지른 실수들에 대해, 그리고 그걸 만회할 시간이 없다는 걸 알면서 지금도 계속 실수를 저지르고 있는 엄마 자신에 대해 너무나 큰 절망감을 느끼고 있어. 엄마는 네게 좋은 엄마가 되는 법을 지금도 배우고 있단다. 넌 정말 독특하고 특별한 아이라 네가 누구인지, 왜 존재하는지 네가 발견하도록 도와주려면 단단하면서도 부드러운 보살핌이 필요하지.

그웨니, 너를 남겨두고 떠나게 되어 미안하구나. 엄마를 용서하렴. 부디 너를 향한 엄마의 사랑이 네게 전해지길 바란다. 편지와 선물 상자가 엄마를 대신하거나 엄마를 잃은 네 상실감을 보상할 수 없다는 건 알지만, 엄마는 네가 앞으로 나아가는 데 조금이라도 도움이 될 만한 뭔가를 꼭 해주고 싶었어.

하나님의 축복이 네가 사랑하는 사람과 너의 앞날에 함께하길, 두 사람의 앞길에 행복과 기쁨이 가득하길 기원한다.

너를 사랑하는 엄마가

나는 눈물이 흐르도록 내버려 두었다. 엄마의 편지는 아무리 많이 읽어도 항상 눈물이 났다. 평소에는 꽉 닫혀 있던 내 마음 어딘가를 건드리는 것 같았다.

책장에서 파란색 가죽으로 제본된 부모님의 두꺼운 결혼 앨범을 꺼내왔다. 사진 속의 엄마와 아빠는 어깨 끝을 부풀린 아이보리색 실크 드레스와 하얀 나비넥타이에 하얀 턱

시도를 입은 모습으로 환하게 웃고 있었다. 아름다운 드레스와 귀한 손님들, 정성 들여 배치한 꽃 장식까지, 사진 속 풍경은 모든 이들이 꿈꿀 만한 멋진 결혼식이었다. 엄마와 아빠가 결혼할 때 나이가 스물아홉, 서른한 살이었으니, 서른 살인 나는 정확히 그 가운데 있었다.

나는 엄마가 편지에서 결혼생활에 문제가 있었다고 말해준 것이 고마웠다. 엄마의 결혼생활은 순탄하지 않았지만 편지에는 희망의 메시지가 담겨 있었다. 엄마는 내가 더 나은 사랑을 할 수 있길 바랐다. 그리고 편지에는 두 번째 사랑에 대한 엄마의 갈망도 암시되어 있었다. 엄마는 내가 마음의 문을 닫지 않기를, 엄마를 잃은 상실감 때문에 다른 사람을 받아들이지 못하고 누군가와 깊은 관계가 되는 노력을 포기하지 않기를 당부하고, 또 당부했다.

엄마가 내게 조언한 말들을 다시 읽어보았다. '주는 것과 받는 것을 편하게 받아들일 수 있어야 하고… 적당한 거리를 유지할 줄 알아야 해… 행복의 원천은 다른 곳이 아닌 자기 내면에 지니고 있어야 해.' 결혼과 상관없이 노력할 가치가 있는 일이었다.

월이 돌아왔을 때, 월을 안아준 뒤 편지를 내밀었다.

"읽어볼래?"

그웬과 윌의 약혼식
2023년 4월 30일

나가며

2월의 어느 오후, 이 책의 마지막 편집 작업을 하던 중 검정 리본이 묶인 아무런 표시가 없는 초록색 폴더 하나를 우연히 발견했다. 폴더 안에는 그동안 한 번도 본 적이 없는 엄마의 편지가 여러 장 들어 있었다. 그 편지들은 오빠와 내게 보내는 편지였지만 판지 상자에 들어있는 다른 편지들과 달리 어떤 특별한 날을 위한 편지인지는 적혀 있지 않고, 대신 일기장처럼 날짜가 쓰여 있었다. 엄마가 시한부 판정을 받고 시력을 잃기 전까지 몇 년에 걸쳐 쓴 그 편지들을 찾은 건 정말 뜻밖의 소득이었다. 엄마의 생각을 이해하는 새로운 시각을 제공했을 뿐 아니라, 옛날 사진과 인터넷 검색, 가족이나 친구들과의 인터뷰를 통해 내가 재구성하려고 애쓰던 타임라인을 뒷받침하는 귀중한 증거가 되어주었다.

이 책을 쓰기 위해 자료를 조사하고 글을 쓰는 과정에는 생각지도 못한 선물이 내 무릎에 떨어지는 것 같은 이런 순간들이 많았다. 책을 쓰려는 시도는 계속해서 커지는 무언가를 잡으려는 노력과 같았다. 엄마의 편지와 엄마의 상자,

엄마의 가르침처럼 엄마에 관한 마지막 단서를 찾았다고 확신할 때마다 내 생각이 틀렸다는 게 증명되었다. 다시 찾아보면 언제나 더 많은 것이 있었다.

이 프로젝트를 시작한 지 2년쯤 지났을 때, 엄마가 10대 후반에 유럽 여행에서 만난 남자친구에게 연락을 시도했다. 일요일 오후에 이메일을 보냈는데, 4시간 뒤 답장을 받았다.

> 그웬에게
>
> 그래요. 내가 아끼는 사람에 관한 이야기라면 나도 언제든 좋아요. 실은 크리스티나가 죽기 전에 나중에 아이들이 엄마에 대해 뭔가를 더 알고 싶어 하면 내가 알고 있는 정보나 추억이나 이야기들을 전해주면 좋겠다고 부탁했었죠. 때가 된 것 같군요.

그의 답장을 읽으면서 열아홉 살 때 엄마의 치료사에게서 같은 말을 들었을 때 느꼈던 설렘을, 내가 올바른 방향으로 가고 있다는 걸 알았을 때 드는 짜릿함을 또 한 번 느꼈다. 그 순간 뭔가가 더 확장되는 듯한 느낌이 들었고, 엄마가 얼마나 많은 것을 준비했는지, 엄마가 남겨준 상자로도 모자라 상자 밖으로 흘러넘치는 것들에 감사함을 느꼈다. 그리고 세상 어딘가에서 나에게서 걸려올 전화를 기다리는 사람이 더 있는 건 아닌지 지금도 종종 궁금한 생각이 든다.

폴더에서 새로 찾은 편지 중 하나는 원래라면 판지 상자 안에 들어 있어야 했다. 그 편지는 특정한 해를 지정하지 않고 엄마 없이 보내는 첫 번째 생일을 맞은 나를 위해 쓴 편지였다. 의도대로라면 열두 살이 되던 아침에 열어보았어야 했다. 22년간 사라졌다가 마침내 내 앞에 도착한 그 편지는 엄마의 이야기가 아직 끝나지 않았다는 걸 알려주는 것 같았다.

　　엄마가 사랑하고 사랑하는 그웨니에게,

　　오늘은 네가 엄마 없이 맞는 첫 번째 생일이구나. 오늘 이 너의 몇 번째 생일인지, 엄마가 떠난 지 얼마나 오래되었는지 모르겠어. 엄마 없이 보내는 너의 첫 번째 생일이 최대한 먼 미래가 될 수 있도록 엄마는 할 수 있는 한 열심히 싸우고 있단다.

　　이 편지를 쓰는 지금, 너는 귀엽고 사랑스러운 일곱 살 반의 아이야. 나이에 비해 얼마나 총명하고 이해가 빠른지… 그리고 얼굴은 또 얼마나 요정처럼 예쁘고, 키는 얼마나 큰지. 너의 그 치열함과 강한 의지가 지금은 때때로 너를 곤경에 빠뜨리지만 언젠가는 네게 큰 도움이 될 거란 걸 엄마는 알아. 그렇게 될 수 있도록 엄마가 옆에서 도움을 줄 수 있으면 좋으련만.

　　엄마와 네 생일이 같아서 엄마 없이 보내는 생일이 네

게는 더 힘든 시간이 될지도 모르겠구나. 너 혼자 남게 되었다고 네가 죄책감을 느낄지도 모르지만, 네가 오래오래 행복하게 지내기를 엄마는 무엇보다 바란다는 걸 부디 알아주렴. 넌 사랑과 기쁨이 충만한 멋지고 풍요로운 삶을 누릴 자격이 있어. 엄마와 네 생일이 같다는 건 네가 엄마를 기억하고 엄마의 무한한 사랑을 느낄 수 있는 특별한 방법이 될 거야.

사랑은 죽음보다 강하단다. 엄마는 항상 너의 일부가 될 거야. 온 힘을 다해 너를 사랑하고, 또 사랑해. 언제까지나.

너를 사랑하는 엄마가

감사의 말

내 인생에는 뜻밖의 순간에 나를 도와준 은인들이 많았지만, 내가 사랑하는 에이전트인 브렛네 블룸Brettne Bloom과 뛰어난 편집자인 메리수 루치Marysue Rucci라는 두 은인을 만나게 될 줄은 꿈에도 몰랐다. 그들은 나와 함께 책을 만들고 이 책의 안내자가 되어 내가 보지 못하는 더 깊고, 진실한 곳을 향해 항상 이끌어주었다. 그들의 인내와 이해심, 격려와 안목에 감사할 따름이다.

이 이야기는 내가 직접 겪은 삶이다. 그 삶은 내 평생의 동지이자 오빠인 제이미 킹스턴이 없었다면 불가능했을 것이다. 오빠의 지혜와 유머, 사랑은 내가 힘들고 지쳤을 때 큰 용기를 주었다. 이 책을 쓸 때 필요한 사실을 확인해 주고, 소중한 추억과 통찰력을 제공해 준 오빠와 우리 가족에게 깊은 감사의 마음을 전한다.

공원 벤치에서 두서없는 내 이야기를 듣고 책을 써보라고 말해준 제이네프 외자카트Zeynep Özakat, 이 글이 책으로 나올 수 있게 도움을 준《뉴욕타임스》의 '모던 러브' 섹션 담당자인 댄 존스Dan Jones와 미야 리Miya Lee에게도 감사하다. 초고를 예리한 눈으로 살펴준 에밀리 랩 블랙Emily Rapp Black 과 블레이즈 앨리슨 키어슬리Blaise Allysen Kearsley, 그리고 이 책이 완성되어 나올 수 있게 도움을 준 제시카 시엔신 헨리 케즈Jessica Ciencin Henriquez, 아담 달바Adam Dalva, 캐슬린 톨랜 Kathleen Tolan에게도 깊은 감사를 전한다.

이 책을 쓸 수 있게 시간과 공간이라는 귀한 선물을 준 보사Bousa 가족에게, 또한 모든 단계에서 원고를 읽고 끊임 없이 나를 응원해 준 소중한 친구 프리지아 스타인Freesia Stein에게도 큰 감사의 마음을 전한다. 마지막으로 예술과 예 술적 재능에 대한 헌신으로 끊임없이 나에게 영감을 주고, 사랑과 인내, 격려로 모든 걸 가능하게 해준 나의 파트너, 윌 터너Will Turner에게 고마움을 전한다.

크리스티나 마이야드 Kristina Mailliard
1952년 2월 17일~2001년 2월 7일

옮긴이 박선영

영문학 학사, 영어 교육학 석사 과정을 마쳤다. 영국 복지단체 프로그램에서 1년간 활동하고 외국계 기업에서 7년간 근무했다. 외국어 교사, 기술 번역을 거쳐 현재 바른번역 소속 출판 전문번역가로 활동 중이다. 『깃털 도둑』『다윈의 실험실』『니체의 삶』『오래도록 젊음을 유지하고 건강하게 죽는 법』『혼자서 살아도 괜찮아』『결혼학개론』『어른의 시간』『고통의 비밀』『데일카네기 인간관계론』『지구를 구하는 뇌과학』 등 다수의 책을 번역했다.

마지막 선물

초판 1쇄 발행 2024년 8월 19일

지은이 제너비브 킹스턴
옮긴이 박선영

발행인 이봉주 단행본사업본부장 신동해
편집장 조한나 책임편집 김서영
디자인 Hye*
마케팅 최혜진 이인국 홍보 송임선
국제업무 김은정 김지민 제작 정석훈

브랜드 웅진지식하우스
주소 경기도 파주시 회동길 20
문의전화 031-956-7212(편집) 031-956-7089(마케팅)
홈페이지 http://www.wjbooks.co.kr
인스타그램 www.instagram.com/woongjin_readers
페이스북 https://www.facebook.com/woongjinreaders
블로그 blog.naver.com/wj_booking

발행처 ㈜웅진씽크빅
출판신고 1980년 3월 29일 제406-2007-000046
한국어판출판권 ⓒ ㈜웅진씽크빅, 2024
ISBN 978-89-01-28553-5 (03840)